亦

舒

作

品

亦舒
作品
16

亦舒 著

独身女人

CTS 湖南文艺出版社
HUNAN LITERATURE AND ART PUBLISHING HOUSE
博集天卷
CS-BOOKY

目录

独身女人

女人到了时间便得结一次婚，
心理上女人有结婚的倾向，
像候鸟在冬季南飞，遗传因子发作，
便渴望结婚。

我只是忌妒贝太太比我幸运，佑森又比我安于现状，
这两件事我都无法做到。

三 _043

我好好的一个人，干吗要做别人的插曲。

四 _067

我现在什么都独立，经济、精神，想想都开心。

五 _093

但是我还是哭了，一哭不能停止，
眼泪自我手指缝中流出来，滔滔不绝。

独身女人

寻找家明

我这一生所遇见的美女是很多的，
如果每个都要追求，恐怕是很痛苦的。

仍然是温和的、母性的笑，一种温柔的光辉，
占据我的心，长远的渴望与等待是值得的。

"我是一个笨人，对于舞伴，我是很挑剔的。"

四 _187

诚然，有很多东西是钱可以买得到的。
有了钱之后，才会想到钱买不到的东西。

五 _213

我从不知道她可以这么冷酷坚强，
她是一个能干的女子，她在世界上站得住脚。

城市故事

我们到底在做什么？活着但又不是活着。
我疲倦得要死。

我没有假装忘了他，谁都知道我没有忘记他，
如果我故意对他冷淡，不过是显示我的幼稚。

我孤独得太长久，太无所适从，太劳累，
他又表现得这么温柔，用万般的好处来打动我……
即使是个圈套还是给足面子。

四 _315

要离开是容易的，要回来就难了，不都是这样吗？
无限江山，别时容易见时难。

五 _341

我想这不算是倾城之恋，但最后我得到了他，
成为他正式合法的妻子，我很满足，很快乐。

独身女人

一

女人到了时间便得结一次婚，心理上女人有结婚的倾向，像候鸟在冬季南飞，遗传因子发作，便渴望结婚。

我姓林，叫林展翘，我独居，没有丈夫，是个独身女人。

自我介绍就这么多。

至于我的名字，我不大明白"展翘"是什么意思，恐怕是父母想要我做大展宏图者中的翘楚，如果开珠宝店，倒是个现成的铺名：展翘公司隆重开幕……不过我成年以后很少用到中文名字，我有个英文名字叫 Joy，快乐，林快乐。

我倒并不是不快乐，我的职业很好，在一家"名校"教中五会考班的英国文学与语文，我自己在大学修的也是这两科，一级优等生，跑回来教老本行，轻而易举。晚上改卷子，同一个题目的作文看四十到八十篇，觉得人生并没有真谛，做人就是混饭吃。

我的生活很沉闷，星期日看 Muppet Show（布偶秀），大笑一场，不想待在家中的时候，找张佑森上街。呵，对，张佑森这个人。我应该如何介绍张佑森这个人？

他是在我读中四的时候认得的，开舞会，他请我跳舞，跳完之后念念不忘，约我去看电影，我们就是这样认识的。十五年前到现在，他没进步过，当时倒是出色的小男孩，个子高，面目顶清秀，功课也好，常帮我做代数。可是小时了了，长大就不长进，整个人没一处像样的地方，连说话都不伶俐。

每次与他出去吃饭总是由我叫菜，他慢，又钝，又迟疑，连伙计都等得不耐烦，并不是个好伴侣，但我们是朋友。我很少把烦恼告诉他，我想他不会明白，不过在周末我们偶尔会去看一部电影，不说什么话，只是坐在那里看戏，看完说再见回家。

我不明白张佑森的内心世界，也从不企图明白他。中学毕业以后他到浸会书院[1]去念过几年书，我在伦敦大学，玩遍欧洲。

回来以后见面，难免说起枫丹白露、日内瓦湖，他瞠目以视，我问："你去过哪里？"他答："澳门。"

我很厌烦他，一年不见他一面。

后来又主动约他看戏，因为大家熟得紧，不必挂面具。

穿条粗布裤，一件球衣，素颜，大家又回到十五岁的时候，无拘无束。

张佑森似乎永远有空档，我约他他总有空，但是他极少主动建议上什么地方。他是那种面粉团。要他长点短点是不成问题。

---

[1] 浸会书院：香港浸会大学前身。——编者注（本书脚注均为编者注。）

隔很久我才知道他在政府机构做事，薪水居然也有四千多元。我心想：四千多请这么一个人，真是糟蹋纳税人金钱，太令人不服气。

这便是张佑森。有时我也希望他是个理科高才生，麻省理工学院太空物理科博士，那么我们可以谈恋爱，甚至谈婚事。不过他很快乐，这就够了，头脑简单的人永远是满足的。

我跟赵兰心说："真是卑鄙，这么看不起一个人，又跟他约会。"不是不惭愧的。

赵兰心，我的同事，是个聪敏的小姑娘。"但是他对你好，而且他从来没叫你流过半滴泪。"她说。

我笑出来。"这是真的。"

"还不够吗？"赵兰心问。

我问："这样便够做一世夫妻？"

"保证是一世。"赵兰心笑。

"或者我会嫁他。女人到了时间便得结一次婚，心理上女人有结婚的倾向，像候鸟在冬季南飞，遗传因子发作，便渴望结婚。真的。"我说。

"你不相信婚姻？"赵兰心问。

"并不。我不相信。但这么多女人都迷信，想来是不会错的，你看学校里这么多女教师……只有你与我是独身。"我大笑，"我们很快会被打入狐狸精类。"

她伏在桌子上大笑。

兰心是那种个子娇小，男人会喜欢的女人。教员室常因她的笑声添增欢乐。这时候凌奕凯走进教员室。

凌奕凯放下书问："什么这样好笑？"

我看他一眼，不出声。兰心对他很有意思，因此我很少与奕凯说话。兰心这种年纪，说她懂事，她又不是十分想得开，免得伤同事间和气，我很晓得应该在什么时候停止。

尤其是奕凯这种小伙子，最好有七个女朋友，每日一个，周而复始，而且都自备零用，随时请他吃饭。是，他便是那种人，有一次我、兰心与他出去吃中饭，账单拿上来才三十七元五角，他打着哈哈不肯付账，我木着一张脸假装看不到，结果兰心乖乖地付掉，之后还不气。兰心在别的事上十分精刮，应付男人也颇有一两手，遇到凌奕凯却又傻呆了，真没法子。

这当下奕凯过来问我："今学期教什么？"

"仍是莎士比亚与汤默斯、哈代。"我说。

"我知道少不了狄更斯。狄更斯是年年有的。"不知道为什么，我老不能忘记那三十七元五角。一个年纪轻轻的男人，衣装煌然地与两个女人出去吃午饭，三十七元五角的账都不肯付。这年头谁又杀过人放过火，我很看他不起，认为这样的人就是坏人。

所以那日他问我家的电话号码，我干脆地说："我家中没装电话。"

"呵，老姑婆爱静？"他自以为幽默地说。

"是。"我简单地回答。

是又怎么样呢，再做十年老姑婆也轮不到他担心。

相形起来，我明白为什么张佑森不讨厌，张佑森就是那样的一个人，他也不故作风趣，也不装作聪明，更不懂得欺瞒，他就是老老实实的一个蠢人。

"像你这样的人，怎么会在教书？"他故意讨好我。

"因为我要付房租。"我冷冷地说。

兰心在那边笑起来，说："有时候你的口气真像老姑婆。"

"是，我的确是老姑婆，真奇怪。"我说，"为什么做老姑婆有人取笑，离婚妇人反而争取到全世界的同情？你想想，天地还有正气没有？"

"所以非结一次婚不可。"兰心说。

凌奕凯说："哦，原来还有这种理论。"

我住了嘴，我害怕男人在女人说话的时候搭嘴，我打开《呼啸山庄》拟测验题目。

凌奕凯凑近问我："下星期去看电影好不好？有几部好片子。"

"都看过了。"我说。

"那么出去吃饭？"凌奕凯说。

"没空。"我说。

"不想见我？"他问。

"我怕付账。"我看到他眼睛里去。

他忽然被我刺到最痛的地方，整个人一震，然后涨红了脸，说不出话来。

我取出书本走出教务室。

上完那节课在走廊遇见兰心，她抱怨我："你也太小气了。"

我冷冷看她一眼，得罪她的心上人了。

"是我让奕凯叫你去看电影的，你老在家待着不好。"

我不想与兰心吵嘴。她怎么晓得我没地方可去，我有约会还得像她那样大锣大鼓地宣传不行。她也太关心我了，好像我不识相似的——她与男朋友是提携我去看一部电影，我居然情愿在家坐着也不识抬举。

"谢谢你，我有事。"我淡淡地说，"不想上街。"

她笑笑，说："唉，你这个人。"走开了。

我不是不喜欢教书，孩子们顶可爱，只是同事们的素质，一个个是模子里印出来的，想的一样，做的一样，喜爱又类似，追求的也就是那些东西。在他们之间我简直要溺毙，而且一举一动像个怪物。

如果不是为孩子们……我的学生是可爱的。还有教书的假期多，暑假躺在沙滩上的时候……没有十全十美的事，我叹口气。

想要长期伴侣便得侍候丈夫的眼睛鼻子，做独身女人干什么都没个照顾，没有十全十美的事。

孩子们喜欢我。

男女学校的学生早懂事，十六七岁的少男少女正在度过他们一生当中最美丽的时刻。这一代的女孩子比我们这一群处处胜一筹：身材、面貌、智能。她们发育得堂堂正正，父母养育她们是责任。我们成长的过程偷偷摸摸，寄人篱下，当年父母养我们是恩惠。

我真羡慕她们，她们受父母的训，不必聆听"当初我养你一场……"这种话，她们懂得回答："我从没要求被生下来过。"

她们理直气壮，所以眼睛特别明亮，嘴唇特别红，皮肤特别油润。天之骄子。

像我们班上的何掌珠，十六岁零九个月，修文科，一件蓝布校服在她身上都显得性感，蓝色旗袍的领角有时松了点，长长的黑发梳条粗辫子，幸亏班上的男生都年轻，否则都一一心跳而死。何掌珠身上有点婴儿肥未消，倒不是属于略胖的那种，但不知为什么，手腕与小腿都滚圆，连胸脯都是圆的，见过她才知道什么是青春。

问她是否打算到外国升学，她答道："苦都苦煞了，香港大学可以啦，然后暑假到欧美去旅行。"

她爹是个建筑师。她在十五岁的时候便到过欧洲，问她印象如何，不过耸耸肩，不置可否，凡事太容易了，没什么味道。

值得一提的是何掌珠功课很好，英文作文词文并茂，有些句子非常幽默，偶尔利用名作家的句子讽刺一番，常看得我笑出来。教足她三年，看着她进步，心中也有愉快。

有时候我也与她及其他的女孩子闲聊，名为师生联络感情，实则是向老师撒娇，她们早已懂得这一套。

"蜜丝林是我们老师中最漂亮的。"拍马屁。

（不知为什么，英文书院中的女教师都被称为"蜜丝"。）

"蜜丝赵也漂亮。"

"不过穿得小家子气。"

我说："别在我面前批评别的老师。"

"背着你可以批评吗？"一阵嬉笑。

等她们看到世界，她们便知道做人是怎么一回事。

想到这里，我不由得惭愧，哦，我是忌妒了，怎么可以有如此恶毒的想法。

"蜜丝林，你在什么地方买衣服？"何掌珠问道。

"街边档口。"我答。

"恋爱时应该怎么做？"

"享受。"

又是笑。女学生永远只会哈哈笑。她们活在游乐场中，没有一件事不是新鲜的，在她们眼中，一切事物都鲜明彩艳，爱恶分明。

"蜜丝林，为什么你没有男朋友？"何掌珠特别顽皮。

"谁说的？谁说我没有男朋友？"我微笑。

"都这么说。"

都这么说。

我明白了。

周末张佑森约好十一点来我家，结果十点十分就到。我问："你有没有时间观念？我才起床。"很烦。

张佑森做事永远得一个"错"字。

我递给他一沓报纸杂志，说："你慢慢读吧，我要梳洗。"

他也不出声。坐在那里看起报纸来。

一会儿我烧的水开了，水壶像婴儿般呜咽，他又走到厨房去。我到厨房去阻住他："佑森，你在别人家中，坐在客厅中央，别乱跑好不好？这里不是你付的房租，你规矩点，守礼貌行不行？"

他仍然回到客厅坐下，不声不响。

张佑森就是这么一个人，很早就是个笑话，那时运动会，他的中学离我们中学近，跑完步体育老师允许他用我们的淋浴间，结果他每次都带着肥皂毛巾来——笑死女生，真笨得不像个人。而结果我跟他耗上了。全校公认最聪明的女生跟他泡，他不是没有福气的。

每次约会，一切事宜都由我安排，像今天，我说："我们先去吃午饭，然后买票，买好票我到超级市场去购物，你如果没有兴趣，便到图书馆去坐一下。"

买完票回来的时候，他把路边建地下铁路的泥浆也踩回来，一进门踏在那条天津地毯上。

我说："佑森，请帮个忙，你贵脚抬一抬，我地毯刚洗过，不是给你抹鞋底的。"

他"哦"一声，把双脚移过一边。

"佑森。"我叹口气，"你这个人是怎么活了三十年的？"

他仍然不出声。

我与他对坐着，他没话说，我也不说话，次次都要我说话娱乐他，我累。

我笑说："佑森，谁嫁了你倒好，大家大眼对小眼，扭开电视便看到白头偕老。"

他讪讪地看着双手。

"最近工作怎么样？"我努力制造话题。

"很忙。"两个字。

"忙成什么样？"

"很多女孩子都告假去旅行，所有工作都堆在我头上。"

"你也该出去走走，增加见闻，读万卷书行万里路。"

他好脾气地笑。"我没钱。"

"你赚得跟我差不多，我得付房租，你跟家人住。"

"你比我多赚百分之五十。"他倒是没有自卑感，"我在分期付款供一层房子。"

"呵。"我笑，"打算娶老婆了。多大的房子？一个月供多少？"

"一个月两千多。"他怏怏地说，"分五年，四百多呎[1]的房子，是政府'居者有其屋'计划那种房子。"

"可是，你收入已经超过申请资格了。"我惊异。

他说："我……瞒了一些事实。"

典型的香港人。我叹口气，你说他傻，他可不傻，他在世俗上的事比谁都会打算盘。地毯要是他买的，他就不舍得踏上去，一定。

"四百多呎……"我说，"比我这里还小一半，我的天，香港的公寓越来越小，怎么放家具？一房一厅？像我这里这样。"

"你这里是三房一厅拆通的，怎么同？"他说，"也只有你一个人住这么大地方不怕。"

---

[1] 呎：英尺，香港人在说房屋面积时，习惯用呎代替平方呎，表示平方英尺。一百平方英尺约等于9.29平方米。

我说："四百呎有窒息感。"

"两个人住也够了。"他说。

我不想与他争执。他总有他的道理，他自己有一套。

"你父亲呢？将来令尊也与你住？"我问。

"是。"他答。

"如果你太太不喜欢，怎么办？"我问。

"不会不喜欢。"他说。

我不响，只是笑笑。听上去很美满……小夫妻俩住四百呎房子，有个老人家看大门，公寓粘一粘墙纸便是新房，像张佑森这样的人，也许对某些女人来说是求之不得的好丈夫。我嘲讽地想。

我们去看电影，两点半那场，因是儿童影片，观众拖大带小到三点钟才坐定，到四点钟又开始上洗手间，熙来攘往，吵得不亦乐乎。

我问佑森："你闷不闷？"

"不闷，我怎么会闷？"

我很闷。

连学生都知道我没有男朋友。我暗自叹口气。陪我上街的人很多，却没有男朋友。男朋友是不同的，男朋友是将来的丈夫。

看完戏我们往回走。我说："如果你独个儿住，倒可以上你家坐坐，改变一下环境。"

"现在也可以呀。"他说。

我笑笑，他的父亲近七十岁，有点邋遢相，我不高兴与他打招呼，又不想看他探头探脑的，老当我是未来儿媳妇。哪有人三十岁了还与家人同住，信都给父亲拆过了才到他手里，佑森也不觉得是烦恼，谁能给他写情信呢？

"真奇怪。"我说，"我们认识竟已十五年了。"

"是的，我第一次见你，你穿一件粉红色小裙子，也是这么凶巴巴的样子。"

"我？"我笑，"我凶巴巴？"

"是的，就是现在这样。"

我忽然发觉他也有点幽默感，于是拍拍他的肩膀。

"佑森，你对我很容忍，我知道。"我感慨地说。

"是我笨。不关你事，我常激怒你。"

"佑森。"我说，"你——"我又改变话题。"你如果结了婚，我们就不能这么自由自在见面了。"

"没关系，我们像兄妹。"他说。

"兄妹？"我笑，"有这么好的哥哥？或有之，余未之见也。"

他又不出声了。能与佑森有不停的对白，那真是奇迹。与他说话像断成一截截的录音带，不连续。

他问："你为什么不结婚？"

"我？"我说，"没碰到适合的人。"

"你要求别太高。"他说。

"我的要求高？"我摇摇头，"我找对象的要求一点也不高，他只要爱我，可以维持我们的生活，两人思想有交流，兴趣有共同点便行了。"

"这还不难！"他笑。

"难？每个女人择偶条件都是这个样子，有什么分别？"我气不过，"佑森，你说话难免不公平。"

"可是要维持你的生活……你的肥皂都二十五元一块，对你来说，坐日本轿车是最大的折辱，谁敢叫你挤公交车？真是的！"他笑。

"佑森，你别在我面前倚老卖老。"我笑着拍打他。

"你这个人，我第一次见你，就差不多让你折磨死。请你跳十次舞，你都说脚痛，跟别的男生跳得不亦乐乎。"

"你真是小人。"我笑，"记仇记两百年。"

"你一直嫌我土，是不是？那时候嫌我的裤管不够宽，现在又嫌我的裤脚不够窄，可是我老搅不通这种千变万化的玩意儿，展翅，我真是惭愧。"

我不好意思地说："你还耿耿于怀做什么？当年意气风发的小女孩子如今也老了，女人三十，真是无耗无扇，神仙难变，事业无成，又没有家庭，你看我这样子。"

"然而在我眼中，你永远是当年十五岁的样子。"他留恋地说。

"佑森，你真是活活就停止了，把头抬高一点，外边不知道有多少漂亮的小女孩子，很乐意陪伴你。"

佑森把手放在口袋里。"你的语气跟我父亲一样。"他笑笑说。

"你母亲早逝，他为你担足心事，结婚也好。"我停一停，"我也想清楚了，婚姻根本就是那么一回事，恋爱得再轰动，三五年之后，也就烟消云散，下班后大家扭开电视一起看长篇连续剧，人生是这样的，佑森。"

"既然你想穿了，为什么你不结婚？"

想不到这么一个老好人也会来这么阴险反招，我不知如何回答，招架无力，只好闷声不回答。

他送我回家，在楼下，我问他："下星期六呢？"次次都是我问他。

"你是长周还是短周？"他问。

"长周，连两个长周。学校要编时间表，故此短周改长周。你星期五打电话给我吧。"

"好的。"

"你知道车站在什么地方？"我问。

"知道。"

"佑森，买一辆小车子开开，那样我们可以去游泳。"

他微笑，点点头，转身走了。

我回到楼上，没事，不想睡，坐着抽烟。

为什么不早点投入看电视长篇剧的行列？我不知道，也许我觉得一起看电视也得找一个志趣投合的人。而这个人是这么地难找。他到底在什么地方？在我有生的时日内是否会遇见他？

我按熄香烟，扭开电视，看到 Muppet Show 中鲁道夫·纽瑞耶夫与猪仔小姐跳起芭蕾，笑得几乎昏过去。

上床看武侠小说，作者提到《三国演义》中许褚赤膊上阵，身中两箭，评书人注解："谁叫汝赤膊？"我又大笑。

不知为什么竟有这么多好笑的事。

可是又有什么是值得哭的？我既非失恋，又没失业，下个周末的约会也订下了，我有什么烦恼？头发又未白，脸上又没有皱纹，我哭什么。

然后我就睡了，一宵无话。

做了个噩梦，看见母亲跟我说："看你怎么没嫁人！"做噩梦与现实生活一模一样。

奇怪，小时候老梦见老虎追我，一追好几条街，或是掉了一颗牙齿，或是自悬崖跌下来，种类繁多，醒来松一口气，还没洗完脸就忘了。现在的噩梦连绵不绝，都是现实环境的反映，花样都不变，好没味道。

第二天还是要工作的。

女学生们在说生物课："记得几年前我们做青蛙实验，青蛙死了，但是碰一碰脊椎神经，四肢还是会动弹。有些人活着也是没脑袋的，只是脊椎神经在推动他们的活动。"

我想到张佑森，他是标准的脊椎动物，拨一拨动一动，坐在我客厅中看电视看到八点半起身告辞，连迪斯科音乐节目都看进在内。

我的学生比我聪明。我低头改簿子。她们喜欢在作文课的时候闲谈，只要声音不十分大，我由得她们。

我又听见另一个小女孩说："某次有个男孩子约我看戏，我去了，看到一半，看不下去——"

"为什么？"另一个问。

"描写男人同性恋，恶心。"

"于是我说要走，假意叫他别客气，继续看完场，谁知道他真的往下看，散场还到我家来按铃——你说有没有这种白痴？"一阵银铃似的笑声。

"有，怎么没有，还有人一年不找我姊姊，忽然向我姊姊借车呢，我姊姊说：'车子撞坏了怎么办？'那人说：'你那辆又不是法拉利，有什么关系？'气得我姊姊！"

我把头抬一抬。

一整班忽然鸦雀无声。

我说："在班上交掉作文，回家不必再费时间。"

我顿时听到沙沙的写字声。

我叹口气，走到窗前去站着。课室还用着竹帘，可是现在古老当时兴，阳光透过细细的竹帘射在我脸上，我眯起双眼，不用照镜子，也知道眼角有多少皱纹。

放了学我到弗罗赛太太家去喝茶。

弗罗赛太太是我从前念中学时的英文教师，今年五十多岁，我一直不知道她的国籍是什么地方，她早已自认是中国人，能说很好的普通话与粤语，但也喜欢讲英文与少许法文。

她喝茶的习惯倒是纯英国式的，一套银茶具擦得晶亮。家里有个用人帮她把屋子收拾得十分干净，白纱窗帘还是从布鲁塞尔带回来的。

夏天的下午坐在她家中很宁静，多数是我借口向她倾诉心事。

这次她温柔地说："我亲爱的，你想得太多了。"

"这是因为我不了解生命。"我轻声说。

"亲爱的，生命只供你活下去，生命不必了解。"

"但是……"我握紧她的手,深深叹口气,"但是我觉得困惑。"

"你睡得可好?"她问我。

"并不好,我有服镇静剂的习惯。"

"现在根本买不到。"她诧异,"政府忽然禁掉镇静剂,你怎么还买?"

"总有办法的。"我说,"鸦片禁掉百多年,现在还不是有人吸?"我苦笑。

"这不是好现象。"她拍拍我的手。

"我在半夜醒好多次,第二天没精神。"我说,"所以非服食不可。"

"你是否心事很多?"弗罗赛太太问。

"也不算是心事,有很多现实问题不能解决。"我答。

"经济上你不应有问题,是爱情吗?"

"是的,我的烦恼是我没有爱情烦恼,你明白吗?"我问。

"我明白。"她说,"为什么不跟你父母谈谈?"

"我从来没跟他们说过这些话,他们从来未曾帮我解决过任何问题。每夜我都做噩梦因小事与母亲吵。你知道的,我念中学时便与你说过这些问题。"

"你身边不是有很多年轻男人吗?"她微笑问道。

"我不喜欢他们。"我说。

"一个也不喜欢?"

我摇摇头:"不。"

"每个人总有长处。"她还在微笑。

"他们的长处我不感兴趣。"

"感情是可以培养的。"

"他们未必要与我培养终身兴趣。"

"你这孩子!"

我苦笑。

"工作呢?"她又问。

我很惆怅地说:"我始终做着螺丝钉式的工作,得不到什么满足,感情方面失望,事业又不如意,忽然之间我发觉原来我是芸芸众生中的一名,因此才困惑。"

"亲爱的,你想做谁?"

我撩起头发,烦恼地说:"我不知道。"

"你希望做个家庭主妇,终身致力于丈夫子女?你行吗?你愿意?"

我缓缓地摇头。

"抑或是做阔家少奶奶?手戴钻戒搓麻将。"

我说:"我不知道我想做什么人,我只是不满现况。"

"亲爱的,你闻到蛋糕香味否?"她说,"让我们先把烦恼忘记,然后开始吃。"

我笑:"遵命,弗罗赛太太。"

带着一个饱肚子,我回到了家中,该夜睡得很好。

二

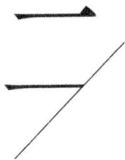

我只是忌妒贝太太比我幸运，佑森又比我安于现状，这两件事我都无法做到。

周末我想在家睡懒觉，于是推了张佑森的约会。

"不是说好出来的吗？"他问我。

"我忽然有点不舒服。"我用老借口。

"但是我约了另外一对朋友，不好意思推了他们。"佑森焦急。

"你又没征求我的同意，我怎么知道你约了人，张佑森，你最喜欢自说自话。"

他没言语。

"你约了谁？"我忍不住。

"我的上司贝太太。"张佑森说。

我问："贝太太与贝先生？"

"是的，贝太太不是见过你一次？她想再看看你。"

"看我，我有什么好看？"我说，"约的几点钟？"

"八点钟在天香楼，贝太太请客。"他说。

"你怎么能叫贝太太请客？你应当先付账，把钱放在柜台，知道吗？"什么都要我教。

"知道了，那么我来接你。"

"我来接你是真，你又没车子。"我忍不住抢白他。

"是。我七点半在家等你。"

"就是这样。"我挂了电话。

我很烦恼，想推的约会推不掉，又不想去，只觉得累，我胡乱找件白裙子罩上，化点妆，便开车出去，本来应当去洗个头，但是为张佑森与他的同事？我嫌费事麻烦。女为悦己者容。他又不悦我。况且我们之间已无男女之分，不然我也不肯反过去接他。

接了张佑森，我一声不响把车驶到天香楼。找到地方停车，与他进馆子，主人家还没到。

张佑森把两百块现钞放在柜台。我没好气地说："不够的。"

"要多少？"他惊惶地问。

"你带了多少？"我反问。

"两百。"

我叹口气："这是五百块，借给你。"

他茫然道："要这么多？"

我在人家订好的桌子上坐下喝茶，没好气。这个乡下人，简直不能带他到任何地方。我只觉一肚子的气，张佑森的年纪简直活在狗身上。

我低头喝着茶，十分闷气，没精打采地嗑着南瓜子，张佑森沮丧，他问："展翘，你不高兴了？是我笨，我一直笨。"

我抬起头，说："也没什么，你别多心，主人家马上要来了。"跟他出去，就像与儿子出去，事事要我关照。

这还是好的了，只要不是白痴儿子，总有长大学乖的一天。张佑森到底读过数年书。

我看看表，八点整，那贝太太贝先生也应该到了。约会准时一向是艺术，可惜懂这行艺术的人越来越少，姓宝姓贝都不管用。

正在无聊，眼前一亮，一个"中年少妇"盛装出现，身上一套彩色缤纷的针织衫裙，三寸半高跟鞋，珠光宝气，向张佑森展开一个笑容。这便是贝太太了。

我不记得曾经见过这位女士。她亲热地称呼我们："嘿，森！嘿，翘！"熟络得不得了。

我低声向佑森喝道："拉椅子！"然后虚伪地笑。

比起她，我真寒酸得像个学生。

我一直没看到贝先生，因为贝太太身体壮，衣饰又夸张，把她丈夫整个遮住，直到贝先生在她身边探出头来，伸出一只手问："是张先生与林小姐吧？我是贝太太的丈夫。"

我忍不住笑起来。

贝先生是个顶斯文的男人，衣着打扮都恰到好处，不似他太太，一抬手一举足都要光芒万丈，先声夺人。

她不是难看的女人，很时髦，很漂亮，过时的不是她的衣着，而是她的作风与体重。张佑森到今天这样，这个女人上司要负一半责任，被她意气风发地指使惯了，自然变得低声下气。

我侧头看贝先生。他仿佛知道我在想什么，含蓄地微笑，我的脸一红。贝先生对他的妻子很包涵，一贯地不搭腔，自顾自地叫菜，招呼我与佑森，很少说话——我们其实并没有太多的机会出声说话，贝太太甚多伟论，她正在设法告诉我们，她那个政府单位如果没有她，会整个垮掉。张佑森无可奈何地听着，而我却有点眼困。

终于贝先生把一匙虾仁放在贝太太的碗中，说道："亲爱的，嘴巴有时候也要用来吃东西的。"我忽然大笑起来，我只是觉得由衷地愉快，有人把我想说的话说了出来。

一笑不可收拾，贝太太呆在那里，不知所措。她大概从没遇见过比她更放肆的人，张佑森用手推一推我，暗示我不要失仪，我朝他瞪一眼。

他如果觉得我失态，那么就别找我，去找香港小姐，又有智慧又有美貌。我又不用看什么人的眼色，也不会嫁一个必须看人家眼色的男人。

待我笑过之后，贝太太的话少了一半，而且开始对身边的人勉强地表示兴趣。她问我："翘，你在什么地方工作？"

"教书。"

"乏味吗？"她问。

"十分乏味。"我说。这是她想得到的答案，我满足她。"最好是做建筑师的太太。"我装作很认真，"我最喜欢嫁建筑师为妻，最好是像你，贝太太，我最终的目的是以你为榜样。"

这次连张佑森都听出我语气中的讽刺，他变了色。

贝太太倒是不介意，无论是真的奉承与假的奉承，她都照单全收。

她看看佑森笑道："森，你最好马上去读建筑。"

我转头对佑森说："加州理工的建筑系不错。"

佑森被我整得啼笑皆非。

我正得意，一抬头看到贝先生的目光在我身上，他微微摇头，牵牵嘴角，表示指责我刻薄，我的脸顿时又红起来。

其实我并不讨厌贝太太，其实我也并不讨厌佑森。我只是忌妒贝太太比我幸运，佑森又比我安于现状，这两件事我都无法做到。心中一烦，索性跟他们捣乱。

到结账的时候，结果还是贝先生付掉了，贝先生跟老板熟得不能再熟，我那五百块安全地被退回来。一直到回家，张佑森都在我耳边嘀咕："展翘，你怎么了？明知贝太太是我的上司——"我对他大喝一声："你闭上尊嘴好不好？"

他很生气。

"你气什么？"我恶声恶气地问，"你还有什么不满意？你付出过什么？你又想得到什么？你如果不开心，以后别见我！"

张佑森隔了很久才说道："话何必说得那么重。"

"我告诉你，以后你别理我的事，我又不是你什么人，既非老婆又非女友，面子是互相给的，记住！"

我停好车，自己抓着锁匙上楼，他一个人站在楼下。

到家我把手袋一摔，摔到老远，意犹未尽，再赶上去狠狠加上一脚，里面的杂物抖得一地都是，又心疼起来，那手袋值八百多，踢坏了还不是自己掏腰包再买，左右是自己倒霉。

我把杂物一件件捡起来，拾到贝先生的名片"贝文祺"。我拿着名片坐下来。贝文祺。

为什么有些女人这么幸运。嫁个好丈夫，衣食两足之后，又觉得不够威风，于是做份自由自在的工作，对下属吆喝个够，作为生活享受的一部分。真是求仁得仁，每个人在他的环境里都可以找到快乐，只是除了我。

我心里恨着佑森，又恨自己——明知他是那么一个人，却还要与他混在一起，我发誓以后不再与他出去，当然也不再允许他把我的公寓当电视休息室，坐着不走。寂寞就寂寞好了。

第二天约了媚吃午饭，因为星期三下午不用上课。

"嘿！"她说，"你那位只能算低能迟钝儿童，我还认识个白痴呢！"语气像我的女学生，刻薄中不失精警。

"白痴？什么白痴？"我的精神一振，听到有人比我更不幸，我当然高兴起来。

"有这么一个男的。"媚说，"他去到加拿大后，打长途电话回来，一口咬定说半夜两点在我公寓中有男人接了他的电话，这是不是白痴？他临走时又不曾替我付过两年租，我一不是他老婆，二不是他情人，既然谁都没有爱上谁，我自顾自生活，有没有男人半夜接电话，关他鸟事！居然写十多封信来烦我。"

我笑问："那次是不是真有个男人在你公寓中？"

"有个屁。有倒好了。"媚叹口气。

"叫那白痴娶你做老婆，打座金堡垒把你锁起来。"我说，"最省事，不用他心烦。"

"娶得动吗？"媚蔑视地说。

"这么蠢的男人到底是从什么地方钻出来的？"我问。

"蠢？他们才不蠢，算盘比谁都精，两条腿上了公交车，三毫子[1]就到女友家坐一个下午，他们蠢？送香水送四分之一盎司[2]，才那么三滴。他们蠢？蠢也不会追求你我，找门当户对的女人去了。"

"这话倒说得很对。"我点头。

"相信种银子树的人只是缺乏知识，倒不是笨。"媚冷笑一声，"又贪又笨，真以为会在我们身上得到甜头，做他的春梦！"

我无奈地笑。

媚是我小学与中学的同学，我自七岁认识她到如今，两个人是无所不谈的。我们中小学的女同学很多，后来都失散了。就算是偶尔见面，也因小事疏远。有个女同学介绍她医生丈夫给我认识，她丈夫称赞道："你同学顶斯文，蛮漂亮呀。"从此她不再找我。

做人太太怕是要这样的，不怕一万，只怕万一。做人太太真辛苦。

---

[1] 三毫子：港币三角钱。

[2] 盎司：英美制重量单位，1 盎司合 28.3495 克。

媚与我同样是没有利害关系的独身女人。她受的气受的罪不会少过我。

她常常说:"我不介意辛劳工作,我所介意的是自尊,一个女人为着工作上的方便与顺利,得牺牲多少自尊?"

我补一句:"男人何尝不是。"

"可是男人做事也是应该的,他们做了五千年了,我们女人却是第一代出来社会搏杀,我吃不消这种压力。"

"嫁一个好的男人是很难了。"我忽然想到贝文祺。我昨天才认识他,但我有种直觉他是个好丈夫,只有好男人的妻子才可以无忧无虑地放肆、增肥、嚣张。我告诉媚:"有些男人还是很好的。他们有能力,而且负责任,有担当。"

"是的。可是十之八九他们已是别人的丈夫。"媚摇头晃脑地说。

"有些女人是快乐的。"我更加无奈。

"别这么愁眉苦脸的好不好?"媚告诉我。

我笑笑。

这顿饭吃足两个钟头。

她问:"有节目吗?"

"回家睡懒觉。"我说。

"睡得着?"

"嗯。"我说。

"那么再见。"她笑。

"媚——祝我幸运。"我说。

她诧异:"怎么,你需要运气吗?"

"是的，我有第六感觉。"

"当心点，通常你的第六感对你没好处。"

我笑笑。

"翘，当心你自己。"

"你现在开什么车？"我们走在街上时媚问我。

"四个轮子的车。"我说，"有多余钱的时候想换一辆。"

"是，车子你自己换，皮大衣自己买，房子自己想办法，你累不累？"

"很累。"我说，"所以我要回家睡觉。"我相信我脸上一点表情也没有。

连钻石都得自己买。

因为无聊，到车行去兜圈子，横看竖看，又打开银行的存折研究。我没有能力买好的车子。如果嫁个张佑森这样的人，两家合并一家，省下租金诸如此类的开销，或许可以买辆像样的车子，可是要与这种人生活……

本想选一辆黑豹 DeVille 小跑车。但在香港，可以用开篷没冷气设备的车子的日子不会超过三十天，于是被逼放弃。走出车行看到自己的旧车，又认为得过且过，索性等它崩溃之后再买新车。在路边碰到贝文祺，他先跟我打了招呼，我倒一怔。

"来修车子？"他问我。

我摇摇头。他看上去很友善，语气也很关注，我马上察觉到了。也许是还没有资格养情妇，至少他是个像样的男人，与他吃顿饭喝杯茶还不失面子，然而他是有妇之夫。

"太太好吗？"我问。

"好，谢谢你。"贝文祺礼貌地说。

我在等他邀我的下文。他没有。于是我笑笑，拉开车门，我说："再见，贝先生。"

"再见，林小姐。"

不知道为什么，我又笑起来，开着车子走了。

在教员室里兰心伸出手指给我看。我看到她手上戴着一只戒指。我脸上打一个问号。

"奕凯送给我的。"她开心地说。

我又仔细地看一眼，是那种小钻皮戒指，芝麻般大小，这种戒指我拉开抽屉随时可以找到十只八只，不知是哪一年买下来的，最近忽然流行起来，人手一只，兰心这一只因是心上人送的，价值不同。

"很好看。"我问，"现在多少钱一只？以前才一百多块。"

这话显然伤了她的心，她委屈地说："现在要三五百。"

三五百买一个少女的心，倒也值得，我不知道二十四五岁的女子算不算少女，大概是不算，不过兰心的样子长得小，心境天真，大约还及格。

"这不是订婚戒指吧？"我问道。

"自然不是。"她连忙反驳，"买来好玩的。"

"玩不要紧。"我微笑，"玩得滥掉了，你还是小姐身份，人不能乱嫁，嫁过的女人身价暴跌。"

"亏你还为人师表。"兰心啐道。

"忠言逆耳。"我耸耸肩。

这时候何掌珠走进教员室来说："蜜丝林，你是否有空，我有话想跟你说。"她面色很慎重。

我是最无所谓的，于是跟掌珠走到饭堂，各叫一听可乐，对着用吸管慢慢地吸进喉咙。看样子掌珠有重要的话说。女孩子最重要的事不外是"我怀孕了"，看样子何掌珠不至于到这种地步。

"什么事？"我问。

"蜜丝林，最近我非常不开心。"她说。

"我倒没发觉。"我微笑，"像你这样的年纪，有什么事值得不高兴？"

何掌珠说："我父亲要再婚。"原来如此。

"与你有什么关系？"我抬起头问。

"我不希望有个继母。"

"掌珠，这是20世纪80年代的香港，你以为你是白雪公主？"

"我不喜欢有一个陌生人走进我家中。"

"那不是你的家，那只是你父亲的家。掌珠，你有些观念非常落后，混淆不清，你听我跟你分析。第一，你父亲娶太太，与你无关，他的新妻子并不是你的妈妈，'继母'这个名词已经过时，母亲是无法代替的一个位置，不可能由旁的女人承继，如果你父亲逼你叫她'母亲'，你再来向我抗议未迟。"

"是。"

"第二，你目前的家不是你的家，有一天你会长大、离开，你父亲才是主人，他有权叫别人搬进来，你不得与他争执。"

"我结婚后才能有自己的家？"掌珠问。

"并不，视乎经济情况而定，看付房租的是谁，如果你丈夫掌着大权，那么家仍然与你无份，他几时遗弃你叫你搬走，你就得搬，否则他可以搬走。只有你用自己双手赚回来的东西，才是你的。"

掌珠呆了很久，她低下头，说："蜜丝林，以前从来没有人对我这样说过。"

我说："他们都是说谎的人，不想你接受真相，掌珠，现实生活很残酷，你把眼珠哭得跌出来，你父亲还是要娶新太太，你必须拿出勇气来，接受事实。"

"但我很不开心。"

"没有人会对你的快乐负责，掌珠。"我叹口气，"不久你便会知道，快乐得你自己寻找。"

我握住她的手。

她悲哀地问我："一点办法也没有？"

"恐怕没有，掌珠。"

她把脸埋在小手里，头枕在桌子上。

"掌珠，这并不是世界末日。你有没有见过这位小姐？也许她也担心得要死，也许她很急于要讨好你。"

"继母——"掌珠欲言还休。

"继母也是人呢，只是她们运气不好，爱上有孩子的男人，又不是她的错。"

"谢谢你，蜜丝林。"

"把精神寄托在别的地方，过一阵儿你会习惯新生活。你想想，掌珠，世界不可能一成不变，太阳不可能绕着你运行，你迟早会长大——生活中充满失望。"

我伴她走出饭堂。

这种谈话是否收效，我不得而知，但我可以保证句句衷心出自肺腑。我并没有敷衍掌珠，我也不是妇女杂志中的信箱主持人，我是堂堂正正有大学文凭的中学教师，我所提供的意见全是知识分子的意见。

后来半个月都没发生什么。

凌奕凯见我离得远远的，想说话又仿佛出不了口。这小子跟任何女人都可以眉目传情一番，真可惜。

张佑森恐怕是动了气，也是动气的时候了，周末他含糊地来个电话说："我要与家人去游泳……"

我说："好，好得很。"马上说再见，挂上电话。

再过一个周末，星期五下午五点五分，他打电话到教员室，我刚有点事做，还没走，就听到他在电话那边说："怎么样？"泥菩萨都有火。"什么怎么样？"我反问。

"星期六怎么样？"

我怒气上升："如果你想约我星期六，请预早打电话过来，现在已是星期五下午五时五分，对不起，我明天没有空，下次请早。"

这张佑森。

可是生活不会永远沉闷，不久我便接到条子，校长要见我。

何掌珠的爹跑到校长那里去告发我。

校长说道："何先生说你灌输她女儿不良知识。"

我说："请详细告诉我，什么叫不良知识。"

"你不应该告诉十六岁的女孩子，生活中充满失望。"

我看到校长先生的眼睛里去。"那么请你告诉我，生活中充满什么。"

他叹气："是，我们都知道，可是他们还年轻。"

"纸包不住火，你想瞒他们到几时？"

"翘，你是个很有作为的教师，但这一次我也觉得你过分一点，像鼓励何掌珠不叫继母为'母亲'——"

"继母怎能算妈妈？"我反问。

"是的，我们都知道星星不是五角形的，可是你能教幼稚园孩子在天上画一块陨石？翘，你的理想你的抱负我们都很清楚，你的确是有才干，但有些话不适合跟学生说，最好别说。"

"你是暗示我辞职吗？"我问。

"翘，我不是这意思。"

"那么以后我不再与学生在下课以后说话。"

"谢谢你，翘。"校长抹着额头的汗。

"没事了吧？"我说，"我有课。"

"翘——"他叫住我。

我转头。

"何掌珠的父亲希望与你说几句话。"

"一定有这种必要吗？"我反问。

"如果不是太难为你，见见他也好，有个交代。"

"好。"我说，"我不致连累，你约时间好了，我随时奉陪。"

"翘，你别冲动，你是一个很好的老师——"

"可惜我不会做人。"我已经推开校长室的门走出去。

我关门关得很大力。

我走进课室，说："今天自修。"

学生们骚动三分钟，静下来。

何掌珠走上来，说："蜜丝林。"她有点怯意。

我说："没关系，你别介意，这不关你的事。"

"我爹爹很过分，他做人一向是这么霸道。"

"我说过没关系，你回座位去。"我的声音很木。

她只好走回去坐下。

我摊开书本，一个字看不进。

我不明白为什么我还在外头工作，为什么我还——我抬起头，不用诉苦发牢骚，如果这是我生活的一部分，我必须若无其事地接受现实，正如我跟十六岁的何掌珠说："生活中充满失望。"

放学后，我收拾桌子上的簿子，兰心过来悄悄问："老校长对你说些什么？"

"加我薪水，娶我做姨太太。"

"别开玩笑，翘。"她埋怨我，"翘，你吃亏就在你的嘴巴，你太直爽。"

"我直爽？我才不直爽，我只是脾气不好。"我吐口气，照说磨了这些年，也应该圆滑，但我还是这般百折不挠，不晓得为啥。我说："神经病，我神经有毛病。"

"别气，翘，大不了不教。"兰心说。

我说："不教？谁替我付房租？"我捧起簿子，说："你还不走？”

"我有事。"

大概是约了凌奕凯。

我走到楼下停车场，看到凌奕凯站在那里。

"你等谁？"我诧异，"兰心还在楼上。"我说。

"等你，想搭你顺风车。"

"可是兰心——"我还在说。

"兰心又不止我一个男朋友。"他笑笑，"你以为她只与我一个人上街？"

"男朋友多也很累的。"我开车门。

他上车，说："她精力充沛。"

"她喜欢你。"

"她有什么不喜欢的？"凌奕凯反问。

我不想再多话，批评人家的男朋友或是女朋友是最不智的行为，人家雨过天晴，恩爱如初的时候，我可不想做罪人。

"要不要喝杯东西？"他问我。

他倒提醒了我，家中还有一瓶好的白兰地，回家喝一点，解解闷也好。

我说："我自己回家喝。"

"我能不能到你家来？"凌奕凯问。

我问："你上哪儿去？"

"为什么拒人千里？"他问。

"老实告诉你。"我冷冷地说，"我不想公寓变成众人的休息室，你要是有心陪我散闷，带我到别处去。"

凌奕凯受到抢白，脸上不自然，好不容易恢复的信心又崩溃下来。

"上哪儿？"我问。

他说出地址，过一会儿又问："你想到哪儿去？"

"我想去的地方你负担不起。"我说，"省省吧。"

他生气地说："翘，你太看不起人！你真有点心理变态，仿佛存心跟男人过不去。"

我讪笑："你算男人？三十七块五毛的账都要女人付，你算男人？再说，我与你过不去，不一定是跟全世界的男人过不去。"我把一口恶气全出在他头上。

"请你在前面停车。"他气得脸色蜡黄。

"很乐意。"我立刻停下车来。

他匆匆下车，我提醒他："人必自侮，然后人侮之。"

他奔过马路，去了。

我关上车门再开动车子。被凉风一吹，头脑清楚一点，有点后悔，凌奕凯是什么东西，我何必喜他憎他，就算是张佑森，也不用与他说太多，小时候熟络，长大后志趣不一样，索性斩断关系也是好的。

这样一想，心情明朗起来，我还可以损失什么呢？一无所有的人。

第二天回学校，在大门就有人叫我："翘！翘！"

我转头，原来是张太太，我们同事，在会计部做事的。

"度假回来了？"我向她点点头。

她放了两个礼拜的假。大概到菲律宾和印尼这种地方去兜过一趟。

"可不是，才走开两个星期，就错过不少新闻。"她挤眉弄眼地说，"赵兰心与凌奕凯好起来了，听说你也有份与他们谈三角恋爱？"

我沉下脸，说："张太太，说话请你放尊重点。"

"哟，翘！何必生这么大气，当着你面说不好过背着你说？"她还笑。

我冷笑："我情愿你背着我说，我听不见，没关系。"

"也没见过你这样的人。"她讪讪地说。

"我也没见过你这样的人。"我回敬她，"自己有事还管不好，倒有空理人家闲事。"

她气结地站在那里不能动，我是故意跟她作对，刺激她，她丈夫两年前跟另外一个女人跑得无影无踪，难得她尚有兴趣呼天抢地地当面说是非。

这几天我脾气是不好。我自己知道。

到教员室，我那张桌子上放着一盒鲜花。

我呆住了，捧起大纸盒，里面端端正正躺着两打淡黄色玫瑰花。

是我的？

校工放下茶壶过来，说："林小姐，有人送花给你。"

我找卡片，没找着，是谁送来的？

全教员室投来艳羡诧异与带点妒意的眼光。

我知道不会是张佑森。狗嘴永远吐不出象牙来，人一转性会要死的。这种新西兰玫瑰花他恐怕见都没见过，买四只橙拎着纸袋上来才是他的作风。

凌奕凯？他还等女人送花给他呢！他也不舍得的。

想半日，身边都是些牛鬼蛇神，也猜不到是什么人。放学我把花带回家，插在水晶瓶子中，看很久。

谁说送花俗？我不觉得。

晚上我对着芬芳的玫瑰直至深夜，忽然之间心境平静下来。做人哪儿有分分秒秒开心的事，做人别太认真才好。

三

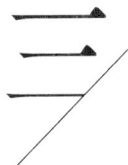

我好好的一个人，干吗要做别人的插曲。

于是这样又过一日，第二天校长叫校役拿来一张字条，说有人在会客室等我，那人是何德璋，何掌珠父亲，东窗事发了。

我整整衣服，推门进会客室。

老校长迎上来，他说："我替你们介绍，这是林展翘小姐，我们中五的班主任，这位是何德璋先生。"他介绍完像逃难似的逃出房间。

我闲闲地看着何德璋，这是我第一次见他。有四十六七年纪，两鬓略白，嘴唇闭得很紧，双目炯炯有神，不怒而威，身材适中，衣着考究而不耀眼，比起贝文祺，他似乎更有威仪。

我倒未想到掌珠的父亲是这一号人物，恶感顿时去掉一半，单看外表，他不可能是一个不讲道理的人。

"早。"我说。

他打量我。自西装马甲袋中取出挂表看时间。

他说："林小姐，我是一个忙人。"

我说："何先生，我也不是个闲人。"

"很好。"他点点头，声音很坚决很生硬，"适才我与校长谈过，我决定替掌珠转班。"

"那不可能，我们这家学校很势利，一向按学生的成绩编班级，掌珠分数很高，一定是在我这班。"

"那么你转班。"他蛮不讲理，"我不愿意掌珠跟着你做学生。"

我笑："何先生，你干吗不枪毙我，把这家学校封闭？你的权势恐怕没有这么大。'杜月笙时代'早已过去，你看开点，大不了我不吃这碗饭，你跟校长商量，捐座校舍给他，他说不定就辞掉我。"

何德璋瞪大眼睛，看牢我，诧异与愤怒融于一色。

"嘿，没猜到一个小教师也这么牙尖嘴利吧。不，我不怕你，何先生，因为我没有对掌珠说任何违背良心的话。"

"不，林小姐，你挑拨我女儿与我之间的感情。什么叫作'你目前的家不是你的家'？"

我说："请把手按在你的心脏上，何先生，难道你认为你可以跟着令爱一生一世？你的家怎可以是她的家？"

"谢谢你的关心！"他怒说，"我死的时候会把我的家给她——"

"那么直到该日，那座房子才是她的家。"我提高声音，"你们这些人为什么不能接受事实呢？"

"掌珠还太年轻了！"他咆吼。

"那么你承认我说的都是事实，只不过你认为掌珠太年轻，还能瞒她一阵儿。"

何德璋拍一下桌子，说："我从没见过像你这般的教师！"

"时代转变了，年轻人一日比一日聪明，何先生你怎么还搞不清楚？"

"跟你说不清楚——"

"爹爹——"掌珠推门进来。

"你怎么不上课？"何德璋勉强平息怒气，"你来这里干什么？"

"爹爹，你怎么能来寻蜜丝林麻烦？这与蜜丝林有什么关系？事情闹得这么大，校方对我的印象也不好。"掌珠指责她父亲。

"哼！"何德璋的眼光落在我身上，"她敢故意把你分数打低？"

我摇摇头。跟他说话是多余的，他是头自以为是的牛，一个蛮人。

我忍不住人身攻击他："何先生，像你这样的男人居然有机会再婚，珍惜这个机会，我无暇与你多说。"我拉开会客室的房门往校长室走去。老校长问我："怎么了？"他自座位间站起来。

我摊摊手，说："你开除我吧，我没有念过公共关系系。"

"翘——"

我扬扬手，说："不必分辩，我不再愿意提起这件事，校长，你的立场不稳，随便容许家长放肆，现在只有两条路，如果你要我留下来，就别再提何德璋。如果无法圆满解决这件事，那么请我走路，我不会为难你。"

说完我平静地回到课室去教书。

勃鲁克斯的《水仙颂》。(勃鲁克斯是美男子。只有长得好的男人才配做诗人。)

也有些人教书四十年的，从来没碰上什么麻烦，偏偏是我惹事，性格造成命运。

而我实在是好意劝导何掌珠，何德璋不领情，上演狗咬吕洞宾，是他的错。

放学时掌珠等我。"蜜丝林，是我不好。"

我耸耸肩。

"我爹爹，他是个孤僻的人。"

"你不用替他道歉，他如果知错，他自己会来跟我说。"

"校长那里……"掌珠忐忑不安地说，"没问题吧？"

我看看掌珠。"无疑你长得像母亲，否则那么可恶的父亲不会有如此可爱的女儿啦。"我笑说。

掌珠笑。

"回家吧，司机在等你，我不会有事。"我向她挤挤眼睛，"绝无生命危险。"

"蜜丝林——"

"听我话，回去。"我拍拍她的肩膀。

她脸上有表示极度的歉意，这个小女孩子。

我开车回家，才进门就听见电话铃响，我很怕在家听电话，那些人滔滔不绝地说下去，没完没了。

我一边拿起话筒，一边脱鞋子，那边是兰心。

她说："今天一直没找到你。"

"有话请说。有屁请放。"

"我要宣布你十大罪状。"

"欲加之罪，何患无辞。"我说。

"翘，你最近是疯了是不是？每个人你都借故大吵一顿。半路把奕凯赶下车不说，你怎么跟老校长都斗起来。"

"你打这个电话，是为我好？"我问。

"当然是为你好。"

"不敢当。"我讽刺她。

"你这个老姑婆。"她骂。

"没法子，更年期的女人难免有点怪毛病，对不？"

"翘？你别这样好不好，老太太，你丢了饭碗怎么办？"

"再找。"

"算了吧你，老板与你到底怎么了？其实你只要一声道歉，什么事都没有。"

"我又没错，干吗道歉？"

"你还七岁？倔强得要死，形势比人强的时候，委屈点有什么关系？"

"你是俊杰，我是庸才。"

她生气了："翘，你再这样嬉笑怒骂的，我以后不跟你打招呼。"

我叹口气："你出来吧，我请你吃晚饭。"

"我上你家来。"她挂电话。

半小时后兰心上门来按铃。她说："我真喜欢你这小公寓，多舒服，一个人住。"

我问："喝什么？"

"清茶，谢谢。"

"三分钟就好。"我在厨房张罗。

"你最近心情不好？"她问。

"是。"我答。

"我倒想请教你一些问题，譬如说，凌奕凯这个人怎么样？"

"不置评论。"

"你这个人！"她不悦。

我端茶出客厅。"女朋友的男朋友，与我没有关系。"

"可是你觉得他这人如何？"

"他为人如何，与我没关系。"我再三强调。

"你算是君子作风？闲谈不说人非？"

"他为人如何，你心中有数。"我说。

"我就是觉得他不大牢靠。"兰心坐下来叹口气。

我微笑。这种男人，还不一脚踢出去，还拿他来谈论，岂非多余？

"我知道你一向不喜欢他。"

"你也应该知道我对人一向冷淡。"我说。

兰心耸耸肩。"还是吊着他再说吧，反正没吃亏。"

"说得是。"我说，"吊满了等臭掉烂掉才扔。"

她喝一口茶，说："依我说，你别跟老校长吵，没好处。这份工作再鸡肋一点，也还养活你这么多年，你瞧这公寓，自成一阁，多么舒服。"

兰心这女孩子，就是这一点懂事，因此还可以做个朋友，她把生活看得很透彻，没有幼稚的幻想。

"没有事。"我说，"他不会把我开除，你少紧张。"

"何掌珠这女孩子也够可恶的。"兰心说，"她老子是个怎么样的人？"

"很……"我说，"我对他没有什么印象，他为人固执，事情对他不利，他自己不悦。"

"既然如此，不如小事化无。"兰心说，"你是明白人。"

我沉默。

"或者嫁人。你到底想嫁怎么样的人？"兰心问，"你不是认识好些医生律师？"

我笑："牙医也是医生，办分居的也是律师，看你的选择如何。"

兰心不服气："你再不能算是小公主了吧？"

我仍然笑："'对先生'还没出现，没奈何，只好再等。"

"你已经老了。"她刺激我。

"可不是。"我说道。这是事实。

"你仿佛不紧张。"兰心说。

"我就算紧张，也不能让你知道。"我说。

"你心目中有没有喜欢的男人？"

有，像贝文祺，男人最重要的是让女人舒服。有些男人令女人紧张：不知道化妆有没有糊掉，衣服是否合适，笑声会不会太多。但贝文祺令我松弛。只是我的宗旨是从不惹有妇之夫。

我做好三明治，大家吃过，躺着看电视。

她说她想搬出来住。

我劝她不可。房租太贵，除非收入超过六千块，否则连最起码的单位都租不起，为这个问题谈很久。时间晚了，她自己叫车子回家。

第二天，桌面又放着玫瑰花。

兰心问："谁送的？你家的那束还没谢，这束送我吧。"

"拿去。"我说。

她笑："多谢多谢。"

会是谁呢？这么破费。

何掌珠进来跟我说："我父亲要替我转校。"

我说："念得好好的——"没料到有这一招，觉得很乏味。都这么大年纪了，还闹意气，把一个小女孩子当磨心。

我叹口气，或者我应该退一步。

我问："你父亲是不是要我跟他道歉？"

"我不知道。"掌珠说。

"我来问你，在哪里可以找到他？他的电话号码是什么？"我拿起话筒。

掌珠说了一个号码，我把电话拨通，何德璋的女秘书来接电话。

"哪一位？"

"我姓林，是他女儿的教师。"

"请等一等。"

电话隔很久才接通。

何德璋的声音传过来："林小姐，我在开会，很忙，你有什么话快说。"仍然是冷峻的。

"你为什么不在××日报刊登启事，告诉全港九人士你很忙？"我忍不住，"有没有人告诉过你，你这个人老土得要死？只有那一句例牌开场白。"

他惊住半分钟之久，然后问："你到底有什么事？"很粗暴，"否则我要挂电话了。"

"掌珠说你要为她转校，如果是为我，不必了，我下午递辞职信，她在本校念得好好的，明年就可以毕业了，谨此通知。"

他又一阵沉默。

"再见，何先生。"我挂上电话。

何掌珠在一旁急得很："蜜丝林你——"

"叫我翘。"我拍拍她的手背，"我自由了，谁在乎这份工作！"我转头过去，说："兰心，明天如果还有人送花来，你可以照单全收。如果楼下会计部的张太太问我为何辞职，你转告她，我在三角桃色案件中输了一仗，无面目见江东父老，只好回家韬光养晦去！"

兰心变色道："翘，你发神经。"

"我现在就回家。"我把所有的书与簿子倒进一只大纸袋里。兰心走过来按住我的手，说："千万别冲动。"

"我不会饿死。我痛恨这份工作。我痛恨所有的工作，我需要休息，我要到卡曼都好好吸一阵大麻。"我说。

"蜜丝林——"掌珠在一边哭起来。

我说:"我回家了。兰心,你好言安慰这小女孩,跟老校长说我会补还信件给他,一切依足规矩。"

我抽起纸袋,潇潇洒洒地下楼去。

凌奕凯追上来。"翘!"

"什么事?"我扬起头。

"你就这样走了?"他问。

"是。"我说,"不带走一片云彩。"

"你是真的?"

"真的。我愁眉苦脸地赚了钱来,愁眉苦脸地花了去,有什么乐趣?"我用张爱玲的句子。

"你太骄傲,翘。"

"我一直是,你不必提醒我。"我转头走。

他追上来帮我拿那只纸袋,我们一直走到停车场去。"你不生我气?"我问他。

"你一直是那样子,你跟自己都作对,莫说旁人。"

他这话伤到我痛处,我说:"你们这种人是不会明白的。"

"我明白,当然我明白,正如你说,翘,这是一个真实的世界,你不过是一个普通的女人,你老把自己当没落贵族,误坠风尘,翘,你以这种态度活下去,永远不会快乐。"

我说:"我的快乐是我自己的事。"

"你真固执如驴。"

我上车。

"翘,你把门户放开好不好?"他倚在车上跟我说。

"我不需要任何帮忙。"我发动引擎,"至少你帮不上忙。"

"你侮辱我之后是否得到极度的满足？"

"人必自侮，然后人侮之。"我还是那句话，把车子"呼"一声开出去。

他来教训我。他凭什么教训我，他是谁？

单是避开他也应该辞职，他还想做白马王子搭救我。

回家我写好一封词文并茂的辞职信，不过是说家中最近有事，忙得不可开交，故此要辞去工作云云。我挂号寄了出去，顺手带一份《南华早报》回来。

母亲说："工作要熬长呵。"

她喜欢说道理，她知道什么，一辈子除了躺床上生孩子就是搁厨房煮饭。可是她喜欢说人生大道理："这份工作好，薪水高，够好了，工作要熬长，要好好做，总有出头日。"然后把我给她的钞票往抽屉里塞。每次我拿钱去她从不客气，大陆的亲戚写信来嚷她，她不是不知道，什么是真，什么是假，买了计算机、收音机，打包裹寄过去。反正她的钱来得容易，也不是赚回来的，乐得做好人，哄上头的人给她写信寄相片。

她打电话来："你辞了职？"老母几乎哭了出来。

"你放心，找工作很快的。"

"唉，你这个人是不会好的了——"

我把电话放下来，不再想听下去。

我独自坐在客厅里，燃着一支烟。黄色的玫瑰花给我无限的安慰。

这个人到底是谁？在这种要紧关头给我这个帮忙。晚上我缓缓地吃三明治，一边把聘人广告圈起来，那夜我用打字机写好很多应征信。

或者我应该上一次欧洲。我想念枫丹白露，想念新鲜空气，想念清秀的面孔。

第二天我睡到心满意足才睁开眼睛。做人不负责倒是很自在，我为自己煮了一大锅面，取出早报，把副刊的小说全部看一遍。女作家们照常在副刊上申诉她们家中发生的琐事，在报纸的一角上她们终于找到了自我。

玫瑰谢了。

我惋惜把另外一束送给了兰心。

门铃叮当一声。我去开门。

"小姐，收花。"

"花？"

门外的人递上一盒玫瑰。我叫住他。

"谁叫你送来的？"我问。

"我不知道，花店给我的'柯打'[1]。"他说。

我给他十块钱小费，把花接进来，仍然是没有卡片，既然他不要我知道他是谁，我就不必去调查了。

我把花插进瓶子，自嘲地大声说："好，至少有人送花给我！"

电话铃响，我去接听。

"花收到了？"那边问。

---

[1] 柯打：order，即订单。

"你怎么知道我不教书了？"我问。

"很容易打听到。"那边说，"你因三角恋爱失败，故此在家修炼。"

"正是。"我说，"喂，谢谢你的花。"

"不必客气。"

我忽然想起来："喂，你是谁？喂！"

他已经挂断电话。我目瞪口呆，天下有我这么神经的人，就有这么个神经的他。到底是谁，电话都通过，仍然不知道他是谁。

但花是美丽的，我吹着口哨。电话铃又响。"喂，你——"我开口就被打断。

"翘，你这神经病，你真的不干了？"兰心的声音。

"的确是。"我说，"我有积蓄，你们放心好不好？有什么道理要我不住地安慰你们，应该你们来安慰我！"

兰心叹口气："也好，你也够累的。"

我沉默十秒钟，说："谢谢你，兰心。"

"我们有空再联络。"

"张太太可好？她的长舌有没有掉下来？"我问。

"舌头没有，下巴有。她要来看你哩。"兰心说。

"妈哎。"我呻吟，"我又不是患绝症。"

兰心冷笑："这年头失业比患绝症还可怕，有人肯来瞧你，真算热心的，你别不识好人心。"

"我明白，完了没有？"我反问。

她"嗒"一声挂掉电话。

电话铃又响。我问："又是谁？"

"我，媚。你辞职了？"

"是。"

"我也刚辞职。"媚在电话那边说。

"为什么？"我问。

"有人罩住我。"她说，"找到户头，休息一下再度奋斗。"

"你什么时候做的一女一楼？"我问。

"狗嘴里吐不出象牙来。"她说。

"他是个怎么样的人？"

"马马虎虎，对我还不错就是。"

"为什么不结婚？"

"他不能娶我。"

"呵，家里不赞成，环境不允许，他有苦衷，他有原委——他不爱你。"

"他并没有说他爱我，从没有。是我觉得他很喜欢我，这还不够？我要求一向不高，他有妻室。"

"媚，这种故事我听过许多次，你真笨。"我反对，"他回家又是一个正人君子，在你面前却有诉不完的衷情。"

她只是笑："你呢？辞职后有什么计划？找新工作？"

本来有点精神萎靡，现在听见有媚跟我一起孵豆芽[1]，心情好转。我们可以到惠记去把碎钻重镶，又可以到国货公司去看旧白玉小件。但内心深处，我情愿身在课室中，解释 on

---

[1] 孵豆芽：比喻把自己关在屋子里，不面对现实挫折与失败。

the top 与 at the top，on to 和 onto 的分别。谁不喜欢有一份工作，寄托精神，好过魂游四方。

"我写信去应征好几份工作，不知道有没有机会成功。"

"好了，我们今天晚上吃饭。"她说，"我来你家，八点。"

她挂电话没多久，铃声又响起来。

这回是老校长："翘！"

我不敢出声。

"翘，你想，我认识你多久了，我初见你那时，你何尝不是同掌珠那么大？我放你两星期病假，假后乖乖地回来教书！"

"是！"我忽然感动了。

他叹口气，说："若不看在你是个负责的教师，我真随得你闹——家中有事，什么事？"

校长收到我的辞职信了。"你家有什么人我全知道。"

我良心发现，说："那么这两个星期谁教这两班会考班？"

"我来教，能怎么办？"他无奈地说。

"这——这不好意思。"

"你放心，暑假你回来帮我编时间表。"

"不公平，去年也是我编的。"我抗议，"天天回学校，我只放了一半假期。"

"谁叫你老请'病假'。"老校长狡猾地说。

"好好好。"我挂了电话。

铃声又响。哗，一个早上七千个电话，忽然之间我飘飘然起来，取过话筒。

"请林小姐听电话。"

"我是林小姐，哪一位？"

"林小姐，我姓何——"

我忽然忍不住大笑起来。"我知道，哈哈哈，你姓何，你是一个很忙的人。"我体内的滑稽细胞全部发作，笑得前仰后合。

原来有这么多人关心我，不到紧急关头可不会知道，当浮一大白。

何德璋在那边一定被我笑得脸色发白。

"林小姐。"他说，"听说你辞了职。"

"何先生，一切是你双手造成，我是个独身女人，生活全靠这份卑微的收入。何先生，坏人衣食，如同杀人父母，你也听过这两句吧。"

"林小姐，这种后果，我始料未及。"他说，"我无意逼你辞职，请你相信我。"

什么？他有歉意？我倒呆住了。

"掌珠现在跟我说，她绝不转校，林小姐，的确是小女错在先，她不该把家事出外宣扬。影响到你生计问题，实在太严重。"

我不可置信，我问："你确是何德璋先生？"

"是，林小姐。"

像换了一个人似的。

"掌珠说你今天没回学校，我想我们或者可以一起吃午餐，商量商量，如果一切像没发生过——"

"为什么你希望一切都没发生过？"我反问。

"那么你可以再回学校教书。掌珠跟我说……"何德璋咳嗽一声，"你生活全靠自己一双手与这份工作，我觉得我很过分，我没想到这一层。"

我冷冷地说："不见得何先生你会天真地认为亿万富翁有女志在教育工作吧。"

"我们杯酒释嫌吧，林小姐。"

"何先生，我对成语的运用没你熟，饭我不吃了，校方如果留我，我再回去就是。"

"这也好。"他沉吟，"校方有没有与你接触？"

"我相信会的。"我有点不耐烦。

"林小姐，你是单身女子，我家中事很复杂，你不会明白，这次把你无端牵涉在内，我向你致歉。"

"不必客气。"

何德璋长长叹口气，说："男人要独自养大一个十六岁的女儿，不是易事，林小姐，你多多包涵。"他挂上电话。

我独自坐在沙发上，嗅着玫瑰的香气，吉人天相，逢凶化吉，这一场风波带来两星期假期以便我下台。但何德璋最后的感慨使我同情他。

何掌珠告诉过我她母亲早逝。是可以想象得到何德璋父兼母职，确不是易事。

电话铃又响。我的手碰到话筒，话筒是暖和的——握在手中太久了。

"谁？"我问。

"蜜丝林？我是何掌珠。"

"掌珠，你好吗？"

"蜜丝林，我可以来看你吗？"她问。

"不可以，因为你现在要上课。"我说。

"我可以请假。"

"不行。"我说。

"我爹爹有没有跟你道歉？他也很后悔，他没想到你真会为我辞职，他很感动，不料有人真为他女儿牺牲。"

"我什么也没牺牲，你们这班猢狲听着，过两个星期我就再回来，校长代课的时候你们要听话。"

掌珠欢呼起来。"我放学来看你。"她说。

"放学我有约会。"我说，"你不必来看我，今早我听了几百个电话，掌珠，我累，你好好地上课，知道没有？"

她答应，并且很快挂断电话。

公寓寂静一片。只余玫瑰花香。

我觉得平静。

我在世界上这一仗已经打输了，不如输得大方文雅一点。

电话又响，我不再接听，我倒在床上休息，没一会儿便睡着了。梦中门铃响完又响，响完又响。醒后发觉门铃真的在响。我去开门。

"媚。"我说，"你？"我开门给她。

"我早来了，对不起。"她看上去容光焕发。

"真是佛要金装，人要衣装。"我上下打量她，"整个人光鲜起来咯，怎么，一个月拿多少家用钱？"

"他没有钱。"她说，"别死相。"

"哦，那么是爱情的滋润。"我笑。

"我给你看一样东西，你瞧好不好？"她自手袋中取出一只盒子打开，拎出一条K金的袋表链子，登希路[1]牌子。

我说："真肯下本钱，现在这K金不便宜。"

"三千七百多。"她说，"还好。"

"你三个星期的薪水。"我说，"人家等男朋友送，你送给男朋友，这人又还是别人的丈夫，这笔账怎么算，我不明白。但是很明显你并不是会计人才。"

她把表链收好，把笑容也收好，说："你不会明白的。"

我明白。花得起，有得花，又花得开心，何乐而不为，我们都不是吝啬的人。

"你快乐？"我问。

媚仰起头，显出秀丽的侧面轮廓，说："我不知道。至少我心中有个寄托。昨晨我做梦，身体仿佛回到很久之前，在外国孤身作战，彷徨无依，一觉醒来，冲口叫出来的是他的名字——你明白吗，翘？"

"我明白。"我说。

我真的明白，我不是故作同情状。

"他会不会离婚？"我问。

"我不会嫁他。"她断然说，"这跟婚姻无关。"

"你的感情可以升华到这种地步？"我问。

---

[1] 登希路：Dunhill 的译音，也称登喜路，男士奢侈品牌。

"每个人都可以，视环境而定。"

我们坐下，我取出一包银器与洗银水，慢慢地一件件拭抹，媚帮着我。

我向她微笑。

电话铃响。

媚向我挤挤眼，抢着听。

"不——我是她的用人。是，她在，贵姓？贝？"她笑，"请等一等。"

我骂："装神弄鬼。"抢过话筒，说："喂？"

"我忘了跟你说，我姓贝。"

我问："你为什么送花给我？"我认出他的声音，很吃惊。

他沉吟半晌："我不知道，表示好意。"

"你是——贝文祺先生？"我只认识一个姓贝的人。

"是。"

"你是个有妻室的人。"我说道。

"有妻室的人几乎连呼吸也是犯罪，是不是？"

"照说应与妻子同时吸进氧气，然后同时吐出碳气。"

"很幽默。"他说。

"谢谢你的花。"我说。

"你好吗？"他问。

"心情很坏，发生很多有怨无处诉、哑巴吃黄连的故事，幸亏每日收鲜花一大束，略添情趣。"

"这是我的殊荣。"他说。

媚在旁扯着我的手不住地偷听，我又得推开她，又得回话，头大如斗。

"你有没有企图？"我问。

"企图？当然有。"他笑，"你想想，翘，一个男人送花给一个女人，他有什么企图？"

"约会？"我问，"面对面喝一杯橘子水？到迪斯科跳舞？你在开玩笑吧……"

他沉默一会儿，然后问："为什么？是因你我都太老了？"

"不。"我说。

"那是为什么？"他问。

这时媚静静地伏在我肩膀上听我们的对白。

"因为你属于别的女人，而我一向过惯独门独户的生活，我不想与任何人分享任何东西。"

"说得好！"

"对不起，贝先生，经验告诉我，一杯橘子水会引起很多烦恼。"

"可是你很喜欢那些花——"他分辩。

"没有任何事是不必付出代价的。"我心平气和地说，"将来我总得为这些花痛哭，你不必再送了。"

"铁腕政策？"

"让我说。"我谦虚，"我把自己保护得很好。"

"你对我无好感？"他问。

"相反，贝先生，如果你没有妻室，我会来不及地跟你跳舞吃喝看电影。"我说，"你离婚后才可以开始新生命，否则我想敢冒风险的女人很少，你太太那身材是我的双倍，如果我给她机会捆我一掌，我会非常后悔，相信你明白。"

他说："我原本以为你的口才只运用在张佑森身上。"

"我一视同仁。"

"那么我不打扰你了，再见。"

"再见，贝先生。"我放下电话。

媚问："为什么？"

为什么？我微笑。趁现在不痒不痛的，可以随时放下电话；如果不放，那就非得等到痛苦失措的时候，想放都不舍得放。

我好好的一个人，干吗要做别人的插曲。

媚叹口气，说："好，我晓得人各有志。"

"你晓得便好。"我说。

"我们吃饭去。"她说。

我取过车钥匙。

"你一定要明媒正娶才肯跟一个男人？"媚问道。

"倒也不见得。"我说道，"我只是不想痛苦。"

媚低头笑。

四

我现在什么都独立，经济、精神，想想都开心。

我闲荡了两个星期后回学校。

我改变态度做人，原来工作不外是混饭吃，一切别往心里搁，无关痛痒的事少理少听少讲。反正已经赌输了，即使不能输得雍容，至少输得缄默。我只做好自己的工作，做完就走，回到家中，我又是另外一个人。

教书我只说课本内的事，经过这次教训，做人完全变了，既然学校的要求止于此，我就做这些，何必费心费力理不相干的事。

我连话都懒得说，态度悠然平和，既然事不关己，也没有什么喜怒哀乐，常常带个微笑。最吃惊的是兰心。

兰心跟我说："翘，你是怎么了？这次回来，你像万念俱灰，怎么回事？"

"千万别这么说。"我一本正经地改正她，"什么灰不灰，别叫老板误会，降我的级，失节事小，失业事大，房东等着我交租金的，知道吗？"

"翘，你以前口气不是这样的！"

"以前我错了。"我简单地说道。

以前我确实错了，做人不是这么做的，以前我简直在打仗，岂是教书。凌奕凯冷眼旁观，不置可否，别的同事根本与我谈不拢，也不知底细。

至于老板，走到哪里我都避着他，他也知道我避着他，大家心里明白。

我并没有退掉家中的《南华早报》。以前我真想致力教育，尽我所知、尽我所能灌输给最易吸收知识的孩子们。既然环境不允许，别人能混，我为什么不能混？混饭吃难道还需要天才不成。

可是身为教书先生，混着有点于心有亏，既然天下乌鸦一般黑，我心底想转行的念头像杰克的豆茎一般滋长，我的思想终于搅通了。

学生们都察觉我不再卖力，下课便走，有什么问题，是功课上的，叫他们去问分数高的同学，私人的难题恕不作答。

掌珠说："蜜丝林，你好像变了。"

我淡淡地问道："谁说的？"并不愿意与她多讲。

我不是厌恶她，也不对她的父亲有反感，只是我那满腔热忱逃得影踪全无，我只关心月底发出来的薪水，因为这份薪水并不差，因为我的生活靠着这份薪水过得顶优游，我把注意力放在欧洲二十日游、雨花台石卵、艾莲寇秀店里的水晶瓶子，等等。这些美丽的物质都可以带来一点点快乐。一点点快乐总好过没有快乐。

师生之间要保持适当的距离，师生之间与任何人一样，谁也不对谁负任何责任。

张佑森没有打电话来。他终于放弃了。我不是没有愧意，想找他出来谈谈，又想不出有啥子可以说，很难办，与他说话讲不通。我开车接送他到处玩，没兴趣。让他坐在公寓中，我又不耐烦服侍他。

当然可以嫁给他。他会对我好？说不定若干时日后阴沟翻船，谁可以保证说"这人老实，嫁他一辈子他也不会出花样"。逃不掉的男人多数是最乏味的男人，乏味的男人也不一定是乖男人，张佑森的脑袋里想些什么，我从来没知道过，我不敢嫁他。

既然如此，熄了的火头就不必再去点着它。

张佑森这三个字被擦掉了。

贝文祺。我沉吟，人家的丈夫。他的妻子太胖太嚣张太张牙舞爪，不然也还可以考虑一下。如果她是个温文的女子，纤细带哀愁的则不妨，万一争执起来，还有个逃生的机会。

我不知道这个贝太太在家中是否与写字楼中一般无异，如果没有不同之处，贝文祺怎么忍受她若干年。她肚子上的那些圈圈士啤胎 [1]，简直像日夜套着几个救生圈做人，真亏她的，还穿得那么美，那么考究，首饰听说一套套地换。

媚说："人要胖起来有什么法子？"

___

[1] 士啤胎：spare tire 的译音，即后备车胎。在粤语中常借用来取笑人胖。

"别吃。那还不容易。"

"不是人人像你那么狠心刻薄自己。"

那倒是，用人餐餐三菜一汤地摆出来，太难瘦。

我说："我还是不明白人怎么会到那种程度。"

媚笑说："何必多问，最威风的还不是你，人家的丈夫送花给你。"

"他有企图。"我打个哈欠，"难道现在他还送不成？"

没见花很久很久了。

"有啥新闻没有？"我问。

"没有。"

"你的恋爱生活呢？"

"如常。"媚似乎不愿多说。

我的教书生涯如旧，学生与我都活在时光隧道内，日复一日，在狄更斯与劳伦斯之间找寻真理，希腊神话是他们生活中最有机会认识人性的时候。

以前我连暗疮治疗都教授在内，差点没做妇女杂志信箱主持人，现在什么都不管。

何掌珠说："我父亲并没有娶那个女人。"

我抬抬眼睛，真意外。

我实在忍不住，问："为什么？"

"他觉得她不适合他。"

"在决定结婚以后？"

"是的，她只想要他的钱，她另外有情人。"掌珠说，"爹爹很生气，跑到纽约去了。"

"现在家里只剩你一个人？"

她耸耸肩，说道："一直都是我一个人。"很无所谓。

"那位女士——"我还是忍住了，掌珠只是我的学生，不是我的朋友。

"她是一位歌星。"

我忍不住笑出来。

"现在你知道我努力反对的原因了？"掌珠问道。

"也不是道理，你父亲要是喜欢……何必替他不值。"

"蜜丝林，你对我疏远了是不是？"她问，"你对我们都疏远了，你心中气我们是不是？"

人活着多少得受点气。谁不气。不然哪儿有人胃溃疡。

我现在什么都独立，经济、精神，想想都开心。

"开心？"

我没有恐惧。

我对何掌珠打起官腔："想想你的功课，你现在除了致力于功课，实在不应再另外分心。"

"爹爹也是这么说。"

"你现在快乐了？"我取笑她。

她掩不住笑，说："自然。但蜜丝林，我老觉得你的功劳最大。"

"什么功劳？拆散人家的姻缘？"我笑问。

星期六下午，我独自在看电视，门铃响了。在这种时候有人按铃，一定是媚，大概是她开车出来逛，逛得无聊，上来看看我。

我摩拳擦掌地去开门，打算吃她带上来的水果，她从不空手上来。

门一打开，是个陌生女人。

"这里是二十八号十二楼。"我说，"A座。"

"姓林的是不是？"她问。台湾广东话。

我对台湾女人不是有偏见，而是根本觉得她们是另一种生物，无法沟通。

"是。"我说普通话。

她也改用普通话："你会说普通话？太好了。"

我淡淡地说："我的普通话比你讲得好。"

她忽然抢着说："我也读过大学。"

我失笑道："我甚至不认识你，而且，不打算开门给你，你有没有念过大学，关我什么事？"

"可是你认识何德璋，是不是？"她问。

"是。我见过他数次。"我说。

"我警告你，你别企图会在我手中抢过去！"

"抢谁？何德璋？"我瞪目。

"你当心，我在香港很有一点势力！"

"哦，真的？港督是你干爹？你常坐首席检察官的车子？"我笑。

"你当心一点！"她嘭嘭地敲着铁门。

"贵姓大名？"我问她。

"钱玲玲。"她说，"怎么样？"

"好的，警察会找你谈话。"我动手关门。

"喂喂喂——"钱玲玲急起来。

我说:"你犯了恐吓罪,我是香港居民,并且是纳税人,你回去想仔细点,我不但普通话说得比你好,将来上法庭见面,英文也肯定说得比你好。"

我关上门,拿起电话,拨108,询问附近警局号码。

门铃又响起来。我知道是那个女人。我拨了警局号码,简单地说明门外有人骚扰我,叫他们派人来,我拿着话筒叫他们听门外疯狂的按铃声。

我很冷静。

不多久警察便来了,他们在门外说:"请开门,小姐。"

我开了门,那个姓钱的女人进退两难,夹在警察当中青白着面孔。祸福无门,唯人自招。

我跟警察回警局落案,要求保护,把故事由始至末说一遍,取出我的身份证明。

"我是中学教师。"我说。

那歌女坚持说:"可是我未婚夫的女儿告诉我,她父亲的新爱人是她!"她用手指着我。

警察说:"小姐,无论怎么样,你不能到任何私人住宅去按铃,指名恐吓,如果对方身体或精神受到伤害,你会被起诉。"

钱玲玲吓得什么似的。

我说:"我想请你们把何家的人传来问问话,这件事跟我的名誉有莫大的影响。"

"是。"他们打电话到何家,然后派人去请何掌珠。

掌珠到的时候我说："你给我的麻烦还不够吗？"

掌珠哭着说："我见她一直打电话来追问爹的下落，又恐吓我，只好捏造一些话来告诉她，打发她走，没想到——蜜丝林，请你原谅我——"

我说："这件事与我的名誉兼安全有关，我一定要落案，免得被人在街上追斩，做了路倒尸还不知发生了什么事。"

那个钱玲玲也回头来道歉："我实在是误会了——"

我拂袖而起，说："你在香港的势力这么大，钱小姐，我不得不小心从事！"我跟警方说："有什么事情随时通知我。"

回到家时间已经很晚。

电话铃在黑暗中响起来，一声又一声。

我转过身，靠起来，扭亮床头灯。

电话铃还在响。会是谁呢？

我去接电话，只穿着一只拖鞋。

"谁？"我问。

"林小姐？"

"谁？"我的声音尖起来，半夜三更，一个独身女人接到神秘的电话，我哆嗦一下，看看钟，三点一刻。

"我是何德璋。"

"是你！大忙人回来了！"我马上讽刺起来，"你可有看看现在是什么时间？"但不觉松了口气。

"林小姐，很抱歉，我还在纽约，刚才掌珠跟我通过电话，我决定尽快赶回来。林小姐，这次完全是我们家的不是，我希望你可以去警局销案。"

"你真以为我是闹着玩的？你请节省开销，挂下电话吧。"

我摔下话筒，回到床上。经过这么多年，我的电话居然还没有摔坏，真值得诧异。

第二天下班我到弗罗赛太太家去吃茶。

她说："你的情绪看上去稳定得多了。"

"是，为什么不呢——激动又补救不了事实。"我躲在她家的纱窗帘后面。

我把纱披在头上脸上，冒充着新娘子。

又把花瓶里的花捧在手中。

"我像不像新娘？"

"翘，你是个漂亮的女孩子。"她说，"新娘打扮很适合你。"

"比利时纱边，将来我的礼服要比利时纱边的。"我说。

"那么他最好赚多点钞票。"弗罗赛太太笑。

"我喜欢能赚钱的男人。"我仰仰头。

"是吗？"

"除非我爱上了他。"我叹口气。

"吃点心吗？"弗罗赛太太笑，"今天有奶油白兰地卷。"

"吃！吃！"我说，"拿出来。"

她用着的广东娘姨白衣黑裤地走出来，服侍我们吃点心。

"翘，你的毛病就是恋爱次数太多。"她说，"一下子忘掉理想与宗旨。"

"那不是我的毛病，那是我的最大优点。"我说。

"你真的相信？"

"是的。"我说。

"让我看看你的微笑。"她说。

我装一个史努比式的微笑，牙齿全在外边。

弗罗赛太太放下茶杯。"性格造成命运。"她摇摇头，"我可以算得出你的命运。"

"我的命运？你替我算一算。"我说。

"你自己难道还不知道？"她问。

我笑着说："知是知道，但是事情往往有意外的发展。"

"你在逃避什么？"弗罗赛太太问。

"我自己。我不喜欢我自己。故此一旦有男人对我示意，我便看他不起。"我说，"你相信吗？"

"我当然相信。"弗罗赛太太说，"我看着你成长的。"

"我母亲却不相信我，她还看着我出生呢。"我说。

她笑一笑。

我告辞回家。心血来潮。得饶人处且饶人，跑到警局去销案。

何掌珠在家门口等我。

我惊异。

"你在这里等多久了？"我问。

"两点半来的。"她眼睛红红。

"你为什么不先打电话？"我开门，"快进来！站了两个钟头，累都累死了。"

"电话没人听。"她说。

"那就表示我不在，你明白吗？"我说，"如果我吃完饭才回来，你怎么办？"

"我情愿站在你门口。"她说。

我看着她的面孔，问："发生大事了，是不是？"

她苍白着面孔点点头。

"你爹又有什么花样？"我递一杯茶给她。

她低下头："爹爹没有怎么样。"

"我把案子销了，我顶怕事，人家会想：这歌女为什么不去找别人，单去找她，恐怕是一丘之貉。我要面子，所以不会控诉她，你叫她放心。"

掌珠好像没听进去，她说："蜜丝林——"她有十二分的难言之隐。

我是个很敏感的人。"你——"我用手指着她，"你——"

她恐惧地说："我怕我是怀孕了。"

老天。我坐下来。

她嘴唇哆嗦，瞪着我。我并不是救命菩萨。

我问："还有没有其他人知道？千万不要告诉任何人。"

"没有。"她颤抖地说。

"验过没有？"

"我不知道该往哪里去验。"

"还没有验？那你怎么知道呢？"

"已经一个多月了。"她说。

"他是谁？"我问，"是不是男同学？"

"不是。"

"你不要替他掩护，他也应该负一半责任，真的。"

"我不想见他。"她掩住脸。

"我叫他出来。"我温和地说,"大家对质一下。"

"他会侮辱我,我不要见他。"掌珠怎么都不肯。

"你爱他吗?"我问。

"不。"

"你会跟他结婚?"我问。

"不。"

"你会不会要这个孩子?"

"不!"她尖叫,叫完又叫,叫完又叫。声音像受伤的动物的惨号。

我把何掌珠拥在怀里,抱住她的头,说:"别担心,我们总有办法,千万别担心,也不要怪你自己,这种事可以发生在任何人身上。"

其实我也不知道该怎么办。

她说:"……我觉得寂寞……我……"

"不需要解释。"我拍着她的肩膀,"我明白,我不会勉强你去见他,你放心,错一次,乖一次。"

她蜷缩在我怀中。

我说下去:"可是我们先得寻个好的妇科医生检查一下,你先别害怕,镇静一点好不好?"我放轻声音,"别哭,我在这儿。"

"蜜丝林——"她呜呜地没法子停下来。

我说:"生命不是你想象中那样的。"我摇着她,像哄婴儿入睡,"掌珠,生命中充满失望,这时候你自然伤心痛苦,事后……不过如此,事后想起很可笑,你不要怕。"

她不大听我劝，仍然伏在我胸前哭。

我顺手取过日历，翻出电话，拨电话过去找医生。

护士说："卢医生明天上午要开刀，下午好不好？"

"可是我妹妹非常不舒服，急着想看医生。"

"这样吧，林小姐，我们是熟人，卢医生明天九点才去医院，你带妹妹八点半之前到诊所，好不好？"

"好，好，谢谢你，小姐。"我放下话筒。

"瞧，看完医生，我们还可以准时上课。"我说，"我到你家接你。"

我喂她服一粒镇静剂，她仿佛好过点，但硬是不肯回家。"不回家是不行的。"我说，"你父亲不是要在这一两天回来？找不到你不好。"

"他才不理我！"

"这不是真的。"我说，"他很爱你。"

"他只关心外头不三不四的女人与他银行的进账。他才不理我的死活。"

"当然他是关心的，他只是表达能力不大好，你做女儿的总要原谅他一点。"

"我不会原谅爸！永不！上次他在学校里搅得天翻地覆，连你都辞了职，现在同学们以什么样的目光看我！他从来都不会为我着想一下，我恨他。"何掌珠说。

我沉默。

我说："我送你回去，明天我开车去接你，早点起床，七点好不好？"

"我家住在石澳，很远。"掌珠说，"还是我到这里来吧，准八点。"

"也好。"我说，"我现在送你回去，不看着你进家门我不放心。"

我洗一把脸，也替她洗一洗，又替她把头发梳好。

我把两手放在她肩膀上，说："掌珠，人不怕错，错了也未必要改，可是一定要学乖。明白吗？"

她点点头，大眼睛中充满感激的神色。

我忽然笑。"你爹爹要是听见我这番话，非要把我骨头拆掉不可！"

"蜜丝林。"她靠倚在我肩膀上。

我现在仔细想起来，真不知道自己的青春期是怎么过的。仿佛是充满困惑，朝不保夕，也不晓得如何拉扯到今日，反正是一种煎熬。

我开车送掌珠回家。她的家环境好到极点，真正背山面海。住在这种地方，还闹意气，照说也应该满足了，但是当这一切奢侈与生俱来，变成呼吸那么自然的时候，她又有另外的欲望。

当我像她那种年纪的时候，我只希望母亲不要拆我私人的信看，看了也不打紧，最好不要事后一边朗诵一边痛骂。

我的希望很低微。

"别忘记，明天早上见。"我说。

她下车，攀着车窗，眼泪默默地流下来。

这时候她父亲在她身后出现，我推推她。

"林小姐。"何德璋招呼我，说道，"请进来小坐。"

我说："我没有空。"

"林小姐，多谢你帮忙。"

"我只是帮我自己，我不能同你们一样见识。"我冷冷发动引擎，把车子开出去。

回到市区还有一大段路，我打开无线电，风吹着我的脸，公路上一个一个弯，无线电播的帕蒂·佩姬的旧歌《田纳西华尔兹》像噩梦一样令人流汗。

我忽然记起我看过的一首新诗：

——在本区的餐室中，

我与女友，

共享一个沙律[1]，

看着邻桌的一对老伴，

年长男人微笑，

拎起妻子的手，

而我想到我为我的独立，

而付出的代价。

诗的题目叫《账单，伙计》。现在我已经收到"独立"的账单，我希望可以付得起。

那位钱玲玲小姐在门口等我。

---

[1] 沙律：Salad，又译作沙拉。

我有一刹那的恐惧。忽然又镇静下来，因为姓钱的女士看上去像只斗败的鸡，斗败的鸡照例是不会再攻击的，这是逻辑。

我一边用锁匙开门，一边说："我与何先生没有认识，信在你，不信也在你。"

"我想请你帮忙。"她向前走一步。

"不要再让我看见你，钱小姐，你有没有想过，台湾女人在香港的名誉这么坏，就是因为你这种人的缘故。"

"是，林小姐——"

"不要再让我看见你。"我开门进屋，关上门。

那夜我没睡好，我不能开冷气，别笑，有两只鸟在我窗口的冷气机下筑了爱巢，生一堆小鸟。一开冷气机，它们一定被吓走，变得无家可归，于是我只好在热浪煎熬之下睡觉。

有时候我觉得自己真是个善良的好人。可惜环境把我训练得一天歹毒似一天。

掌珠来按铃的时候，我正在穿衣服，边扣纽扣边去开门，掌珠穿着校服，我让她坐下。

"换这条裤子与衬衫，你不能穿校服。"我说。

何掌珠很听我的话。

"你父亲知道没有？"

"不知道。"她换衣服。

我抬起她的下巴。"你的气色看上去还不错。"我说。

她沉默。在这一刹那她忽然长大。"蜜丝林的化妆恰到好处"与"蜜丝张有男朋友"的时代已经过去。

我们默默出门，默默上车，一言不发地到医务所。护士接待我们，我陪掌珠坐在候诊室。我悄声说："希望只是一场误会。"

医生召她进去。我没有跟着她，她总得有她自己的秘密。卢医生跟她谈很久。然后她到洗手间去取小便验。最后她出来，我替她垫付医药费。

"医生怎么说？"

"明天再来看报告。"掌珠似乎镇静很多。

我跟护士说："应该不必等到明天。"

"下午四点左右打电话来吧。"护士说。

我与掌珠回家换校服。

她问道："蜜丝林，你不骂我？"

"骂你？"我问，"为什么骂你？"

"我做错了事。"

"Come on——"我说，"掌珠，女人一生当中，谁没有看过妇科医生？你以为这种事只发生在小说的女主角或是女明星身上？你有空去看看法庭的男女，他们比普通人还普通，长得平凡，穿得朴素，这种人应该白头到老吧，不见得。你会以为这种人对精神与生活的要求都不高吧？不见得。不要认为你很重要，做了什么惊天动地的事。"我耸耸肩。"很平常的。"

掌珠看我半晌，她说："我仍然希望你是我的妈妈。"

"快！"我扮个鬼脸，"我们要迟到了，还有，这件事千万别跟人说起，我不想人家剥我的皮。"

四点钟,我打电话到医生诊所。

卢医生说:"并不是怀孕。"

我顿时有喜极而泣的感觉。

"如果她觉得不舒服,可以来接受注射,可是我劝她避孕,这样下去很危险。至于不准的原因,是情绪上的不稳定引起内分泌失调,而内分泌是神秘的一件事,医学无法解释。"

"谢谢。"我说,"我明天再来。"

"明早十点?"

"好。再见,谢谢你,卢医生。"

我忙着奔出去,在地理室,把掌珠拉出来,将好消息告诉她,她拥抱我。

我说:"掌珠,下次你会小心,会不会?"

"一定。"她答应我。

我们又去看卢医生。掌珠把一张现金支票还给我。

我说:"不必急。"

"爹想见你。"她说道,"爹叫你允许他见你。"

"我长着三只眼睛?有什么好见?"我问。

"你不想见他?"

我心里念头一转,好久没到嘉蒂斯吃饭,敲他一笔也不错。我说:"嘉蒂斯吃饭?"

"好!"掌珠乐得要死。

她倒是很起劲。我看着她。

可怜的女孩子。"令堂去世多久了?"我问。

"我出生的时候,她难产。"掌珠说。

"你才十六岁。十六年前医学已经非常昌明，哪有难产说去就去的？"

"我不知道。"

我耸耸肩，问："清明可有去扫墓？"

"她不是葬在香港。"

"你是香港出生的，不是吗？"我觉得稀奇。

"是，母亲的骨灰被运回美国加州，她在那里出生，在那里长大。"

"嗯。"

到嘉蒂斯吃饭，坐下我便点了三种最好的酒。

何德璋说："林小姐，我们之间有误会，我希望消除这个误会。"

我说："先让我吃完这一顿，然后我再决定是否原谅你。"

"原谅我？"何德璋愕然。

"自然，否则还要你原谅我不成？"我指指鼻子。

掌珠在一旁急得什么似的。

"你对我的成见很深，林小姐。"

"哈哈哈，何先生，你扪心自问，你的所作所为，德行品行，算不算上等人？"

他很生气，说："一切都是误会。"

"一场战争发动了，成千上万的人死去，也是误会。"

海龙王汤被送上来，我举案大喝大嚼。

何德璋食不下咽，说道："林小姐，我发觉你这个人是活脱脱的理论派，什么都要讲道理。"

掌珠忍不住，说："爹，最喜欢讲歪理的是你。"

"大胆！"他朝掌珠瞪眼。

"你就会骂我！你从来不了解我！"掌珠说。

何德璋说："掌珠，近年来你令我非常失望。"

他转向我。

"她受了我的坏影响。"我说道。

侍者撤去汤，递上蜗牛，我换杯"堡多"红酒，喝得起劲。我一点也不生气，真的不气，我把愤怒都溺毙在食物中。难得吃一顿冤家——现在我没有冤家，又没有朋友。我是一个再平和不过的人。

掌珠用手支着下巴，她根本吃不下面前的食物，她说："蜜丝林，我从没见过你吃这么多东西。"

我把半打蜗牛解决掉，抹抹嘴唇。

掌珠问："第三道菜是什么？"

"烧小牛肉，蔬菜沙拉，煮茄子。"我说。

何德璋说："我可以解释钱小姐那件事。"

"我不感兴趣。"我说着喝一口酒，"那是你家的事。你运气好，最近我性情好，否则大家在法庭上对答。"

"你无法消除你的成见？"他问。

"没法子。"我放下杯子。

"我很难原谅你这样的人，况且你何必要我原谅你？我对你的生活没有丝毫的影响作用。"我说。掌珠叫侍者把她的食物拿走。

我继续"吃"的伟大事业。

何德璋瞪着我很久。

我以为他又有什么话要说。

谁知他忽然说："老天，我从没见过这么能吃的女人！"

我回瞪他，忽然忍不住笑，一口红酒全呛在喉咙里，咳嗽起来，用餐巾掩住嘴。

"上帝！"他说，"你吃得像头猪了！"

"现在你说我像头猪！"我骂。

"你还没有叫甜品。要什么甜品？千万不要客气。"他居然懂得讽刺人。

掌珠说："唉，你们两个人像孩子。"

我说："我要苏珊班戟。"

"你一定要吃完！"他朝我瞪眼。

"放心。"我说，"吃不完是你孙子。"

"你教书的时候不是这样的吧？"他很怀疑地说。

"不，我是独眼 J。你知道扑克牌中的 J？有一张是侧面的，永远只看到他一只眼睛，另外一面没人知道，我就是独眼 J。"

"蜜丝林——"掌珠几乎想哭。

何德璋看着我很久很久。

我没他那么好气，吩咐侍者："苏珊班戟，爱尔兰咖啡—— 一匙羹糖，一个 XO 白兰地。"

"蜜丝林——"

"就那么多。"我说。

"所以你不打算原谅我——"他说，"我这一顿饭是白请了。"

我微笑。活该。他准备一千块付账吧。

"不过我与掌珠都很感激你，林小姐。"他说道。

"不必客气。"我说。

我想我有点醉，酒喝得太多，太多种类混在一起。

他伸出手，我不与他握。

"仍然生气？"他问。

"我为什么要生你气？你对我来说一点价值都没有，你是个小人，专门骚扰我的生活，我不安，如果你可以停止这些无聊的动作，我已经感激不尽。"我说。

"你歧视我，林小姐。"何德璋说。

"你完全说对了。"我说。

"我送你回家。"他说。

"不用。"我说。

"你一上来就喝醉了，我不相信你的车子到得了家。"

"别小觑人。"

我们在楼下分手。我走到停车场去取车子。被风一吹，酒气上涌，心头闷得难受，忽然有一丝后悔喝得太多。

电梯中有两个小阿飞，眼睛不停地向我飞来。我很气。

男女再平等，女人还是得视这种色眯眯的眼色为戒——如果真到了没有人看的时候，哭也来不及。

这时小阿飞甲向小阿飞乙使一个眼色，趋向前来问我："喝多了吗？"

我不出声，到了停车场四楼，他们跟我走出去，我就知道事情不妙。我当时并不害怕，一直向前走，停车场里一个人也没有，阿飞甲把一只手放在我肩膀，我霍地转过头去，他们两人反而吓了一跳，松掉手。

我厉声问："想干什么？"

阿飞乙自怀内拿出一把小刀。

"这把刀？"我冷笑一声，"切牛排还嫌钝。"这时我已知道腕上的手表可能要不保了。

身后忽然又伸出一只怪手搁在我肩膀上，我马上心头一凉。

我身后的人发话了："滚！给我滚！否则就揍死你们！"

我如逢大赦。"何德璋！"

我身后那人是何德璋！

小阿飞放脚便跑，其中一个因地上汽油滑，还摔了一跤。

我说："为什么不把他们扭往警局？"

"我也没有把握打赢这两个人。"他问，"你没有吓着吧？"

"没有，刚在发冷，你便出现了。"我说。

"你也大意，这两个小阿飞一直尾随你，你还不知道。"

"我喝醉了。"我承认。

"我开车送你回去。"

"掌珠呢？"我问。

"在车里。"他说。

"你怎么会跟着来的？"我问。

"普通常识。"他说道，"你今天打扮成这个模样，又戴着金表，无论劫财劫色都是上乘之选。"

"多谢。"我瞪起眼睛。

他替我拉开车门。

掌珠说:"蜜丝林,你没事吧?我让你坐前面。"

"不,我坐后面。"我扬手阻止。

"为什么?"

后面安全。

掌珠把地址告诉她父亲。

我靠在后面的座位上闭眼休息。坐后面最好,不必管闲事,到家便下车。坐后座的人永远是无关痛痒的陌生人,何尝不是逃避的方式?只有苦命人才开一辈子的车,命好的都有司机。

掌珠悄声道:"蜜丝林,到了。"

我睁开眼睛。"呵,谢谢。"我说。

何德璋说:"我送你上楼。"

我没有拒绝,跟他上楼,他沉默地看着我用锁匙开了门。

我忽然笑道:"如果现在那位钱小姐看到这种情形,我真是跳到黄河也洗不清。"

他不出声。

我说:"再见。"关上门。

我觉得寂寞。如果一天到晚不出去,反而死心塌地坐在家中看电视;现在热闹了半日,独自回家,非常有曲终人散的感觉,所以我也喜聚不喜散——贾宝玉脾气。

我把手袋扔在一角,脱下身上"柏可罗宝"的裙子,倒在沙发上。我撩撩头发,取一面镜子来照。左脸颊上一个疱,

　　唇膏早已花掉，粉糊成一块一块，我合上镜子大笑，这个样子——恐怕那两个阿飞只是谋我腕上的金表，我还有色可供人来劫？别自视过高了。

　　我洗完脸去睡觉。

　　许久都没事。

五

但是我还是哭了，一哭不能停止，眼泪自我手指缝中流出来，滔滔不绝。

何德璋在掌珠生日那天下帖子请我。

我问掌珠："有很多小朋友去？"

"没有。我跟同学不和，就是我与父亲，还有……男朋友。"

"是不是好男孩？"

"还不知道。"她说，"不到要紧关头，看不出真面目。"

这种论调已有点像我。

"毕业后你打算怎么样？"我问。

"考港大。"她说。

"港大如今不大吃香。我看你还是去考考牛津剑桥，读一门狗屎垃圾科，什么地理、历史这种不相干的功课，多么风流。要不考美国史蔻夫 [1]、卫斯理、莎拉·劳伦斯这几个——你父亲会替你办。"

---

[1] 史蔻夫：指史密斯学院，是美国排名第二的女校和排名前十五的文理学院。

"那样做我会快乐吗？"掌珠问。

"不会。"我说，"但是你会自傲。"

"我想要快乐。"

我微笑。

掌珠十六岁生日那天，我没见过比她更漂亮的女孩。

她穿贝壳粉红的纱衣。

"父亲买给我的。姵蒂。"她说。

"很好看。"我说，"很美。"我是由衷的。

何德璋与我握手，请我坐下。

我说："难得你这么忙也会替女儿庆祝生日。"他笑笑，不与我争吵。这一次我很佩服他。

掌珠走过来。"你们两个还在吵架？"她说，"你们两个怎么会这样？如果你恨她，你就不会下帖请她，如果你恨他，你就不会应约而来，到底搞什么鬼？"

今我与何德璋同时说："不得无礼。"

我涨红了脸，说："你懂什么。"

她说："呵，我的朋友来了。"

我连忙抬起头看她的男朋友。

这个男孩子，穿着套过时的西装——领子太宽，腰身太窄，裤管还是喇叭的，衬衫领子也太大，领带倒是够狭的，不过颜色太复杂，一双鞋子底厚，且是高跟。我顿时没有胃口。

随即我发觉对年轻的朋友要求不应太高，他总不能穿九百元一双的巴利。

"在哪里读书？"我与他握手时问。

掌珠抢着答："他在做事。"

哦，最后的希望也没有了，这种年纪他应该在读硕士。

掌珠在哪里认识一个这样的人。

他坐下来。我发觉何德璋忽然变得这么潇洒。中年人的魅力四射，我很诧异，我一直认为青春是最原始的本钱，现在要修正观念了。

我说道："我好像听见要开饭了。"

"来。"掌珠跟那个男孩子说，"我们到那边去。"

菜很坏，何家的厨师简直在混饭吃，但是何德璋没有批评。

饭后我问掌珠："你在什么地方认识这个男孩子？他有什么好处？"

"他听话。"

我微笑着说："有钱人家的小姐多数喜欢听话的男人。可是你父亲不过是小康，你不该惹上这种习气，丈夫要有上进心与男人气概。"

掌珠冷漠地说："他不会成为我的丈夫。"

经过上一次创伤，她人变了。

何德璋说："我与她之间仿佛隔了一个大峡谷。"

"隔了一个宇宙黑洞。"我说。

没多久兰心与凌奕凯宣布订婚。

我外出买订婚礼物，硬是不给凌奕凯有任何机会占便宜，我买了一条足金项链，坠子上说：花好月圆。我说："兰心，祝你快乐。"

"你不看好这件事是不是？"她问。

"我看不看好这件事，有什么重要性？"我反问。

兰心尖声骂："你这个人老是这样子！用这种口气说话！叫人心都淡了。"

我笑着说："是，我是很可恶，我知道，是否我应以三姑六婆的姿态出现？请多多指教。"

兰心说："你应该替我高兴。"

"我很替你高兴。"我说。

"讲得有诚意一点。"她抗议。

"我很替你高兴。"我说，自己都觉得声音很空洞。

现在这两个人可以住在一起了，合租一层小公寓，下班买菜回家煮了吃，吃完看长篇电视剧。

我知道我患了什么症，我患了高度讽刺症。

凌奕凯也单独见我，跟我说："听说你有男朋友。"

"谁说的？"我诧异地问。

"张太太说的！你为他辞职，为他跟歌女打架，上警局，现在又重修旧好。"凌奕凯说，"他是一个学生的家长。"

"谢谢你告诉我，谢谢张太太替我宣传。"

"翘，你知道我对你怎么样的。"

"我不知道。"我说。

"你为什么要逃避我？"他问。

"你说得不错，我是在逃避你。"我说。

"为什么不愿意与我接近？"

"因为事情发展下去，最终结局是结婚，我不想嫁你这样的人。"

"我有什么不好？"凌奕凯问。

"你与兰心订婚，何必再问这种问题？"我心平气和地说。

"我想知道，那样好死心。"他坚持。

我说："你不是我心目中那种类型。"

"我赚得不够，是不是？"他问。

"你为什么不说：你各方面——包括收入在内——都比我弱？光说到'收入'，对我不公平，仿佛我是个头号虚荣的女人。你们男人就是这样会保护自己。"

他不响。

"你的知识、学识与常识全不够，不只是你的收入，你的品格与性情也不合我胃口，总而言之，我们两人合不来！而且既然你已向兰心求婚，心中不该有旁骛，要不就耐心等待更好的。"

"我死心了。"凌奕凯说。

"你会很适合兰心，但不是我，我不打算为你在一层两房一厅的公寓中煮三十年的饭。"

他苦笑着说："你的骄傲将会有苦果。"

"那是我的事，你放心，我自己会料理。我只想祝你幸福。"

他不出声。

怪我不肯与他交际应酬。他不甘心。

他从来没想到我有什么道理要跟他交际应酬。

这一章又翻完了。

我最近确实与何德璋往来。我与他没有看电影喝咖啡这种程序，我们很快就熟络，有一种奇异的默契。我并没有怪他关于钱玲玲这件事。我何尝没有张佑森凌奕凯这种黑点，这种男人要是喝多两杯，出去宣扬我与他们间的"情史"，也能说得很难听。

我一向不理别人说些什么，人家爱说破嘴，是人家的事。

我问他："太太去世后，生活很寂寥？"

"自然。"

"不忙续弦？"我随口问。

"你想知道些什么？"他问。

"对不起。"我说，"我说得太多了。"

他笑。笑完后说："找不到好对象。那时候我精神较为有寄托，掌珠小时候很听话很可爱。"

"那时候掌珠是没有脑袋的小可爱，你不能一辈子叫她这样活下去。"

何德璋摇头叹息，说："她长大了……我老了。"

"你是怕老所以不让她长大？"我问。

"多多少少有一点。"他答。

我说："掌珠觉得你不爱她。"

"她不明白我的苦心。"他说，"像她现在这个男朋友，我压根儿不赞成。"

"放心，她不会嫁他。"

"她与你倒是很相处得来，这也许是我唯一安慰的地方。"他说。

我看何德璋一眼，说："掌珠也说这是她唯一安慰的地方。"

"你陪掌珠去看医生的事，我全知道。"他说道。

"啊？"我吃一惊。

他凝视我，然后悲哀地低下头，他说："事前我竟不知道。"

我说："在今日也是平常的事。"

他说："我不能接受。"

"你思想太旧。掌珠需要大量的爱，不是管制。"

"你不能胡乱放纵她。你帮了她的忙，总得也教训她几句，她很听你的。"

"我说过她，她是聪明人，我信任她。"我说，"不消啰唆。"

他当时坐在丝绒沙发上，摇着白兰地的杯子，忽然说："翘，让我们结婚吧。"

我一呆，面孔慢慢涨红，热辣辣的，我一句话顶过去："穷教师终于找到男主人做户口了？谢谢你的侮辱！"我愤怒地站起来，"伟大的父亲为爱女儿，牺牲地娶了女教师——"

何德璋也站起来，举手就给我一个耳光。我掩着脸尖叫起来："你打我！"

"你这种人非挨打不可！"他沉声说，"什么事都反过来想——自护自卫，自卑得要死！不捆醒你是不行的！"

我哭，我做梦也没想到我会在男人面前哭。

我转头就走，他并没有送我，女用人替我开门。走到门口我已经后悔，如果他不追上来我怎么办？失去他是一项大损失。我转头，他已站在我面前，我看着他端正的脸，我知道发生了什么事，我一直在逃避的事终于发生了。

"我送你回去。"他说。

他是个君子，这方面的礼仪他做得又自然又十足。我认识过一些男人，在中环陪他们吃完饭，送到天星码头为止，叫一个女人深夜过海，再乘一程车，摸黑地搭电梯上楼，碰不到歹徒是运气，他们见这女人没有啥事，平安抵达，第二次又来约。

还有一种单身汉赴约，看见席中有独身女子，先吓得半死——"她又不是林青霞，莫叫我送她"——赶紧先溜。

或是有男人，约独身女人到赤柱、大屿山去野餐，叫她在约会地点等的——这等男人何必做男人，换上裙子做女人算了，有很多女人的气派还不只那样。

一路上胡思乱想，并没有开口说话。

我并不恨男人。可是我独身久了，见的光怪陆离的男人太多，在这方面分外有心得，故此一有机会发表意见，便不可收拾。你让太太们说她们丈夫的怪事，恐怕也可写成一本厚厚巨著，只是她们没有机会，可怜。

至于何德璋……他有一种几近顽童式的固执，非常像男人，有着男人的优点与缺点，不知怎的，我与他矛盾得要命，这恐怕是感情的一部分。

我暗暗叹了口气。

何德璋看我一眼，仿佛在怪我唉声叹气。

我白他一眼。但我们始终没有开口，被他掌掴的一边面孔犹自热辣辣地痛。

他停好车送我上楼，看我进门才走。

我心情好得很，不住地吹起口哨来。第一次，真是第一次，我觉得连老母这一号人物都可爱起来——活着还是不错的。

掌珠在小憩的时候很兴奋地跟我说："我爹爹是否向你求婚了？"

我说："我不知道。"有点嗫嚅，"说是这么说。"

掌珠笑了，在阳光下她的笑容带着鼓舞的力量。

而我几时变得口都涩，话都不能说了呢？我也不知道这算不算求婚，他只说："让我们结婚吧。"随后给我一记耳光。

掌珠说："他叫我带一样东西给你。"

"什么？"我问。

掌珠摊开手，她手指戴着枚钻戒，晶光四射。"爹爹说：'告诉她我是真心的。'"

掌珠把戒指脱下来交给我。

我用两只手指拈着它在阳光下转动，据我的经验与眼光，这只戒指是新买的，三克拉，没有斑点，颜色雪白，款式大方，是真正好货色，价值不菲。这年头正式求婚，又送上名贵礼物的男人为数并不多。

等了这么些年，我想：等了这么些年！在校园的阳光底下我忽然悲恸起来，像一个留级的小学生，等到家长来接的时候才放声大哭，我现在也有落泪的感觉。

"你快戴上吧。"掌珠焦急地说，"快做我的妈妈。"

我十分情愿。我把戒指缓缓地套在左手的无名指上。

"真好看！"掌珠说，"多高贵，爹说你的手略大，起码戴三克拉的才会好看，果然。"

"他真的那么说吗？"我很感动。

"当然真的。"

从来没有一个男人对我这么好这么有诚意，被照顾是幸福的。我低下头，一口真气外泄，我完全妥协了，为了我的终身。没想到我也这么关心我的终身。原来我也是一个女人，比任何女人都容易崩溃。

"爹说如果你要教书，他不反对，不过他说看样子你也很疲倦，不如不教，替他煮早餐，他说他有十多年没吃过早餐，因为他痛恨中式早餐，而用人老做不好煎蛋烟肉。"

我什么都说不出来。

隔很久，我说道："看样子我的确又要辞职了。"

"家里的窗帘要换，都褪了色，又霉又丑，我房里缺一盏台灯，摸黑做足半年功课，还有厨房地板出了问题——"

"这也是你爹说的。"

"不，这是我说的。"

"我早知你是个小鬼。"我说。

我顺利地辞了职。

老校长说："我很替你高兴。"

我变成何家的老妈子，天天头上绑一块布指挥装修工人干活。何家岂止窗帘要换，玻璃已十年没抹，厨房的碗碟没有一只不崩不缺的，掌珠的床还是婴儿时期的白漆木床，我从没有见过这么倒霉的五房两厅。

何德璋最沉默寡言，他只是歉意地微笑。

掌珠快乐似一只小鸟，绕在我身边转，我跟她说："你的男朋友呢？干吗不与男朋友出去玩？"她说："现在家又像家了。我喜欢这只花瓶的颜色。蜜丝林，我想去配一副隐形眼镜……爹一天只给我五块零用，怎么算都不够用，求你跟爹说一声。做了衣橱之后，把杂物锁进橱内，我的房间看上去大得多。那张松木床真是漂亮。爹爹一直想要张真皮椅子……"

最后她问："你几时搬进来住，蜜丝林？"

"你叫我'蜜丝林'，蜜丝怎么可以与男人同住？"我微笑。

"你们什么时候结婚，啊？几时？"

"好像是明年。"我说。

"好像？"掌珠说，"快点好不好？"

"掌珠，你可有你母亲的照片？"我想起问。

"没有，一张都没有。"掌珠非常遗憾。

这倒稀罕，不过我不怕，活人没理由忌妒死人。

"你当然是不记得她的相貌了？"

掌珠却犹疑一刻。

"怎么？"我小心地问。

"爹说我一生下来她便去世，但是我却记得见过她。"

"你小时候弄糊涂了。"我笑。

"不，我记得她有一头鬈发，很卷，仿佛是天然的。"

我既好气又好笑："对，你才离娘胎就知道烫发与天然鬈发的分别！"

"不，真的我知道她是一个美妇人——但是爹与你一样，都说是我过敏，闲时想她，把东拼西凑的印象加在一起，硬设一个母亲的形象。"

"爹说我没可能记得母亲，除非我是神童。"何掌珠说。

"神童？你也可算是神童了。"我笑说。

我在书房角落找到一只锦盒，里面有一条断线的珍珠，我说："掌珠，来看。"

"好漂亮的珠子，尚不止一串呢。"

我说："三串。不知道是谁的，怎么不拿到珠宝店去重穿？"

"管他呢，现在这屋子里的东西都是你的，你拿去穿了挂。"掌珠怂恿我。

"这怎么可以？"我笑。

把盒子拿到珠宝店，他们很惊异，都说两百多粒珠子颗颗滚圆，实在不可多得，尤其是那只钻扣，是四粒一克拉的方钻，本身已经是很像样的一件首饰。

"小姐，你打算重穿，抑或卖出？"

"请重穿。"

他们喏喏地答应。

我好奇地问道："都说人老珠黄不值钱，这珠子怕已很久了吧。"

"并不是，大约十年八年。珠子也很耐久，三五年才变黄，不能代代相传就是了。"

这种小事，我也不去烦德璋。等屋子全部装修好，他诧异地问："怎么主人房还这么破？"

"你是主人，你看该怎么个装法。"

"你也太多心，你喜欢怎么改就怎么改，别忘了将来你也住一半房间。还有，你的婚纱做了没有？"

　　我吞一口唾沫，说："我想穿纱太烦。"

　　德璋沉默一下，说："是因我结过婚，你不便穿纱吧？"

　　"是。"我直言不讳。

　　"那么穿浅色礼服。"他说。

　　掌珠说："爹，这里装修了多少钱？"

　　德璋拍一下额头，说："对！我怎么会忘记这么重要的事？订金是谁交付出去的？"

　　我不好意思地说："我。"

　　"你哪儿来的钱？都是我糊涂。"

　　我说："难道我做了那么多年工，一点积蓄都没有？"

　　"怎么要你填出来？我明天就为你到银行去开个户口。"

　　一向我只知道赚多少用多少，如此不劳而获还是第一次。感情是没有市价的东西，以前我赔着老本，正当要关门大吉，忽然有人大量投资，这种玩世不恭的尖酸思想现在也可以改掉了吧。我微笑起来。

　　"你笑什么？"德璋问，"笑我糊涂？"

　　"你不糊涂。"我温和地说。

　　掌珠在一旁掩着嘴说："蜜丝林像换了个人似的。"

　　"怎么？"我问。

　　"你一向都不是这样的。"她笑，"蜜丝林最讽刺了，谁做错功课，倒不是怕挨骂，而是实在怕你的幽默感。"

　　我转头诧异问："我竟是个那么刻薄的人？我倒不发觉。"

　　德璋说道："周处的故事重现。"

我扬起一道眉。

"不敢说了。"掌珠笑得直不起腰来。我一生中第一次充满快乐欢笑热闹的日子,不由得我不叹一声:命中有时终须有。

一日早上睡得迷糊,接到媚的电话:"把手指都拨断了,老天,你人在什么地方?就算已搬到未婚夫家去,也该留个话。叫我在你学校横打听竖打听,都只说你不干了,好家伙,三个月内辞职两次,真厉害,终于有个什么张太太告诉我许多事,怎么,钓到金龟婿,连老友都忘记了?"

又是张太太,真多谢世上有这种人。

我说:"事情来得太快,我只怕是做梦,没敢说出来,他是一个很理想的人,没理由无端端看中我。"

"你又有什么不好?你什么都好,就是运气不好,人有三衰六旺,你只是不习惯好运,慢慢就没事,恭喜恭喜,什么时候吃喜酒?"

"我不做主了,多年来什么都是我自己想法子,伤脑筋,好不容易有人照顾,他说什么我听什么。"

"好得很。"媚在电话说。

"你呢?"我问。

"我,我什么?"

"你的男友呀?"

"分手了。"

"什么?"我差点掉了下巴,心中像塞着一块铅,"媚!"我很懊恼。

她像是无所谓，声音很平稳："有幸有不幸啊。"

我问："怎么回事？"

"不管是怎么回事，都不过是因为他不爱我，或是因他爱我不够。"

"你看得那么清晰？"

"嗯。"她说。

"你可——伤心？"

"很倦。"她木然。

"媚——"我觉得天下如意的事实在太少。

"不用安慰我，你尽情享受你的幸福。"

"是。"我说，"但媚，你可需要任何一方面的帮忙？"

"我？你开玩笑，我是摔跤冠军，一滑倒马上再爬起来，长的是生命，多的是失望，这条路就是这么走下去。"

我没有再说话。

"祝你快乐。"她说。

"谢谢。"

"不用同情我，我也快乐过。"

我想到那日她上我家来，展示她为爱人买的金表链子，脸上充满幸福，施确是比受有福。媚有她生活的方式，她不计牺牲地追求真正的快乐，即使是一刹那的光辉都好过一辈子的平庸。

可惜她也累了。即使斗士也有累的时候。

媚说："有时我觉得你小心过头，翘，你是这么地吝啬感情，永远叠着手只看人做戏，你嘴角的冷笑多惹人生厌，有时我也想给你两记耳光。可是你做对了，尽管寂寞，你没有创伤。而且你也终于等到你要等的人。"

"我……"我不知道该谦虚两句还是自傲两句。

"翘，有空时我们再通消息。"她说，"再见。"

"再见。"

别人的事，再也不会挂在心上长久，唏嘘一阵儿也完了。我零零碎碎置着婚礼需要的东西，像水晶的香水瓶子、名贵肥皂、真丝睡衣，我的快乐在心中长苗，成为枝叶茂盛的大树，暗暗的欢喜终于在脸上洋溢出来。

我终于要结婚了。

我跟母亲透露消息。事情已有九分光，向她说出来也不算早。她照例是挑剔。她是那种女儿买件三百块的裙子穿都会受她挑剔说摊子上同样的货色只十九块——钱并不是她给的，简直不能想象在她手底下讨生活是怎么一回事。

当时她上上下下地打量我，女儿就跟陌生女人一样。她避重就轻地问："脖子上那算是玉坠吗？"

"是。"

"多少钱？"眼光很轻蔑。

"数百元。"我说。

连女儿都能看轻的母亲实在是世上少有的。

她心中不开心，是嫌何德璋没有四式大礼，唯唯诺诺地上来拜见岳母，这一天她等了良久，等到之后，却不见锣鼓喧天，好生失望。

"这种玻璃能值多少？"她说下去，"真假有什么分别？"

　　我笑笑。假作真时真亦假，她自然是分辨不出的。

　　"几时结婚？"

　　"快了。"我说，"到时才通知你。"

　　"现在的人新派了，他也不必来见岳父岳母。"

　　"会来的。"

　　"一切你自己做主，将来有什么事你自己担当。"

　　我忽然转头说："这些年来，我的一切，难道你替我担当过一分半分？"

　　然后我走了。

　　与兰心约会，喝咖啡时我笑说："我还想，好好去算个命，瞧瞧运程，现在钱省下了，买块玉坠戴。"

　　"颜色很好，你的气色更好。"她笑说。

　　"你又何尝不是。"

　　"大不相同。"兰心苦笑，"从此我是前程未卜，跟着凌奕凯这人，步步为营，还有什么自由？他这人，用形容女人的'水性杨花'去形容他，倒是千真万确，贴切之至。嫁过去他家，我贴精神贴力气又贴薪水。我不是不晓得，翘，你心中何尝不替我可惜，只是你口里不说出来而已。"

　　我问："那你还嫁他？"

　　"不嫁又如何呢？"兰心叹口气，"现在每个周末在家彷徨，不知何去何从。我只是一个普通的女人，到了一定年龄自然要结婚找个伴，快快趁年轻生一两个孩子，反正我确是爱他的，将来孩子大了，总有点感情，两个人的收入并作一家用，生活也舒适。一生就这么过，不然还变什么戏法？"

我不响，低着头。

"女人就算是牡丹，没有绿叶，光秃秃的有什么好看？"兰心笑，"你别以为我从了俗，命运可悲，这里十个女人，九个半走上这种路，也很有乐趣。十五二十年后，妻子在家搓小麻将，老公在外约女秘书喝下午茶，大家只眼开只眼闭，儿子大了又娶妻生子——我们照我们的方法活下去，太阳也一样照在我们头上。翘，我一向替你担心，怕你场面做得太大，反而不容易找到幸福，现在我再为你高兴没有了。"

兰心一向很懂事。然而洞悉世情之后又有什么用处？

她还是结婚了。

像我，也决定结婚了。

那日，我的礼服自伦敦运到，我在家试过又试，把每一层纱贴在脸上。忽然我想起弗罗赛太太，我一定要把这件礼服给她看。

还是先给德璋看？

多年来我都留恋着帽子店，对雪白的婚帽爱不释手，现在终于可以把帽子搁头上了。

德璋会怎么说？他会说："很好，我喜欢你穿白纱，新娘子应该穿白色。"

或者说："你终于搞通思想，不再介意这是我的第二次婚姻？"

或者他会有很讽刺好笑的置评。

我微笑。

车子到他家，女用人来替我开门。

"先生不在家。"她说,"另外有位客人也在等他。"

"他在办公室?"我抱着礼服盒子进屋。

"这位客人是女的,她说稍等无所谓。"女用人说。

"你怎么让陌生女客进门?"我问。

"是小姐带她进来的。"女用人说。

"小姐呢?"

我放下盒子,觉得事情非常蹊跷。

"她在楼上房中。"

"女客呢?"我问。

"书房。"

掌珠不应在家,我看看表,她还没放学。

我应该去看掌珠还是那个女客呢?

我有种感觉那女客或者会是钱玲玲。终于找上门来,我在她面前真是黄河的水都洗不清。才说着与何德璋没关系,现在又要嫁他。

我上楼去找掌珠,敲她房门。

她没有应,我推门进去。

她呆呆地躺在床上,看着天花板。

"掌珠。"我叫她,"掌珠——"

她目光迟钝,转过头来看见是我。"蜜丝林。"她说。

"你不舒服?"

"没有。"她自床上起来。

她的声音缥缈得很,像在一千里路外,我的心突突跳了起来:"发生什么事?你爹呢?快叫他回来。"

"我已经叫他回来了。"掌珠说。

"掌珠，什么事？"我问。

"你有没有见过楼下那个女人？"她问我。

"是谁？钱玲玲？你不要怕，我去打发她。"我霍地站起来，"反了，把你吓成那样子。"

"不，不是她。"何掌珠说。

我转过头来："那么是谁？"

掌珠说："她……她到学校来找我，她说她是我母亲。"

"你母亲？"

"是。"

"不可能，你母亲去世十几二十年了！"我的双手发凉。

"但她确是我母亲——"掌珠额角沁满汗。

"为什么？"我问，"她有什么证据？"

"她的面孔。"掌珠说，"我们两人的面孔简直一模一样。"

"可是——"我一直退到墙角。

"我记得她有鬈发，蜜丝林。"掌珠像在梦魇中，"你去看看，你去看看。"她捏着我的手，用力得手指发白。

"我与你下去。"我说。

"不，我不去，你去。"

"好。"我走下楼。

在书房一个女人背着门口，在看书。她站在书桌前，一件米白色丝衣服，肩上挂着小小的一只鳄鱼皮包，鞋跟很细很高，小腿均匀，双肩窄窄。她的一头头发，一看就知道是天然卷曲，任何师傅都烫不出这样惊心动魄的波浪。

我向前走一步。

她听见声音，转过头来。

我马上明白何以掌珠会震惊到那个地步。

她与掌珠简直像照镜子一样，眼睛鼻子嘴唇，可以肯定过十几二十年后，掌珠就是这个样子。

我心死了，德璋对我撒了一个弥天大谎，他的妻子并没有死，她回来了，既年轻又美艳，尤其是那种罕见的冷艳——我绝望地看着她，比起她，我也只是一个女教员，她，她是贵妇。

我苦笑。因为我不能哭。

我早该去找铁算盘算算命。雷碧嘉回来了。

她也看着我，过半晌她问："是林小姐吧？"

"是。"

"屋子是你装修的？"雷碧嘉问，"颜色不错。"

我不响，在一个角落坐下来。

她怎么不显老？她应该比我老。掌珠已经十六岁，她应有四十岁，为什么看上去还是粉雕玉琢似的？

她微微笑着，翻看德璋的书本，也不与我多说话。我像置身噩梦中，浑身出汗，巴不得有人推我一把，叫醒我。

德璋！我心里唤，德璋快来救我。

我终于听到德璋进门的声音，他大步大步踏进书户，看到她，就呆住了，我发觉他的眼睛内除了她一个人外根本没有其他的人，他没有觉得我的存在。

他一直在她的魔咒下生活，他在等她回来。

在这种时候，我还能做什么，说什么？钱玲玲不能与我比，正如我不能跟这个女人比。

我走到客厅，拿起我那盒子结婚礼服，离开了何家。

如果何德璋要找我，轻而易举呀。

但是他没有找我，我一闭上眼睛便想到那日他脸上中魔似的神情，他不会来找我。

珠宝店送来一只钻镯，只附着一张"何德璋"的卡片。

我没有退回去，在现实的世界上，有赔偿永远胜于没赔偿。

我把手镯拿到珠宝店去估价，他们很惊异。"小姐，你的东西都是好货。这里一共十一克拉五十二分，共四十八粒，平均每颗三十一点六分。因为粒粒雪无疤，成色九十六以上，所以连镶工在内，也不便宜。"

"你们收不收这种货色？"我问。

"自然。"

"多少？"

"十万？"他们尚是试探式的，看样子还可以添些价钱。

"这么贵？这种芝麻绿豆——"我住了嘴，我不舍得卖，我手头上三件首饰，都不会卖。

媚说："是不必退回去。现在又不演粤语片。"

"三件都是好东西。"我说，"以后做客人拜菩萨也有点东西挂身上，不至失礼。"

"我喜欢那三串珍珠。"媚说。

"这只戒指也不错。"我说，"三克拉。我现在对钻石很有研究。"

"你不难过？"她问。

"当然。眼看饭票逃之夭夭。但是我不能在你面前哭。"

"为什么？"媚问。

"因为你也没有对我哭。"我说。

她哈哈笑起来。

我把戒指转来转去，说："将来养老，说不定靠它，还遇上贵人了呢。"我也笑起来。

媚说："你的笑声太恐怖了，别笑下去了，粤语武侠片里歹角出场似的。"

"歹角都有法宝，祭起来法力无边，我啥也没有。"

"至少你还有母亲，我没有。"媚说。

这倒提醒了我。我还不知道怎么向老母交代，前一阵子才向她表示我要飞上枝头做凤凰，现在摔下来，第一个踩我的当然是她，她不踩死我怎么好向亲友们交代。

"我母亲？"我反问，"她是我生命中的荆棘与障碍，没有她，我如何会落到这种田地！"

"不坏啦！"媚点起一支烟，"你不算亏本啦。"

我心中有一丝温柔的牵动，痛了一痛，我是喜欢何德璋的，只有他会得容忍我出去买一千二百块的《红楼梦》看，只有他。

但是我没有抓住他。任何条件比较好一点的男人都滑不溜手。

我去找弗罗赛太太，她说："喝一杯热茶吧。"

我说："我真想与他结婚，而且是他先提出来的。"

"世上不如意之事十有八九。"弗罗赛太太说。

我说："我很大方，我没有去烦何先生。"

"所以他很感激你，不但没讨还你带走的，再加送你一件礼物。"弗罗赛太太说。

"每个人都有一个价钱。"

"你觉得你的价钱很好？"弗罗赛太太讽刺我。

"在你来说，当然我不应收他这些礼物，但我们不同，我们这代世风日下，道德沦亡，有一点值钱的东西傍身，总是好的。"

"或者你是对的。"她叹气，"现在你打算怎么样？"

"找一份工作。"我说，"活下去。"

"但是你的感情生活呢？"她说。

"我想我不会结婚。"我说，"太迟了，我现在年纪已经很大，恋爱结婚生子之后，都快四十岁，还来这一套？"

"你灰心了？"

"是的。"我说，"买好婚纱，结不成婚，你想想。"

"我也明白，但是以后的日子呢？"弗罗赛太太问我。

"像你这样。"我说，"喝红茶，坐在阳光下看书，约朋友上街。我不知道，但总会过的。"我掩着脸。

"很快会过的，创伤的心……我们痊愈得很快，转一个街角，你会碰到另一个人。"

"我很疲倦。"

"人生是一个旅行团，你反正已经参加了这个团体，不走毕全程看看清楚，多么可惜，代价早已付出，多看一个城市总是好的。"弗罗赛太太说。

我说："或者。"

但是我还是哭了，一哭不能停止，眼泪自我手指缝中流出来，滔滔不绝。

弗罗赛太太把手按在我肩上，说："生命的道路还很长呢，亲爱的。"

寻找家明

一

我这一生所遇见的美女是很多的，如果每个都要追求，恐怕是很痛苦的。

我第一次注意蓝刚，是因为他有一个美丽的名字。

蓝刚。

英文名字，他们都叫 Kong。金刚的那个刚。

我在伦敦认识他，开中国同学会，他开一辆红色的赞臣希利[1]，带着一个洋妞，飞扬跋扈，做同学会副主席。

他很沉默，因为我是乘公交车去的，并且没有女朋友。

我并没有找到女朋友，一直没有。

有人介绍我们认识。

介绍人这样说："家明，来来，你一定要认识蓝刚，你们两个人同念一科，并且都是那么出色，念流体动力的学生并不多。"

我记得他仰起头笑，他说："家明，真是天晓得！在中国，男人只懂得叫家明，女人只会叫美玲！"我没有生气，他

----

[1] 赞臣希利：Jensen Healey 的译音，现在已绝版。

们常常取笑我的名字，因为太普通了。可是我根本是一个普通的人，有个普通的名字，有什么不好，我当时与他握手。

他是一个非常漂亮的男孩子，二十五六岁，大概与我差不多年纪。他给我看他的学生证，IC 的博士第二年。那天我们坐下来谈了一点功课上的问题。我们做的论文都钻了牛角尖，只占流体动力一点点小题目，然后把这题目放大几百倍来做。

母亲说："我明白了，譬如你念的是电话科，先是念学士，那么是整具电话里里外外都粗浅地研究一番，到修硕士，专门针对话筒来解剖，最后修博士，也许只是为写篇论文来讲明改良一枚螺丝会引起什么效果。"

对了。

我管我改良螺丝，他管他修正电线，我与蓝刚的工作其实没什么关系。

但是我喜欢他。他能干、好胜、活泼、聪明，而且骄傲、善辩、爱笑，像他那样的学生如果多一点，那一定为国争光，我喜欢他，不是为了他，而是因他带起的劲道，他是个自信的家伙。

那夜他与洋妞说："我们中国人写论文，不用超过两年，三十岁之前，我早已身居要职了！"

洋妞才不理他什么时候拿学位，她们看得见的是他口袋中的英镑，他开的红色跑车。

我们很客气地分手。

他叫我与他联络，把电话地址留给我。

　　他住在雪莱区，我住宿舍，我们之间的贫富悬殊，所以我没有去找他。

　　不久我便毕业了，临走时我打电话给他，他不在家，我留话，他可没有复电，我不过是例行公事，向所有友人同学告别一番，其实是没有意义的。

　　可是就在我将走的前一夜，他人来了。

　　他拍着我的肩膀，叫我出去吃饭，我推辞不过，我们在意大利馆子中吃得很饱，他还叫我去喝酒。

　　我很高兴，本来我也想喝个半醉，在英国的最后一夜，值得纪念的事那么多。

　　蓝刚问："你的女友呢？叫她出来好不好？"

　　我摇摇头，应道："我没有女朋友。"

　　"怎么会没有女朋友？"他愕然。

　　"我自己也不知道。"我说，"说来话长。"

　　"当然你不是处男！"他笑着推我一把。

　　我也笑。

　　"你在英国快乐吗？"他问。

　　"我也不知道。来这里是为了奋斗。也有快乐的时候，相信以后回了香港，深夜会梦见英国——呜呜的风，紫色的天空。但那是以后的事。"

　　"为什么要回去？"蓝刚问。

　　"住在别人的国家，寄人篱下，那种滋味并不好。"

　　"是吗？真是民族自卑感。"他耸肩。

　　我们两人沉默了一会儿。

"写信给我。"

"好的。"我说道,"谢谢你这一番心意。"

"我很少朋友。"蓝刚说,"家明,我们是不是朋友?"

"当然。"我很诧异,"为什么?"

"很多人不喜欢我。"他说道,"你喜欢我吗?"

"当然。"我说,"我欣赏你的活力。"

"你说得对,我们确是在奋斗,是我无意做出一副被斗垮了的样子,我也无意诉苦,洋鬼子最会乘虚而入,你明白我说什么。"

"那自然。"我说。

"我们保持联络吧。"他说。

"好的。"

我们并没有分手,他开车,我们在深夜游伦敦。他说:"反正也不能睡多少时候,索性在飞机上睡也罢。"我们经过大本钟、国会、西敏寺,经过街道、伦敦桥,甚至是熟悉的戏院、酒馆、美术馆、校院、宿舍。

我们都没有睡意。

最后天亮了,是一个罕有的太阳天,太阳的第一道光线照在大本钟上,金光四射。我们在七彩的皮卡迪利兜一个圈子,回到宿舍,他帮我搬了行李下来。

"就这么多?"他问。

"其余的已海运寄出去了。"我说。

"走吧。"他说。

他送我到机场。

我真没想到他这么热心。

我们在候机室拥抱，他仰起头笑，向我摆摆手，走了。

他真是洒脱、漂亮，所做的事出人意表，但是又合情合理，如果不是妒忌他，那么一定会喜欢他。

我回了家。

一年之后，才在理工学院找到一份讲师的工作，在这一年中，因与现实初接触，非常壮志消沉，而且寂寞得很，社会上怪异现象太多，错愕之余交不到朋友，因此长篇大论地写信给英国的同学，只有蓝刚的回信最频最快，我们真成了莫逆。

好不容易生活安定下来，已是两年之后的事。

这两年中发生很多的事。

蓝刚毕业后在外国人的工厂中做管事，他升得很快，并且被他们派到香港的分厂来做管事。

我接到他的信高兴得几乎跳起来。

蓝刚这人永远是这么一帆风顺，但是我知道他为他的生命做了太详尽的安排，他是经过一番苦心的。

等他到香港的时候，我开着我的大众去机场接他。

厂方早有人在等他，蓝刚是有点办法的。

好小子！精神奕奕地走出来。

"蓝刚！"我忍不住大喝一声。

他举起两只手，喊道："家明！"

我们又在一起拥抱。

"你好不好？"他问我。

"我好。"我说，"你比什么时候都神气！"

"我永远不会打败仗，别给自己这种机会！"他扬扬拳头。

我笑："怎么？我们今晚可不可以安排节目？"

"我们去喝个贼死！"蓝刚喊叫。

安顿好了我们去喝。并没有醉倒，我们抚着啤酒杯，缓缓地喝着，嚼着花生。

"香港怎么样？"他问。

"对你来说不会差到什么地方去。"我说。

"对你呢？"他问。

"也不薄，我的奋斗、挣扎都已成过去，从此以后我将老死在理工学院。"我并不是开玩笑。

"那是所好学校是不是？"他问。

"不错。"学生听话得令人怜悯，程度却与大学不相等。我自觉说得很得体。"宁为鸡口，他们很尊重我。"我拿起啤酒杯，"干杯。"

"家明。"他笑，"别这样好不好？全世界只有台湾人是干啤酒的。"

"是吗？那时候我们不是也喝干过一整只靴子？"我诧异。

"我们是比赛——家明，你这个人什么都好，就是说话不通感觉迟钝！"他取笑我。

我笑了，问："你去过台湾？"

"自然。"他说，"谁像你，要多土便有多土。"

"这么大的房子你一个人住？"我问，"厂方对你这么好的。"

　　"还不错。"他的骄傲如日中天。

　　我说："这些日子你从来没告诉我，你家住哪里。"

　　他沉默一会儿。"我没有家人。"他说。

　　"啊？"我一呆，"父母呢？"

　　"去世了。"他说。

　　"对不起。"我连忙补一句。

　　"没关系。"他笑笑。

　　我觉得很奇怪，我一直以为他是富家子弟，但是我知道，即使是最好的朋友，还是得适宜保持一定的距离。我没有问下去。

　　"蓝刚。"我说，"我们两个人都在香港了，一定得好好维持友谊。"

　　"那一定。"他说。

　　"我有空来看你。"我说。

　　"喂！你有了女朋友没有？"他问。

　　我摇摇头。

　　"一个也没有？总有约会女孩子吧？"他不可置信。

　　"没有。"我说，"我觉得没有这种必要。"

　　"怎么会有这种事，你什么地方有毛病，嗯？"他大笑。

　　我只好也笑。

　　我们分手。

　　之后的三个月，他一直忙，我们中间也通过电话，但是没见面，事情就这么搁下来。

　　天气渐渐热，终于有一天放学，蓝刚在校门口等我。

蓝刚开着一辆黑色的保时捷，无懈可击。

我摇摇头，只能够笑，他真的永远不会刻薄自己。

"今天我生日，到我家来吃饭。"他笑。

"好家伙！让我去买礼物。"我嚷，"从来不告诉我！"

"家明，你真是娘娘腔，上车吧！"蓝刚说。

我只好身不由己地上了车。

"等等！"我说，"蓝刚，先到我家停一停，有两瓶上好的不知年干邑，我去取来庆祝。"

"你几时成为秘饮者的？"他愕然。

"苦闷之余。"我笑。

"一瓶够了。"他说，"如果想喝醉，三星就够了。"

取了酒到他家，已有一个女孩子在指挥女用人做沙拉、烧鹅，一大堆食物。

他为我介绍，她叫宝儿，是一个很美丽的女孩子，在一家酒店做公共关系，看那打扮，知道赚钱不过是买花戴，不用替她担心，父母自有供给。

我要了啤酒，坐在一角看杂志听音乐，其乐融融。

蓝刚与他最新的女朋友在厨房帮忙。

后来那女孩子出来坐，与我闲谈。

我说："这屋子装修得很舒服。"

"是呀，他向公司借了钱重新装修的，才刚刚弄好，又在这里请客，我说不如出去吃，一下子就弄脏了，家具全是米白色的。"宝儿显得很贤惠。

女人在想结婚的时候，特别贤惠。

我说："他是洋派，喜欢把朋友招呼到家中来。"

"真累。"宝儿笑说。

"谁在说我累？"蓝刚走出来问。

"你呀。"宝儿笑他。

"嘿！"蓝刚取过我的啤酒喝一口。

我说："我们在说你的家装修得很好。"

"你呢？"宝儿问，"你住在什么地方？"

"我与父母住。"我说，"古老作风。"

"你是独子吧？"蓝刚笑问，"我记得你以前说过。"

"是。"我说。

宝儿说："难怪能成为好朋友，两个人都那么孤僻。"

我笑笑。

她是个可爱的女子，但不是我心中那种，她似乎不十分运用思想。

我只是笑。

没坐多久，客人陆续来了，我反而觉得很寂寞。

我不是不喜欢交际，而是不善交际，只好坐在一角里看人。

有一个很美丽的女孩子，短头发，声音很大，她在说一个笑话："……他打电话过来，说我答应会嫁他。我问：那是几时的事？他说：去年。我查了查笔记簿，我说：下星期三下午四点到五点我有空，你要不要来？我们可以谈一谈。他说不用了，算了。我真的忘了，我真的答应过嫁他？我并不记得。"

我并不觉得这是好笑的。

她真的很美，眼皮上一点金色，时下最流行的妆，那点金色闪闪生光，她的眼神也在闪闪生光。

在外国，很容易爱上一个人，因此结婚了，回到家，发觉需要不一样。那个人并不适合做终身伴侣。

那时的山盟海誓可能是真的，但现在情形不同，现在那个人一点重要性都没有。

我是一个孤寂的人，我一直没有女朋友。与我的朋友蓝刚恰恰相反。他到香港才三个月，生日可以请到这么一大群朋友来吃饭，真了不起。

那些女孩子都娇媚动人，男人们潇洒英俊。

除了我，我并不好看。

我静静地观望着。我喜欢炎夏，因为女孩子们露出了手臂、大腿、脖子。我喜欢看，欣赏她们那暂时的青春，女人们真的像花。

七点钟的时候我们吃自助餐，我看到蓝刚忙着交际应酬，也不去烦他，他倒过来了，向我挤挤眼。"干吗？"我笑问。

"傻子，这么多适龄的女孩子，你难道还不懂得好好地挑一个？"他笑，"你看中了谁，包在我身上！"

"真的？真的包在你身上？"我笑，推蓝刚一下。

"当然。"蓝刚夸下海口。

"好的。"我笑，"我会留意的。"

"打起精神。"他拍拍我肩膀。

那个金色眼皮的女孩子转过头来，看一看我。

不不，她也不是我心目中的人，她太跋扈，太嚣张。我只是一个普通人，我知道自己的分量。

我走到露台去。

万家灯火。吃完饭后他们放音乐，捧着咖啡杯，三三两两地说话。

我听到门铃声，没人应门，他们都太忙，什么都没听见。

我站起来去开，大门打开，外头站着一个女孩子。

她向我笑笑。"蓝刚在吗？"她问。

我微微一惊，蓝刚没请她，她来了，怎么，是他过去的女朋友？我老友风流成性，不是没有可能的。

我问："你是哪一位？"

"我是他妹妹。"她微笑。

妹妹，他没有妹妹。

我笑着说："他没有妹妹。"

"我是真的。"她温柔地说，"是不是以前有过假妹妹？"

我啼笑皆非。"有事吗？"我问。

"我替他送生日蛋糕来。"她自身后拿出一只大蛋糕盒子，"他很忙吗？我不进去了。"

"他的女朋友与他在一起。"我只好说实话。

"那是宝儿。"她点点头，"你还是不相信？我叫蓝玉。"她笑。

但是蓝刚没有妹妹。

什么道理？

"你要进来吗？对不起。"我只好让她进来。

她是一个柔弱的女孩子。在瘦的那一边，长腿，美丽的胸脯，穿一件白色衬衫，土黄长裤，一双金色高跟凉鞋，脚趾一小粒一小粒。

她把手插在裤袋中，我替她把蛋糕放在桌子上。我也不能够解释是什么吸引了我，她有一种悠然的神情，与这里的女孩子不一样，今天来的这些女子都像打仗似的。

蓝刚见到蓝玉，脸上变了一变，他走过来。

蓝玉轻轻地说："生日快乐。"

"谢谢。"蓝刚的声音有点硬。

"我走了。"她说，"我只是送蛋糕上来。"

"好的。"蓝刚说，"我送你下去。"

我说："我送好了，蓝刚，你招呼客人。"

蓝玉说："我自己会走。"她微笑。

"我送。"我与她走出人群。

在电梯里，我问："你不喝点东西？"

"不了，我只是送蛋糕来。"她笑说。

她的头发自当中分开，垂在肩上。

我向她笑笑，她没有化妆，皮肤真是难得的好，并不十分白，是一种象牙的颜色。

"我真是他的妹妹。"她笑，"不管你怎么想。"

我说："我没有不相信的理由。"

我们到了街上，不知怎的，我一直陪她走过去。

她问："你是他的朋友？"

"是的，好朋友。他没有提过我吗？我姓程，叫家明。"

"真的？你的名字叫家明？"她有点惊异。

我笑："令兄也觉得这个名字太普通了。"

"不不！我不是那个意思，我认为'家明'实在是一个好名字——家里因你而光明了。"她很有诚意，"男孩子中最好是这个名字，我真的喜欢。"

"谢谢你。"我笑。

"你认识蓝刚有多久？"她问。

"多年了。当年我们在英国的时候。"我答。

"呵。"她又亲切了一点，"你们是同学？"

"不，我们念的是同一科。"我解释，"流动体力。"

"我明白了。蓝刚在英国是顶尖的好学生，是不是？"她充满爱意，"我真的为他骄傲，他的功课是最好的，是不是？"一连几个"是不是"。

我看着她的脸。当然，她是他的妹妹，她的眼神又兴奋又愉快，带着崇敬、仰慕。她的确是他的妹妹。

有很多事我不明白，譬如……算了，别人的家事。

"是的，蓝刚是数一数二的好学生。"我说，"我是由衷的，我认为他各方面都是个人才，少年得志是应该的。"

"我也认为是。"蓝玉笑说，"他真的是能干。"

我们一直在马路上走，渐渐离蓝刚的家很远了。

"哎，我要叫辆车子了。"蓝玉说。

"好的。"我与她停在街角等车。

"家明，很高兴认识你。"她与我握手。

"我也一样。"我说。

替她叫了车，开门，她上车，摆摆手，走了。

我觉得有点疲倦，蓝刚并没有开我那瓶不知年干邑。我还是趁早回家睡一觉吧，明早还要上班的。

我回了家。

第二天，蓝刚的电话把我吵醒。

我问："有什么事？"

"不争气的人，怎么偷偷地走了？"他轰然笑，"打算一辈子做王老五？"

我也笑。

"我们切蛋糕的时候你也不在。"

"喂，对了，那位小姐真是你妹妹？"

那边停一停。"什么，有人说是我妹妹吗？"

"怎么，不会是你的前度女友吧？"我笑。

"我们不说那个，有空出来喝酒。"他说，"对了，琏黛问起你。"

"谁是琏黛？"我愕然。

"那个眼皮上有金粉的女孩子。"他提醒我。

"啊。"我说。是她。

"傻子。"他笑着说，"电话是零一六九三三。"

"得了。"我说。我一辈子也不会打这种电话。

他挂上电话。

我起床，刮胡须的时候想：蓝玉说是他妹妹。

蓝刚没有承认，也没有否认。

蓝刚以前说他在香港没有亲人。

但是现在多了一个妹妹，而看样子，蓝玉又的确像他的妹妹。

我喜欢那女孩子，她温柔的笑，时髦而不过火的打扮，她没有蓝刚美，但是她给人一种舒服熨帖的感觉，我喜欢她的足趾与那双金色的高跟凉鞋，金鞋已经不流行了，但是穿在她脚上还是很好看的。

如果我有她的电话号码，或者我会拨过去。

我忘记了问她，我满以为可以在蓝刚那里拿到。

即使她是蓝刚以前的女友，也没有什么关系，我不介意这种事。

但不可能，她的名字叫蓝玉，的确像两兄妹。

我都给弄糊涂了，这事还得问蓝刚。

或者她是蓝刚同父异母的妹妹——不管这么多了。

晚上蓝刚跟我喝啤酒，他还在说我眼界高，活该找不到女朋友，活该一个人冷冷清清地过日子。

我问："你记得那个自称是你妹妹的女孩子吗？"

他抬起头："谁？"

"蓝玉。"我说。

我很少这样老提着人家忌讳的事，但我实在是忍不住，我想认识这个女孩子。

"我想认识她。"我说。

"你们不是认识了吗？"蓝刚反问。

"我没有她的电话号码。"

"家明，她不适合你。"蓝刚说，"我们别提她好不好？"

"但是——她是不是你的妹妹？"

"我一定要回答？"

"我希望。"

"家明，你是我唯一的朋友，答完这个问题之后，我们把这件事忘了好不好？"

"她是不是你妹妹？"我实在太好奇了。

"是的，她是。"

我忽然很后悔："对不起，蓝刚，我原来不该问这么多，但我就是怕她是你的女朋友，你这个女人杀手！"

他苍白着脸，勉强地笑笑。

我们有点僵，然后就分手了。

这次以后，我更后悔，因为蓝刚忽然间不找我了。就因为那个妹妹的事，他疏远我，我知道。

每个人都有权保留一点秘密，蓝刚当然有他不愿说的事，我不该逼着他说出来，现在连友谊都破坏了。

他很久不打电话来，我拨过去找他，他也不回。这件事就这么搁下来了。

但是隔不久，我们有一个共同的朋友找我打网球，我到那边，发现他也在。

蓝刚看见了我，先是一呆，但马上一脸笑容迎上来，用力握住我的手。"家明！"

误会冰释了。

我再也不敢提蓝玉的事。我们那一日打了两局网球，他把宝儿叫出来吃饭，没到一会儿，那个琏黛也来了，打扮非常时髦，身上挂着一块大大的披肩，颜色素雅。眼部的妆很浓很亮，她的嘴唇略带厚重，有点赌气，她很美，像一个洋娃娃般。

我这一生所遇见的美女是很多的，如果每个都要追求，恐怕是很痛苦的。

为了要让蓝刚高兴一点，我故意很愉快地陪着她们。

宝儿说："家明与蓝刚相反，家明很少说话。"她很有兴趣地凝视我。

我的脸马上红了，我没想到这么复杂的事——她们居然注意我。

琏黛说："家明是那种——是不是这样说？有种孤芳自赏的味道。"

"他？"蓝刚笑，"他简直是孤僻，早就是老处男脾气。"

宝儿推他一下。"你别老取笑家明，人家要生气的，当心他不理睬你——所以你这个人没有朋友。"

蓝刚说："你懂什么？本来有存在价值的人才不在乎别人说什么！家明有他自己的一套，他不小气，你把他捧上天去，他也不会相信，他就是他。"

我很惭愧，我这才知道我在蓝刚的心目中占这么大的位置，他很明白我。

琏黛看我一眼，不出声。

我忽然想起来，蓝刚的妹妹蓝玉也有这样的脾气——别人怎么样对她，她很少理，我不放她进她哥哥的家，她处之泰然，见到蓝刚，蓝刚不欢迎她，她也不介意。她是这么一意孤行地爱着蓝刚。

"你怎么了？"蓝刚问，"家明，你在想什么？"

"没什么。"我赔笑。

琏黛笑着说："他老是这样，忽然之间出了神，不再与我们在一起，魂游四方，过好一会儿才回来。"

如今的女孩子都太厉害，男人的心事她们一猜便知，难怪人家说聪明的女人不适宜做妻子。我打量着琏黛，她是锋芒毕露的，一点也不含蓄，的确现在流行这样的女子，开放、大胆、毫无顾忌，但是我不喜欢，女人总得像女人，女人要有柔软感。

琏黛刚强过度，她是那种"虽千万人，吾往矣"的女子，千万人当然是拜倒在她脚下的男人。她对男人甚至不会冷笑，冷笑也是要感情的，她根本没有看见他们倒下，她跨过他们，像跨过一堆石头，便走向前了。

琏黛轻声问我："为什么你心事重重，永远不说出来？"

非常亲昵，像一个男孩子问他的女朋友："你穿着丝袜裤，还是吊袜裤？"

我又脸红了。我说："我哪里说得了那么多？如果把我想着的事都告诉你，你也会觉得难堪吧。"

琏黛的眼睛发亮，问："你在想什么？"

天呵，这年头的时代女性，我有种感觉，她要强奸我了，我只是笑。

宝儿在这个时候叫了起来："喂喂，你们两个人别这样交头接耳好不好？我反对。"

我说:"怎么?我们还有余兴节目吗?"

"去跳舞!"蓝刚说。

我表示赞成。因为我有话想要跟宝儿说。

我们到夜总会,找到位子,叫了饮品。

轮到我与宝儿跳舞的时候,我跟她说:"宝儿,你可以不可以答应我,我跟你说的话,不告诉蓝刚?"

"什么事?"她问。

"你先答应了再说。"我说。

"蓝刚很爱我,你当心!"宝儿向我眨眨眼。

我啼笑皆非,说:"不,与你想象中的完全不一样,我不是那样的人,你放心。"

"哦。"她仿佛有点失望,又仿佛松了口气,"那是什么事?你仿佛很紧张。"

"是的。"我迟疑一下,终于问,"你知道蓝玉这个人?"

她摇摇头。意料中的事,我不知道的事,她怎么会知道。我还是失望了。

"谁?"她狐疑地问,"谁叫蓝玉?"

"忘了它,如果你不在蓝刚面前提起,那么咱们还是老朋友。"我说。

"好的,我不说。"

"谢谢你。"但是我对她毫无信心。

宝儿不是可以信任的那种女孩子,她是一个普通的女人,不知什么叫作保守秘密,不过好是好在她从来未曾以一个知识分子姿态出现过,谁相信她,谁比她更笨。

我回去与琏黛坐在一起，我们继续聊天，喝酒，消耗时间。

渐渐我觉得不耐烦，想走。

这里两个女孩子，一个太蠢，一个太聪明，都叫人觉得辛苦。

在十点钟的时候我告辞。

蓝刚说："替我送琏黛回去吧。"

"好的。"我说。

蓝刚又说："明天下午我到你家来好不好？我们玩双六，很久没与你交手了，赌一百块。"

我点点头。

二

仍然是温和的、母性的笑，一种温柔的光辉，占据我的心，长远的渴望与等待是值得的。

上了车，琏黛问我："要不要找个地方喝咖啡？"

我微微一笑，我实在是有点疲倦，我说："咖啡店太挤，而且也太吵。"

她想一想，说："这样吧，上我家来，如果不介意，尝尝我的咖啡。"

我一呆，没想到她会这样建议，再推辞下去，显得太没礼貌——漂亮的小姐邀请我到香闺去，又是深夜，如果拒绝，下次还想见她吗？

我说："不怕打扰的话，我一定到。"

她淡然一笑，说："如果我怕你打扰，早在蓝刚让你送我的时候，已经拒绝了。"

她是一个聪明的女孩子。

我问："请问住在什么地方？"

她把地址告诉我。

"一个人住？"

"是的。"她问，"对于一个人住的女子，有什么感觉？"

"她是个经济上完全独立的女子，要讨好她不是太容易的事，她才不稀罕一顿晚饭、一束鲜花。"

琏黛笑了。

"家明，我喜欢你，我希望你会约会我。"她很坦率地说。

这是她可爱的地方。

我说："我没有这样的勇气，试一试吧，我的朋友蓝刚倒是理想人选。"

"他？"琏黛有点诧异。

"为什么不是他？"我也十分诧异。

"我认识他很久了。"她说，"远在他去英国之前，我不会喜欢他多过一个朋友那样。"

"为什么？"

"我觉得他太喜欢以女人杀手的姿态出现。当然，杀杀宝儿这样的女孩子是绰绰有余了。"她笑，"杀鸡还真的不需要牛刀呢。"

我也只好笑。

琏黛真的刻薄，但也说到真相上去。

"但是你不一样。"她忽然认真起来，"你是那种可以托付终身的男人，立时三刻使女人觉得有安全感，没有是非、有性格、有品德、有学问的人。"

我吃惊了。"天呀。"我说，"我从没有想到我有这样的美德呢。"

"别怕。"她笑，"我的家到了。"

我把车子停下来。我们下车。

她说："哎呀，刚洗过地呢。"

地下是湿的，轻风吹来，有种凉意，那情况就像伦敦的初春，忽然之间，我刻骨铭心地想念起伦敦来。可惜在英国没有恋爱过。

琏黛问："你又在想什么？"

我说："在想，我竟没有恋爱过。"

"真的？"她诧异了。

"是的。"

"我相信你。"她用手臂绕着我的手。

我倒觉得很自然。我跟她到家。

她的公寓布置得很素净，一尘不染。

我坐下。她到厨房去做咖啡。

我翻了翻杂志，她已经把咖啡端了出来。

连茶具都是考究的。她是一个能干的女孩子。

我喝着咖啡，好香。

我问："常常有客人来的，是吗？"

"你是指男客？"她问，"还没有人配来过。"

"我相信你。"我说。

她淡淡地笑道："谢谢你，你还喜欢这咖啡吧？"

"很好。"我居然很松弛，伸长了腿。

"你住在家里？"她问我。

"是的。"我说，"我是独子，没结婚之前，住在家中无所谓吧。"

"当然，如果你喜欢的话。"她耸耸肩。

"像你这样的女孩子，要嫁人其实很容易。"我说，"也可以说是很难的，恐怕你择偶的条件很高。"

"我不想结婚。"琏黛说，"我也不想同居，我只希望有一个伴侣。"

"那正是最难的。"我温和地说。

她无奈地笑笑，说："你疲倦了吧，你可以随时告辞。"

"好的。"我站起来，说，"我有你的电话号码。"

琏黛送我下楼，到了楼下，我说："我再送你上去，我怕梯间有坏人。"

她笑笑，又让我送她到门口，看她开门进去，然后才走。我没有吻她，什么也没有。

我相信我们都不是那种上夜总会去看节目的人了，早已过了那种阶段，如果真的谈得拢，不如在一起聊聊天。

第二天蓝刚来找我。

他问："爸爸妈妈呢？"

"旅行去了。"我说，"二老很会享受。"

"两个人，不如玩双六，没有桥牌搭子。"他说。

"好的。"我拿了双六棋子，"宝儿呢，你没带她出来？"

"怎么可能天天带着她？"蓝刚说，"只在我有空的时候才找她，她是不是有空，与我无关的。"

我看他一眼，笑着说："倒是很自私。"

"我从没说过我不是。"他说，"我不是那种乐意提携女人的男人，把她们从底层救出来，连带她的一家也恩待，干吗？我不是耶稣，也不是圣诞老人，一个人逍遥自在，乐不可支。"

"有老婆……"我笑，"冷暖也有人知道呀。"

"她知道我的冷暖有什么用！"蓝刚笑，"如果她一辈子靠死了我，想想真是不寒而栗！"

"如果你爱她，一切都不一样了。"我说。

"那当然，如果我不是受薪阶级，大把钞票，一定娶个女人回来帮着我呢，我又没有那个资格。"他笑。

"宝儿知道你这种想法吗？"我问。

"她知道，但是女人有个通病，她们老觉得对别人如此，她是个例外，她有魅力来改变我。"

蓝刚笑了，我也笑。

我们玩到吃晚饭的时候才出来，蓝刚与我又恢复了友谊。

晚间是想找琏黛出来，随后作罢。男人很难寂寞，偶然也有，却不是肉体上的寂寞，我只希望有个女子了解我，站在我身边，支持我。

男人与女人的关系渐渐淡薄。肯养着女人的丈夫已经少之又少，大多数是那种粗茶淡饭的男人，才想娶老婆，因为他们无法接触到其他的女人。

至于我，我在茫茫人海中寻找蓝玉。

蓝玉会不会在寻找家明？

天气渐渐潮湿，蓝刚早换上了短袖衬衫。

宝儿已被淘汰，现在跟着他的是一个叫咪咪的女孩子。

他把咪咪介绍给我。我想：又是三个月的货色吧。

但这个女孩子有种罕见的天真，似乎什么都不在乎，一张圆脸纯得任人宰割。

他请我吃饭，我把琏黛约了出来。

琏黛很得体自然。

她说："这种情形我见过很多次了。"她是指蓝刚频换女友。

我忽然想起，说："那么，你说是在他没有去英国之前，已经有这种习惯？"

"当然。"琏黛笑，"蓝刚那时候的女友，都早做了母亲辈啦。"

"你与他有多熟？"

"我们两姐妹与他是同校同学，不同班。"琏黛说。

"啊，你知道蓝玉这个人吗？"我问。

"那不是他的女朋友，那是他的妹妹。"琏黛说。

"妹妹！"我低呼。

"当然，你以为是谁？"她问。

"可以找到她吗？"我问。

"当然，问蓝刚好了。"琏黛说。

"如果蓝刚肯说，我难道还得问你？"我说。

琏黛沉默了一会儿，她说："对不起，我太笨了，无法与你沟通，我告辞。"她拿起手袋站起来。

"琏黛。"我拉住她，"对不起——"

"再见。"她什么话也不说，拂袖而去。她被得罪了。

蓝刚问："怎么了？"

我心头很闷，为了蓝玉，我一提起这个名字，就会得罪人。我说："她生气，走了。"

"哦。"蓝刚说，"让她走吧。"

如果只是女朋友，让她走吧，如果是朋友，可没有这么简单。

"我去找她回来。"我说，"我先走一步。"

"别傻了，她怎么会回家！"蓝刚笑道。

"她不是那样的人。"

"当心，家明！"眯眯笑道。

我走了。经过花店时买了一束花。

也许琏黛根本不喜欢一大堆人一起见面，咪咪比宝儿更乏味，我难道不知道？

我到琏黛的寓所按铃。她出来应门，正在洗头，头发湿湿地裹在毛巾里。

我说："不介意我进来？我是来道歉的。"我把花递上去。

她笑。气早消了。

"请进。"

她用大毛巾擦着头，说："下次不用买花，我会误会的。"

"我不喜欢空手到别人家里去。"

"谢谢，下次买水果吧，巧克力用不着，我一辈子都不吃糖。"我坐下来，看着她把花放进花瓶里，她有一只很高的水晶花瓶。

"你的名字不应该叫琏黛。"我说，"应该叫玫瑰，或者是丹薇。"

"你自己已经是家明了，还不满足？"她笑，"怎么老以救世主的姿态出现？"

她把头发梳通，披在肩上待干。

水晶帘下看梳头的光景恐怕也不过如此，诗人们把幻想扩大，得到了满足，后世的人以为他们家中真的有一幅水晶的帘子。

"你想知道什么？"琏黛问。

我笑着说："几乎不想问了。"

"还是问吧，是不是蓝玉的事？"

我诧异道："你真是聪明至斯！"

她忽然嘲讽起来："有什么用？并没有因此提拔我一把，我还是待在这里。聪明对一个女人来说是负累。好了，你要知道什么？"

"蓝刚为什么与她不和？"我问。

"我们不知道。"她摇摇头，"但是他们还常常见面，我没见过蓝玉几次，她是一个很美的女孩子。"

"美，倒并不见得，她没有你神气。"我说，"那日蓝刚的生日，你见到她没有？"

"她没有打扮，打扮起来是很美的，小时候大家一起画眼圈，数她最艳。"

"你不觉得蓝刚对她特别冷淡？"我问。

"早就觉得了，蓝刚对女人一贯如此。"

"为什么？"我说，"蓝玉是他的妹妹。"

"真的不知道。"她为难地说，"我的习惯是不探人私隐，我对别人的生活不感兴趣。"

"对不起。"

"没关系，你为什么要追究？"

"我喜欢这女子。"我坦白地说。

"呵。"

"我想认识她，真的。"

"如果我有办法，一定帮忙。"珹黛说，"我会记得。"

"谢谢你。"我说，"我要告辞了，打扰你。"

"一个拒绝女人的好办法——向她打听另一个女人。"

"珹黛，你别多心——"我连忙解释。

"我没有。"她微笑，忽然落下一串泪珠。

我呆了一会儿，然后说："再见。"我走了。

我伤害了她。外表刚强的女子往往是最容易受伤害的，这是我的错。我傻傻地在街上走。真不懂女人，我又没对珹黛说过俏皮话，又没追求过她，她凭什么以为我会故意伤害她？女人，没事连招呼我也不要跟她们打一个。

我看看表，才四点，往什么地方去好？去找蓝刚？或许他提早就带咪咪回家了。

无论如何先拨一个电话去。

电话响了很久很久没人听，忽然之间我的心烦躁起来，生活真是没意思，期望这个期望那个，无论做什么事都有人在前面挡着，人与人挤在一起。做人真的做得恨。

记得有一次，大伙儿一起吃饭，大家都有点腻，决定不再做男人，要做女人。

他们问我，我说："我不要做人了，做白鲔吧，俗称啫喱鱼的那种。"

然后他们说:"子非鱼,何来知鱼之乐乎?"

真是十分啼笑皆非的。

"那么。"我沉默一会儿说,"让我的这次生命结束之后,再也不要有生命吧。"

他们也沉默一会儿,答:"根本如此,好好地过这一辈子吧。"

电话铃响着,然后有人来接电话,是一个女孩子,她问:"请问找谁?"

我怀疑打错了电话,问:"蓝刚在?"

"不在,请问哪一位?留个话好不好?"

"你是哪一位?"我问,"我是家明。"我怀疑她是咪咪。

"家明?"那边沉默一下,"我是蓝玉。"

我简直不相信自己有这么好的运气。隔了很久很久,我说:"蓝玉!你哥哥在家中吗?"

"不在,我帮他把夏天的衣服收拾出来,天气热了,你知道蓝刚,他像个小孩子,穿了好几个月的厚毛衣,早该腻了。"她笑,"巴不得赶快穿短袖子呢。"

我也笑,我说:"我现在马上来,你待在那里别动,好不好?答应我,别动。"

"蓝刚不在。"

"我知道,刚与他分手,我现在就来!"我说一个谎,"他欠我一本书,我赶紧要拿回来。"

"好的。"

我放下电话，马上冲出门去，开动车子，真是踏破铁鞋无觅处，得来全不费功夫。

我一路匆匆忙忙的，碰到红灯就跳脚，一边又告诉自己，要当心，不然撞死在车上就永远到不了那个地方。但是为什么？行人过马路的时候，我把头放在驾驶盘上想，为什么？为了一个只见过一次面、说过数句话的女子，岂不是太浪漫了。这样盲目地追寻一个不相干的人，不过是为了满足生活上的空虚。

我的空虚与蓝刚的空虚并非不一样，因此他不停地换女朋友，我不停地寻求一个理想的对象。

我们还有什么好做的呢？我茫然地想，书读过了，女朋友随手可以找到，工作并不差，但是绝无希望飞黄腾达。我们这些小市民还能做什么呢，周末跑马吧，看踢足球，对牢电视机，搓麻将，可以做这些，如果你喜欢的话。不喜欢吧？可以结婚，生一大堆子女，叫他们也同样地困惑。

车子终于到了，我随意把它停在横街上，奔上楼去。

我忽然很害怕，怕见到蓝玉的时候，与我存在心中的印象不合。

我用力地按着铃，蓝玉说："来了！来了！"

现在很少人应门的时候会说来了来了，真是孩子气。

门打开，她站在我面前，很亲切地说："家明吗？请进来，我已经替你泡了茶。"

她的头发用发夹夹起来，衬衫袖子高卷，显然在操作。

她和气地说："好久没来了？蓝刚很久都没说起你，我们昨天才商量请朋友吃饭。"

我看着她，我很想告诉她，我是几乎历尽千辛万苦才把她找到，但是见到了她，觉得一切平复了，不要紧，她不是在我面前吗？

我宁一宁神，坐了下来喝一口茶。

蓝玉问我："你要哪本书？让我帮你找找看。"

我说："你先把你的住址电话告诉我。"

"啊？"

"请说吧。"我拿出纸笔，"别骗我，我知道有些女孩子，居然把廉政司的投诉电话告诉男人的。"

她笑着说："是吗？真是好办法。"

"女孩子们真是残忍。"我说，"来，讲。"

她顺手取过我的笔，写了号码给我。

"住址呢？"我追问。

"你问蓝刚，还怕找不到我？"她诧异，"家明，你是我哥哥的老朋友呀。"

"你跟你哥哥的感情好不好？"我问。

"很好。"她笑，"谢谢。"

我不明白。

"好的。"我说，"我要试一试这号码。"

我拿起电话拨了过去，我说道："请蓝玉小姐。"

"蓝小姐出去了。"

我问："你是哪一位？"

"我是女佣。"

"谢谢你。"我放下电话。

"你看。"蓝玉笑，"我从没见过像你这样的人呢。"

"你住在什么地方？"我逼切地问。

"落阳道三号。"她说。

"好了，现在我们可以谈其他的了。"

"你那本书呢？"她问，"我替你找找。"

"好吧，是《骆驼祥子》。"我说，"恐怕是在书架上。"

她沉默一会儿，说："家明，你知道蓝刚是从来不看这种书的，他除了科技书籍，只看英文版读者文摘，他连中文字也不多认识，怎么会向你借这种书？"

我说："我撒了谎。"

"为什么？"她笑，"为什么撒这种谎？"

"我怕你走掉，不肯等我来。"我很坦白。

"奇怪，这是我哥哥的家，我怕什么等，我天天在这里坐。"她说，"我越来越不明白了。"

我瞪着她。我还以为我运气好，一拨电话她就在，谁晓得她却天天在这间屋子里。

我找得她这么辛苦，原来她天天在这里。

她的脸色还是象牙色的，捧着一只茶杯喝水，动人的神情呵。身边一大摞蓝刚的夏季衣服，衬衫管衬衫，裤子管裤子，她把她兄弟照顾得这么好。

"你们两个人为什么不住在一起？"我问。

"大家都有私生活，没有必要住在一起呢。"她说。

"蓝刚的私生活是忙一点。"我说。

她笑笑。"男孩子，当然是这个样子。"她很原谅地说。

我说："我请你答应我，别提我来过这里，蓝刚会不喜欢。"

"为什么？"蓝玉不明白地看着我。

"别问，只答应我，好吗？"

"好的好的。"她说，"我不懂得，但是我答应。"

她把衣服拿起来，到房间去逐件挂好，然后抹抹手，她说："好了，我该走了。"

"到哪里去？是周末呢。"我提醒她。

"你有建议吗？"她问。

"有，我们到浅水湾吃下午茶去。"

"快晚饭了，还喝茶呢。"她笑。

"那么就晚饭好了。"我慷慨地说，"喜欢哪里就哪里，把薪水吃掉，吃死为止。"

她笑着说："好的，我们走。"

仍然是温和的、母性的笑，一种温柔的光辉，占据我的心，长远的渴望与等待是值得的。

我们等电梯，我偷偷地看她一眼，她脸上带着微笑，也回头看我一眼。

"家明，我真不懂得你，为什么这样的孩子气？发生了什么事？"她笑说，"看你，喜滋滋的。"

但是我还没有回答，电梯门一开，蓝刚与咪咪回来了。

我的心直沉下去。

蓝刚一看见我，非常惊异，刚想先打招呼，马上看到我身边的蓝玉，他整个人凝了一凝。

他反应很快，马上对咪咪说："你先回去。"

咪咪要抗议，被他一手推进电梯。"快！"

咪咪来不及尖叫，电梯门已经合上。

我先开口："蓝刚，我真不明白你为什么要这么做，你不觉得过火吗？"

蓝刚以一种低气压低温度的语气问蓝玉："你来干什么？"

"帮你收拾衣服。"蓝玉平静地说。

"那个我自己会，我只要你为我做一件事。"

"什么？"蓝玉抬起头。

"远离我的生活！"

他头也不回地进屋子，关上门。

我有种感觉，我们这一次一定要成陌路人了。

"蓝刚！"蓝玉追上去。

她按铃，但是没有人来开门。

她看看我，无可奈何地笑着说："家明，你先回去。"

"他不会有事的！"我说，"他只是不喜欢我看见你！"

"什么？"

"他不让我见你，提你，甚至是说起你，我感到极度地困扰，而且不明白他为什么要这么做！你看他今天的反应！像世界末日似的，为什么？不过是因为他最好的朋友与他妹妹站在同一条走廊上。"

我越说越气愤。

"君子成人之美，不肯也算了，何必这样！"我加了一句。

蓝玉一直默不出声，她说："好了，家明，你可以回去，我明白了。"

"我们的晚饭——"我急。

"我想你也不会有心情去吃饭了。"她说。

"是的。"

"我们改天再见。"

"我打电话给你。"我说，"我不相信现在还有《孔雀东南飞》的故事。"

她微笑着，但是笑容非常灰败。"你回家吧。"

"你很爱你的哥哥。"我说，"他却不爱你了！"

"我很关心他。在这世界上，我只有他一个亲人，他只有我，血浓于水，你听过反目成仇的情人，但兄妹很少登报脱离关系，你放心。"

我说："照顾你自己。"

"这个我懂得。"她说，"家明，如果蓝刚不喜欢你与我有接触，你听他的话好了。"

"我不明白。"

"或者他是为你好。"

"我不懂。"我说，"你太听蓝刚的话，我要走了，我想回家洗个热水澡，改天见。"

"再见，家明。"

我进电梯走了。

到楼下，咪咪还在等车。

她气得脸都歪了，妆早已糊掉。

她见到我，拉住我，说："家明，你送我回家。"

"好的。"我说。

我怕她一路上骂蓝刚，她却没有。每个女子都有可敬可畏的地方，咪咪在这方面很硬。

她说："刚好是计程车司机吃饭的时候。"

"是的。"

我飞车到她家门口。

"谢谢你，家明。"

"不客气。"我说，"好好休息，别再生气。"

"我早气过了。"她恨恨地说，"绝不再浪费时间！"

我微笑，她进去了。

回到家，我放下一张唱片，听我要听的歌。

我在笔记簿上画符号，真是不明白，来来去去那几个问题，我并没有时间问蓝玉。

为什么蓝刚要他的妹妹与我们隔开？

蓝刚的脾气是坏一点，是非常的骄傲，但事实上他是一个温情的家伙，他对我好是没话说的，但是我怎么能够告诉他，我并不是开玩笑？我对蓝玉有异常好感。

不过他也曾说："别开玩笑了，天下那么多女人，只是她一个？"

夜里打了一个电话给蓝刚，没人听。

再过几天我找蓝玉，女佣说她不在。

没有父母的两兄妹不一起住。

我记得蓝刚大声对她说："远离我的生活！"

我写一封信到他公司去。

他没有回。

他仿佛叫我也远离他的生活。

过没多少天，我再去电话，宿舍的人说他搬掉了。

如果真的找蓝刚，是可以的。

我问："他的新地址呢？"

电话那边的人说："他会通知他的朋友。"那是指我并非他的朋友。

再要找他也是可以的，不是可以动用私家侦探吗？但我的脸皮没有那么厚。

蓝刚的理由一定是充分的，不管为了什么，他一定有他的理由，他有那么科学化的脑袋。

三

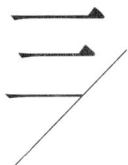

『我是一个笨人，对于舞伴，我是很挑剔的。』

我不停地找蓝玉，终于被我找到她。

　　她说："真后悔把电话给了你。"

　　"因为蓝刚说我的坏话？"我问。

　　"他没提起你。"

　　"那就行了，别管他，你不因为他而对我起反感吧？"

　　"家明，我觉得你与众不同，你是值得信任的，一切事情其实再简单没有了，你一想便该明白。"

　　"想什么？"我大惑不解。

　　"如果你不愿意想，那么你来看吧。"

　　"看什么？"我问。

　　"来看看为何蓝刚不要你与我来往。"

　　"我不明白。"

　　"我来接你，二十分钟后在楼下等。"她说。

　　"好的。"我说，"只要见到你，我什么也不介意。"

　　"真是痴心！"她说，"这种对白现在连电影中都听不到了。"她的声音里非常苍凉。

我说:"一会儿见。"

我几乎是马上跑到楼下去等的,她来接我,她真是奇怪,为什么她要来接我?

她来了。

我当时没有看见她。

一辆雪白的雪铁龙 CX 对我按喇叭,我抬头好几次,不明白为什么,终于车门打开,蓝玉站出来。

我呆呆地看着她,这是她的车子?

我问:"你坐这种车里干什么?"

她说:"进来吧。"

我坐在她身边,问:"你的车子?"

她笑笑,说:"是的。"

"你们的父亲剩下不少钱给你们呢。"我说。

"我自己的钱。"她说。

"啊?"

"我赚的。"她说。

"我以为你刚自学校出来。"我说。

"学校,什么学校?"她看着我问。

"大学。"我纳罕地说,"当然是,像你哥哥……"

"呵,是,社会大学,我现在还在写论文,专修吃喝嫖赌。"她笑说。

她今日的脸并不是浓妆的,不过是擦了点口红,但是很稀奇,偏偏给人一种哀艳的感觉,像京剧中的旦角,没有真实感，她的态度那么特别。

我开导她："即使你没有学蓝刚，也不见得错了，有些人喜欢上学，有些人不喜欢上学。"

她笑笑，把车子往市区驶，到了著名的夜生活区，把车子在一条横街上一停，有印度人替她开车门，她把车匙交给那人，我目瞪口呆地站着。

"来看看我的店。"她把手放进我臂弯。

她拉着我往一条旋转梯走下地窖。

音响排山倒海地进入我的耳朵。

地窖下是一家酒吧俱乐部，一个年轻的女歌星站在台上，不断扭动她青春的身体，大叫大喊地唱一首歌：

> 我的爱人快来与我跳，
> 跳到天亮清晨，
> 爱人快来，
> 哼哼，爱人快来！

对她来说，仿佛跳舞是一切。

我震惊地看着蓝玉，她熟络地在打招呼，在蓝紫色的灯光下，她是个不折不扣的美女，唇红欲滴，眼睛闪亮，皮肤是那么白。

我忽然想起琏黛说过，蓝玉是个美女，她大概也在这种场合看到过她？

我万念俱灰，我的女神原来是在这种地方出没的。怎么可能！我做梦也不能想到。

她与我坐下来。

她说："全城最好的酒吧，我的金矿，怎么样？"

"你在这里工作？"我绝望地看着她。

"不，我拥有这个地方。"

"我不明白。"我张大嘴巴。

"拥有。我是老板娘，不明白？我是妈妈生，手下二十四个全城最好的小姐，每人每月三五万。"

我想说话，但是她讲的每一个字在我耳中引起回音，听着使我没踏到实地。

她说："我很有钱，你看到了，你现在知道为什么蓝刚不愿意你与我来往了吧。"

她的笑还是那么温和。我明白她笑中真正的含意了。她根本不再在乎，不再关心，她有她自己的国度，在这个地方，她根本不需要前程，不需要希望。

"我们走吧。"她站起来。

有两三个打扮时髦的女子迎上来与她拥抱，同时上上下下打量着我，嬉笑。

蓝玉送我到门口，她说："如果你见蓝刚的朋友，别宣扬出去，好吗？"

说到蓝刚的时候，她语气中的那种逼切还是如此动人。

"一定。"我简单地说。

"知道吗？家明，如果我有资格，我是会追求你的。"她微笑说，"我虽然没有自卑感，也不想高攀任何人，在我自己的天地中，我很自由自在。"

我胡乱地点点头，走了。

我是步行回家的。

天气很潮湿，风很凉，穿单布衫嫌冷，穿毛衣嫌热。

父母旅行回来了。

妈妈对这种天气的评语是："春天生意实难做，一头行李一头货。"

周末我待在家中，在长沙发上胡乱酣睡了，睡梦中听见大厦各层的电话铃声、搓麻将声。

看了就明白了。

的确是，怎么解释呢，我要是蓝刚，也只好与蓝玉分开生活。照常理推测，要不蓝刚是酒吧打手，要不蓝玉也是大学生，但现实安排他们走了不同的路。

怎么会发生这种事，并不重要，重要的是这是事实。

我陪母亲进进出出，甚至是买衣料、缝旗袍，时间太多。

在绸缎店里碰见珐黛。

她把一匹丝缎覆在身上比画，料子垂在她胸前，活像印度舞娘似的，她的一张脸在镜子前非常活泼，我马上上前与她打招呼。

她似乎是与女友同来的，看到我，她像是很愉快。

"家明，你好吗？"她热烈地与我握手。

我连忙把她介绍给母亲。她是可以介绍给家人的那种女友，我想起蓝玉，非常辛酸，谁能堂堂正正地把蓝玉带到母亲面前？

妈妈看看琏黛，马上说："与我们一起喝茶，我们一起去吃茶。"

出乎我意料，琏黛居然答应了。

母亲显然也颇为意外，因此对她刮目相看起来了。

我们挑了个咖啡座，选了茶点点心，妈妈从衣料说起，一直说到择媳条件。

我频频打哈欠，暗示好几次："妈，你也累了，回家休息休息吧，可好？"

但是她白我一眼，继续说下去。

琏黛呢，她一直微笑，我觉得一个女人如果懂得以微笑来对付一切事情，那么她已经成熟了，与成熟的女人来往是安全的。

到最后妈妈显然吃不消了，她要回去睡觉。"好吧！"我说，"我送你回家。"

"不不不。"妈妈说，"你们两个人多玩一会儿，我自己回去！"

"妈……"我道。

"我自己回去了！"母亲说。

她自己回去了。

我向琏黛耸耸肩。

她说："我也会自己回去的。"

"别这样好不好？"我说，"我们去逛逛。"

"不，我真的要回去了，多谢你那顿茶，谢谢你母亲。"

"别客气。"我说，"希望我们可以一起吃晚饭。"

　　她看了我半晌，终于点点头。

　　女孩子就是这样，禁不得你求她，求求就答应了。

　　我们有点沉默，态度像老相好似的。

　　我说："这些日子你在做什么？"

　　"什么也没做，无聊得很。"她说，"上班下班。我父母快要搬来与我同住了。"

　　"嗯。"我说。

　　"你呢？找到蓝玉没有？"她问。

　　我一怔，我告诉过她这件事，她记住了，因此我在她心目中的地位还是相当重要的。

　　"找到了。"我说。

　　"在什么地方找到的？"她问道。

　　我一怔，马上明白了。我看着她，说："你一直知道的，是不是？"

　　"是。"

　　"但是你没有说，为什么不告诉我？"

　　"知道的事都得说出来吗？"她反问，"我还没有这个习惯。"

　　我沉默了一下，每个女人都有她的美德，这是琏黛最美丽的地方。

　　"你与他们是同学？"我问。

　　"与蓝刚是同学。"

　　"可否把他们的事告诉我？"我提了一个不合理的要求。

　　"但你不是都知道了吗？"她诧异地问。

　　"但蓝玉是怎么沦落到风尘里去的？"我问。

"她根本没有沦落，她是在风尘中长大的，她十四岁就在酒吧做女侍，他们家的开销是她顶着的，不然，你以为蓝刚是怎么出去留的学？"琏黛说。

"你的意思是？"我一时还不明白。

"蓝刚是蓝玉栽培的。"她说，"我讲得太多了。"

我非常地惊讶震荡。

"蓝刚并不知道我晓得那么多，但是同学之间没有什么可瞒的，我与蓝玉有一度很熟。"琏黛说，"她是一个很好的女孩子，最好的地方是她一向不抱怨，她并没有哭诉社会害了她，事实上她现在很有钱也很有面子，看不出来吧？"

我用手帕掩住了嘴，咳了两声。

我一句话说不出来，靠在椅子上。

"蓝刚这个人，你知道他，他是十分好强的，他的心理可以猜想得到。"琏黛说。

"不错。"我终于说了两个字，喉咙干燥。

"家明，我们还是朋友吧？"她问。

"当然，琏黛，你是我的好朋友。"我说。

"有空找我。"她说。

"自然。"我说，"请不要拒绝我的约会。"

她笑着说："对好的男人，真不想把他们占为己有，做普通朋友反而可以做一辈子。"

我说："我并不是好男人。"

琏黛笑笑。

我并没有考虑多久，便去找蓝玉。

她的酒吧叫"金世界",多么贴切的名字。

她的世界是超乎我想象的,这是我平生第一次花钱到这种地方来坐。

我跟侍者说:"蓝玉小姐。"

他没听懂。当然,我怎么这么笨,她在这里不可能叫蓝玉。我改口说:"老板娘。"

"哦!"他堆满了笑容,"你请等一等。"

没一会儿,蓝玉来了。

见到我,蓝玉笑笑:"怎么,有空?"态度变得很熟络,坐在我的身边。"喝什么?"

一点也不像粤语片,她并没有劝我赶快离开。

"来看看你。"我说。

"有什么好看的?"她问,"我还不是就这个样子。"

真的,有什么好看的,她还年轻,长得很美,穿着一套白色细麻的衫裙,金色凉鞋,与一般打扮时髦的女子没有任何分别。

时势早已变了,现在的欢场女角早已不是杜十娘,看看蓝玉,她在这里多健康快乐。

她说:"喝白兰地好不好?"

我点点头。

"你知道一切怎么算?"她问,"很贵的。"

来了!"我付得起。"我赌气地说。

她笑着说:"这对白多像文艺小说,我当然喜欢你在这里多花一点。我是老板,没有不欢迎顾客的。"

"我不是外行，早打听过了，小姐坐台子，每人每十五分钟是二十块钱。"

"是的。"她笑，"你叫四个小姐陪你坐两个钟头，是什么价钱？"

"四乘四乘二十，三百多，开两瓶酒，一千块总可以走了吧。"我还是气。

"是的。"蓝玉还是那个笑容，"你一个月可以来几次？来了又怎么样呢？"

"我真不明白，你竟然会是这地方的老板娘。"

"我运气好，早上岸。"她含笑说，"你听过一般人的俗语吧？我便是他们口里所谓捞得风生水起的红牌阿姑。"

"你不像。"我终于说。

"谁的额头上签了字呢？"她问。

"你是……捞女？"

"当然是。"她笑笑，"我十四岁在这吧里混，被选过酒吧公主，也被星探发掘过，入过黑帮，被阔佬包起过……这还不算捞女？你以为捞女是怎么样的？"

"你还这么年轻……"我一口口地喝着白兰地说。

"做我们这一行的，现在不上岸，一辈子上不了岸。"她说，"不算年轻了，我已经二十六岁，现在出来做小姐都只有十七八。"

"我听说过。"我说，"社会真是……"

"社会。"她轻笑，非常温文，"我却不抱怨社会，我们不是都活得好好的吗？我有钱，生活多彩多姿，我不需要理会别人怎么想。"

　　她打开手袋，拿出一只金烟盒，抽烟的姿势很纯熟，眉梢眼角果然有种看破红尘的感觉，她仰起头，把烟以标准姿势喷出来。

　　我喝着酒，他们替我添白兰地。

　　我说："你可以脱离这个环境，你可以再到学校去……"

　　她笑，把手放在我的手上，说："家明，你不明白，是不是？你想搭救风尘女子，你看小说看得太多。现在不是啼笑姻缘时代，我们并不苦，苦的是你们。"她嘴角闪出一丝嘲弄。

　　"我们苦？"我反问。

　　"当然，家明，知识对你有什么益处呢？以你的收入，几时才能自由呢，如今的社会并不崇尚读书，如果我是一个工厂女工……你知道车一打牛仔裤多少钱？两块！如果我是一个女工，蓝刚能到英国去吗？"

　　"当然你是有理想的。"我说。

　　"家明！"她微笑。

　　"你的意思是，你一点悔意都没有，你不想脱离这个环境。"我绝望地说。

　　"我在这里发迹，我又在这里发财，为什么我要离开这里？"她按熄了烟。

　　"我喝得太多了。"我说着放下酒杯。

　　"要橘子汁吗？"她问我。

　　"不要。"我心口很闷，"我要走了。"

"我送你回去。"

"不用，结账。"我招手叫侍者。

"我替你签字。"她说。

"不用，你不能做蚀本生意。"我掏出皮夹子来。

侍役拿着小电筒照着账单，我付钞票。

蓝玉看着我，她仍然在微笑。

忽然之间我很伤心，我握着她的手，说道："你知道，小时候我在香港念中学，当时流行开舞会，为了这个我曾经去学过跳舞，我会华尔兹。"

她凝视着我，很忍耐很温柔地聆听着。

"但是我从来没有跳过。"我说下去，"因为我没有看中任何一个女孩子，我是一个笨人，对舞伴，我是很挑剔的。"我的眼泪涌了上来。

她让我握着她的手。

我问："蓝玉，不管怎么样，陪我跳一支舞好不好？"

"当然，家明。"她站起来。

我也站起来，我们走到舞池，她吩咐领班几句，乐队奏出《田纳西华尔兹》。

我很快乐，快乐都是凄凉的，我想不出更好的解释，幼时跳得滚瓜烂熟的舞步忽然施展出来，我自己都很吃惊，我觉得我跳得非常好。

蓝玉轻盈得像羽毛，跟着我转，她的白裙子飞扬开来，她的手温暖地握在我手中。我们在舞池中转呀转。众人都停止跳舞，看着我们表演。

但音乐终于还是要完的。

我与蓝玉跳完了一支华尔兹，我们姿势优美地停下来。

众人拍手。

我与蓝玉像艺人似的鞠躬。

"谢谢你。"我向她说。

"你是被欢迎的。"她用英语。

我摸摸她的头发，说："有一刹那，我以为你是我的新娘呢。"

她没有回答，只是笑。

"当我结婚的时候，我会穿一套浅色西装，系浅色领带，我要我的新娘子穿白色，我喜欢教堂婚礼，但是我的新娘不穿紧身礼服，松松的、飘荡的——喏，就像你这个样子，头上加一个花环——"

我长长叹息。

蓝玉扶着我。

隔很久，我说："我走了。"我推开她。

我冲上楼梯，她没有叫住我，我一回头，看到她站在楼梯下，默默地看着我，她的微笑已隐没了。我马上回家。

那天夜里我穿得很少，吹了风，又喝得太多，呕吐一夜。三点起来，五点又起来，整晚没睡。

第二天到学校，精神非常坏。

我真不想再教下去了，我捧着头教完三节课，回家睡觉。

妈妈很是嘀咕。

我不大记得跟蓝玉说过些什么，但是我知道她不会笑我。

妈妈说："琏黛打电话来，我说你睡了，有点不舒服。"

"是吗？"我迟疑。

"为礼貌你应该回电。"妈妈说。

"她不过是想找人聊天。"

"她是很好的女孩子，非常精明能干。"

"她不过是幸运，生活在那么好的家庭中，我不同情这种女孩子。"我说，"她并没有尽全力。"

"你想挑个怎么样的妻子？"

我抬起头，温和地说："我不知道，妈妈，我不知道，我想到威基基去躺着想清楚。"

她叹口气，走开。

结果我还是把琏黛找来。

我捧着头呻吟，我头痛欲裂，一晚醉酒的风流抵不过这种头痛。

琏黛说："我们终于成了老友，看我们多么心平气和。"

"对不起，我不能陪你去那个舞会。"我说，"我一向怕穿礼服的舞会。"

她说："我也不是真的想去。"

"如果我是个成功的人士，我会去。"我说，"有什么意思呢，你想，每人手中拿着酒杯，用正确的口音说英文：'你最近的业务如何？''谢谢，刚赚了三千万。'女人们穿得花枝招展，你想想——跟狗展一样。"

琏黛抬起头，说："奇怪，你根本是正统贵族教育出身的，不应有这种愤世嫉俗的想法。"

我说："我知道你的意思，与社会一发生关系便是愤世嫉俗。"

她笑："很多人想去也还去不成呢。"

"那自然。"我笑着，"我们到底还是香港的贵族，不懂中文的中国人是做贵族的先决条件。蓝刚早半个月就开始为这种舞会紧张——该是戴金劳呢，还是白金镶钻伯爵表？"

"你认为他讨厌？更讨厌的是动辄讨论中国往何处去的文艺青年，开口闭口：你会下围棋吗？围棋与搓麻将有什么分别？同样是分胜负的游戏。"

我哈哈地笑起来。

"琏黛，你真的蛮有趣的。"我拍她的肩膀。

"真是越文艺越是恶俗，早不流行这一套做作了，我倒是喜欢蓝刚，他够自然。"

"他的妹妹也是自然。"我补一句。

"她很能干。"琏黛说，"怎么还是爱着她？还没有克服？"我傻笑。

结果我还是陪琏黛到那个舞会去了。

穿了黑色的衣服，只是我实在没法忍受那只领花，改戴一条灰色领带。

琏黛穿大红色的长旗袍。

很多人以为她是我的女朋友。

果然，我拿着一杯酒跟人家讨论香港未来教育的进展。

真闷死人。

到后来跳舞，我很自然地跟琏黛说："我不跳舞的。"

她陪我聊天。

我说："琏黛的黛应该是玳瑁的玳，琏玳，多好看。"

"你真挑剔。"她微笑。

她长得很高，穿旗袍很好看，但是她太知道自己的美，处处表演着她的美，虽不过分，我不喜欢。

"看到什么美丽的女孩子没有？"琏黛故作大方地问。

我答："在玫瑰园里，上千上万的玫瑰，都是一个样子的。"

她很沉默。

过了一会儿，她说："家明，你不发觉我对你很迁就？"

"我很抱歉。"我说，"我不知道。"

她看着我。

"如果你觉得太辛苦。"我温和地说，"我们不必那么接近。"

"你让我一步也不可以。"她咕哝，"没见过你这种人。"

"我不惯于讨好人，你无端端情绪大变——"我说不下去。

我无意追求琏黛。她在我面前为什么要使小性子？

结果她走开了，与一群人比较瑞士与桂林的风景。

我觉得更闷，我独自站了很久，非常彷徨。

终于我送了琏黛回家，酒会终于结束。

她还想解释什么，我微笑地扬扬手，走了。

琏黛口口声声说我们是朋友，她还是想找丈夫。

她要把我当作假想情人，我办不到，我不想娶她这种女人。

现在的女性，貌作独立，脱离厨房，结婚之后，她们其实是既不想入厨房，又不想工作，女人的奴性更被发扬光大，受过教育的女人更难养。

珔黛便是这样，我看得出。

我再没有去找她了。她来电话找过我一次，我再没有回电。我不想导致她有错误的观点。

我什么朋友都没有了，蓝刚，蓝刚介绍的女孩子。有时候我可以对着电视看六个小时。

有一日我在看卡通片《辛巴与神灯》，妈妈大叫："有人打电话给你！"妈的声调是愉快的。

"如果是女人，说我不在！"我叫回去。

"见鬼！"妈妈说。

没有女人找我，除了珔黛。

"是男人，快来听！"妈妈大叫。

男人？也好，听听说什么吧。

"喂。"我拿起话筒。

"家明。"

"谁？"声音好熟。

"蓝刚。"

"你？"我很惊异，"什么事？"

"家明，我家里出了一点事，想麻烦你。"

"麻烦我？"我受宠若惊，"我能为你做什么？"

他沉默了很久，我也不出声，等他想好词句交代。

我与他这么久不见，他故意避着我，现在忽然来个电话，当然是撇开自尊心不顾才能做得到，对蓝刚来说，还有什么比他的面子更要紧？

"出来再说好不好？"他的声调是很低沉的。

事实上我从来没有听过蓝刚有那种声调。于是我与他约好在我们以前常去的一家酒吧。

他早已坐在那里了，看见我只招招手，什么话也不说，面前摆着啤酒。

我扬手，也叫啤酒。两个大男人坐着对喝，看上去真是蛮有趣的。

我说："城中不知道有多少女孩子在等我们去约她们呢，我们却坐在这里。"

蓝刚对我的幽默感一点兴趣也没有，并不欣赏，他捧着杯子猛喝。

我只好等他慢慢把酒喝完，气氛是很沉闷的。

他放下酒杯。他问我："你见过我妹妹？"

我心底一动。"是的。"声音非常轻弱。

"你觉得她如何？"他问。

隔了很久，我说："我不知道。"

"你不知道？"他抬起头问我。

"她很复杂，不容易形容她的性格，我实在是不知道怎么解释她才好。你会原谅我是不是？"

"你为什么不说：我认为她是个妓女！"他抬起头。

"蓝刚，她是你妹妹！"我吃惊，"你怎可以这样形容她？"

"我不认为那有什么分别！"蓝刚的声音是悲哀的，"不错，她是我的妹妹，你知道她吃的是什么饭？！"

"她是一家酒吧的老板娘。"我镇静地说。

"她的钱从什么地方来？"

"我不知道，我并不关心。"我用平静的语气说。

"你不关心！你当然不关心！"蓝刚说，"但是这些年来，我交学费付房租的时候，不停地问：这钱是什么地方来的？"

我接上去："是你任工程师赚来的。"

"我是说以前！"他不耐烦，"你知道我指什么。"

"以前的事早属过去，你想它做什么呢？多想无益。"

"但是以前的事永远是存在的。"

"如果你要忘记，别人记得又有什么用？你理他们呢！况且……"我想到了蓝玉，不知怎么，震动一下，"你妹妹是一个难得的女孩子，你可以对她好一点。"

他看着我，说："我们相依为命，不用你提醒。"

"看上去不太像。"我冷冷地说。

"看上去？"他说，"你懂得什么！"

"是的是的，你找我出来干什么？"我说，"我什么也不懂。"

"我要订婚了。"蓝刚忽然宣布。

哦，那与我有什么关系呢，然而恭喜恭喜！我说："那位小姐是谁？"

"你认识的。"

"谁？"我问，"告诉我，我太好奇了！"

"琏黛。"他说。

我呆住了。

"原来我是一直喜欢她的，而且她非常了解我，蓝玉的事她非常清楚，我不必多费唇舌来解释，像她这么明理的女子简直是少有的。"

珢黛。

"但是我们之间发生了问题，订婚有仪式，珢黛坚持要有一个酒会，她不允许蓝玉参加。"

我渐渐明白。

"我与蓝玉说过了，订婚不要她来，结婚也不要她来，她不肯，她说她有权在场，无论我在什么地方举行婚礼，她一定会在场，你说我有什么办法？"

"你叫我劝她看开一点，劝她在自己的生活圈子过一辈子，是不是？"我耐心地说，"从前你虽然靠过她，花过她的钱，但是现在你的身份不一样，人不为己，天诛地灭，即使是兄妹，也顾不得了。"

他抬起头，脸色苍白，说："你知道我是爱她的。"

"是的，她不该妨碍你的生活。"我说，"我会去劝劝她，她真是太孩子气了。"

"家明！"

我笑着说："我明白，我会尽到做朋友的责任。"

他拉住我。"家明！"他声调是悲哀的。

我冷冷地看着他，他实在是可怜的。

"蓝刚，她是你的妹妹，你们有共同的父母。"

"是的，我明白，家明，但是珢黛……"

"叫她去地狱！"我厌憎地说，"这个女人不值一个仙[1]！"

---

[1] 仙：香港过去流通的港币，约 0.05 港元。

"家明，答应我，劝劝蓝玉，告诉她我只是她的哥哥，她捣乱我的婚礼是不公平的。"

我沉默着，看着蓝刚很久。我不明白，我看不穿他。

"为什么？"我问，"她在你婚礼中出现，对你有什么妨碍呢？我不明白。告诉我，你的身份有多高贵，告诉我。"

"家明，你不必用这种声调对我说话，事情不临到自己是不知道的。"他很愤慨，"我不过是想请你去劝劝蓝玉，你到底是愿意还是不愿？"

"好好。"我摆着手，"我知道了，可以去的地方多得很，我会劝她到别处寻欢作乐，再见。"

"家明！"

"什么？"

蓝刚看着我，大眼睛里阴晴不定，谁说蓝刚与蓝玉长得不像？我想到我们在一起的日子，实在不忍。

"家明——"

"我明白了。"我转身走。

迎面来了琏黛，看到我她呆一呆，她并没有装出微笑，她只是看着我。我原想好好讽刺她几句，但不知道为什么竟说不出口。

她看上去很高贵，很镇静，穿一件白色 T 恤，袖口边上绣着蓝色的字样：纪梵希、纪梵希，一边把价目也拼了出来，但是她穿得很好看。琏黛没有化妆的脸有种淑女感，男人可以想象她在化妆的时候会有多明艳。

蓝刚走过来站在她身边。

　　我认得他们两个人良久，从来没把他们当一对情人看待过，因此觉得诧异，因为他俩站在一起，居然十分相衬，就在这种相对无言的情况之下，我终于走了。

四

诚然，有很多东西是钱可以买得到的。有了钱之后，才会想到钱买不到的东西。

我第一个感觉是要见到蓝玉。蓝刚托我做的事，我自问可以做得到，而且越快做越好。

我赶到蓝玉的"金世界"。吧里的客人像是已经身在天堂，我拉住一个小姐说："找老板娘。"

那位小姐向我眨一眨眼，说："老板娘今天休息。"

我说："我一定要找到她。"

"找我还不是一样。"她笑说，"我们的责任都是让客人觉得快乐。"

这个女侍有一张杏脸，脂粉在细腻的皮肤上显得油光水滑。她很讨人喜欢，但是她不明白，快乐并不是那么容易找到的，一时的欢愉，或者，但不是快乐。

我说："替我打个电话到老板娘家好不好？"

"先生贵姓大名呢？"

我把我的名字说了。

她向我笑笑，转身进办公室打电话。

过一阵子她出来，跟我说："老板娘在家中，请你去，她问我，你有没有喝醉。"

"你怎么说？"

"我说你醉翁之意根本不在酒。"舞娘咯咯地笑。

我谢她。

无疑有些人是把这个地方视为老家的。为什么不呢，假如他们喜欢的话。

我马上赶到蓝玉家。我从没到过她家，此刻我简直赶得像梁山伯似的。

她住得华贵。

最好的住宅区，复式洋房，我在大门前按铃。

女用人来开门，我走进去，经过一条小路，两边种满洋水仙，她的屋子非常欧陆化。

大门打开，又一个女用人。我的老天，蓝玉生活得像一个公主。那一家"金世界"真的是她的金矿。

我一走进来，蓝玉便等不及地跑出来。

"家明！家明！"她欢笑着，"你来得正好，我原本也想去找你呢！"

她的客厅全部是红木与花梨木的家具，一条蓝白相间的大地毯，很明显是古董。

她穿着T恤牛仔裤，白色的T恤有蓝边，袖边织着字样纪梵希、纪梵希……我觉得心酸，这件衣服我是曾见过的，刚刚见过。

"家明，你怎么了？"

"没什么。"我定一定神，"我赶得太厉害了。"

"喝杯波特酒吧。"她说。

"有马赛拉雪莉酒吗？"我问。

"有。"她挥挥手，叫用人去倒。

"到里边来坐，我有书房。"她一脸笑容，"好笑不好笑？我居然有书房。"

她的书房还不是开玩笑的呢，大得不得了，颜色非常素净，有两幅齐白石的画。

用人拿了酒进来，水晶刻的杯子。

各种情况看来，蓝玉都像个千金小姐。

我在真皮沙发上坐下来。

"家明，蓝刚终于要成亲了！"她兴奋得不得了。

"我知道。"

"蓝刚居然与琏黛订婚。"蓝玉说，"我真没想到，可是他们是很好的一对，不论相貌与学识都是很相匹配的，是不是？"蓝玉看着我。

"是。"我说。

"我打算问你一声，我送什么礼好？"她问，"你会给我意见的，是不是？"

我看她一眼，不出声，喝我的酒。

她开心得脸都红了。"我想送他们五十桌酒席，最好的酒，最好的菜，最好的地方，而且不用贺客送礼。"

我又喝一口酒。

"我不知道他们是不是请客，要不就请他们去度蜜月，让他们回欧洲去好好住一阵子。"

我还是不出声。

"真没想到是琏黛。"她说，"我以为蓝刚不会结婚，他混了那么久，谁晓得好消息终于传来。他们会有孩子，会有人叫我姑姑。"她一直笑，雪白小颗的牙齿在灯下闪闪生光，我从来没有见她这么开心过。

我不出声。

"家明，你怎么了？"

"没什么，蓝玉，他只是你哥哥。"

"自然他是我哥哥。"

"蓝玉，现在做哥的，未必喜欢妹妹管他们的事。"

"你这是什么意思？"

"商业社会中，家庭观念渐渐淡薄，各人迟早做各人自己的事去，你不明白吗？"

"当然。"她说，"你说得很对，但是蓝刚是我一手带大的，我看着他进中学，念大学，拿了博士学位，找到好的职业，现在他要结婚，我怎么能不高兴呢？"

蓝刚最恨的便是这一点。

"但是他始终只是你的哥哥。"我说，"你帮他，是出于你的自愿，那很好，对陌生人，如果可以助一臂之力，也不妨如此做，不过你不能老提醒他，没有你他就永远不能成才。"我说下去，"有恩于人就忌老提在嘴边。"

蓝玉看着我，说："家明，你是什么意思？"

"我没有什么意思。"我说，"这是蓝刚的意思。"

　　"谁的意思？"蓝玉问。

　　"蓝刚。"

　　"他？"

　　"他不要你插手，不要你管，你难道不明白？他要你离开他的生活，你没听清楚？"

　　蓝玉微微张开嘴。

　　"你有你的天地。"我说，"金世界，这间美丽的屋子，你不会觉得寂寞。蓝刚不愿意生活在你的阴影下。"

　　"但是……"她的声音提高，"我没有叫他活在我的阴影下。"

　　"你只要放弃他。"我说，"应该是容易的，你只当……只当没有这个人。"

　　"为什么？"

　　"因为他不要见你，他不要你去参加他的婚礼。"

　　"为什么？"

　　"蓝玉，你在社会上生活多年，什么没有见过，有很多问题是不能问的，而且你知道答案，你知道蓝刚，你应该知道得比任何人都清楚。"

　　她苍白着脸，倒在椅子上，她拉了拉用人铃，女用人出现。

　　她很微弱地说："给我一杯水。"

　　女用人出去了，拿来了水。蓝玉像个孩子似的喝完了整杯水，水晶杯子在她手中发抖。

　　我走过去，她抱住我的腰，头埋在我的胸前。

我抱紧她的头。我的手也在颤抖。

她的头发在我的手心中。

渐渐蓝玉发出一阵呜咽，像一条小狗受了伤。

我的眼睛濡湿起来。

对她解释这件事是很困难的。

一切都是为了蓝刚，她的挣扎，她的委屈，她的生存在蓝刚身上她得到了补偿。得到了借口，社会对她如何，她不在乎，因为有蓝刚，蓝刚是她唯一的信仰。

但是现在蓝刚否定了她，否定了她的生存价值。

她一额角的汗，抬起头，嘴唇是煞白的。

"家明。"她看着我。

"我在这里。"我扶起她。

蓝玉与我并排坐下来。

"家明……"她靠在我身边，像个小孩子。

"你要说什么？"我问，"尽管说。"

她又摇摇头，靠着我的身体。

"我明白。"我说，"你休息一下。"

她在想什么，想她如何踏进酒吧，告诉妈妈生："我决定出来做。"那年她是十三，是十四？

一切都是为了蓝刚，在她幼稚的思想中，她做这一切是为了她的哥哥，他们兄妹要活下去，这是她堕落的借口，在这个借口下她原谅了自己。

因为蓝刚要升学，蓝刚要吃饭，蓝刚不能走她的路，在这个大前提下，她原谅了自己。

因为蓝刚。

她一切的侮辱在蓝刚身上得到了补偿。

久而久之，这借口成了习惯，连她自己都相信了。

她忘了也是为她自己，这屋子，她的金世界，她不用再担心生活，但是她坚持这仍是为了蓝刚，她根本不想正视事实。

可怜的蓝刚。

我低声说："你可以活得很好。蓝刚让他去吧，他不是不感激你，而你帮他那么多，不是单单为了要他感激你吧？"她不回答。

我鼓起勇气说："你要让人知道，你虽然是个风尘女子，但你是为你哥哥……"我停下来，看了她一眼，她还是不出声。"这对他来说，多么不公平，你自己很有存在价值，何必拿他做挡箭牌。"

蓝玉始终没有再说话。

她呆呆地靠在我肩膀上。

我知道时间过了很久。

女用人进来过两次，一次问我们在什么时候吃饭，另一次拿了饮料进来。

我们两个人都不饿。

终于我疲倦地闭上眼睛，睡着了。

我知道蓝玉起身，但是我没有睁开眼睛，我在沙发上睡了一整夜。

我不愿意离开。如果我醒来，她说不定要叫我走，我要留下来陪她。

第二天一早我从沙发上跳起来。身上盖着一张薄薄的丝绵被子。被面绣着百鸟朝凤。诚然，有很多东西是钱可以买得到的。有了钱之后，才会想到钱买不到的东西。

她在花园里。

花园里四株柏树，修得又细又直，鱼池内养着金鲤鱼，另外一边种着洋水仙与郁金香。蓝玉坐在藤椅上，身边伏着两条大丹狗。

"蓝玉！"我走过去。

两条狗立刻站起来，警觉得很。

她向我笑笑。

"没睡好吧，家明。"她的神情很冷艳。

"睡过了。"我问，"你呢？"我注视她的脸孔。

"我没关系。"她站起来，"用点早餐。"

我说："我想洗把脸。"

"对，你还要上班。"她又笑笑。

"今天星期六。"我提醒她。

"我怎么连这个都忘了！"她又笑。

看上去她有点疲倦，但是像个没事人似的，这是她的习惯？发生过的事可以像没发生一样。为了生存，必须练这种功力吧。

她已经换了衣服，一边陪我走上二楼，一边陪我说着话："星期六晚上的客人特别多，到了星期天，他们都回家陪太太，酒吧也空了下来。星期天才回去团聚，但是在别人眼中，也还是幸福家庭，谁也不欠吃欠喝。"

　　"一般人心中怎么想，你又何必在意。"我说，"不相干的人喜欢你，你又有什么益处呢？"

　　"是的。"她看我一眼。

　　但蓝刚并不是不相干的人，她的眼睛说。

　　是的，她很对。

　　我洗脸，她递毛巾给我，送面霜过来。

　　"刮胡子吗？"她说，"我这里什么都有。"

　　"不了。再舒服就舍不得走了。"我笑。

　　她恢复得真快，我想，事情像没发生过似的。

　　或者是吧，做人若不能做到连自己的事都不关心的地步，很难活得下去，迟早都得学会一套，谁没有演技呢。

　　我吃了顿很丰富的早餐。烟肉、鸡蛋、咖啡、吐司。

　　"这个屋子很漂亮。"我说，"装修很有品位。"

　　她笑笑，说："多数是蓝刚的主意，他怕我把屋子变成第二个金世界会所。"

　　"这些年，你仿佛赚了不少。"我说。

　　"是的。我颇有斩获。"她喝着果汁，说得直截了当。

　　"你不吃早点？"我问，"你会饿的。"

　　"我在节食。"她说。

　　"你可有男朋友？"我说，"有男朋友总好一点。"

　　她摇摇头，嘴角含一丝难明的笑意。

　　"你也应该结婚，有家庭，生孩子。"我告诉她。

　　"是吗？"她没兴趣，"谁说的？"

"这是很正常的。"我说,"你是适龄女子。"

"我对婚姻没有兴趣。"她说道。

我叹一口气:"蓝玉,你总不能一辈子只爱蓝刚一个男人呀。"

她像是被人割了一刀,痛得嘴唇都震颤了。

"对不起蓝玉。"我说,"对不起。"

她站起来,说:"你有没有空?我想出去买点东西,请你陪我。"

"买什么?"

"送蓝刚的结婚礼物。"她说。

"好的。"我说,"我陪你。"

我们离开早餐桌子到车房,她把车子驶出来,一辆黑色的跑车,式样古怪。

"这是车子吗,抑或是 UFO?"我轻声问。

她看住我很久,然后说:"以前蓝刚在暑假回来,他也这么笑我。"声调像说起多年前所爱过的人。

"他根本应该在英国生根落地。"我诅咒他。

"回来也好。"她说,"是我不对,我以为他还需要我。"

"互相需要不一定在行动上表现出来,有人天天到亲戚家去坐着,那只是说他没有更好的地方可以去,不表示他爱他的亲戚。感情是精神上的问题,只要你知道他是你哥哥,那就够了。"我说。

蓝玉的神情已经到了一百里以外,她根本没听见我说的任何一个字。

她不是在听。

她坐进车子，把头枕在驾驶盘上，她沉思的时候就像一个小孩子，雪白的后颈露在衣领外，我想用手去按一按，她的皮肤很滑很腻，接触后好一阵子那种感觉还是不离去。

她的睫毛长长地垂着，扑动的时候像蝴蝶。

我低声说道："人家说，睫毛长的人是很懒的。"

她这次听到了，微微一笑。

"我们到珠宝店去。"她说。

"你又要买名贵礼物了。"我说。

我们随意走进珠宝店，店员把戒指胸针一盘盘地拿出来给她挑。我默默地坐在一旁，不是不像付钱的冤大头的。

蓝玉选了翡翠的袖口纽与翡翠耳环，颜色非常好，像水那么透明的绿。

她讲好价钱，仿佛与店家很熟。签妥支票叫店员送到蓝刚家去。

她对我说："我是很配合的，看，一份得体的礼物，托别人送去。"声音平常得太不像话。

她点了一支烟，缓缓地吸进去，呼出来。

我站在她身边，非常沉默。

她说："他叫我失踪，我便失踪，我不会做讨厌的人。"她笑笑，按熄烟。

我与她并排走出珠宝店，我问："一会儿你打算干什么？"

"回店里看看。"她说，"那店是我的命根子。"

我说："开车当心。"

"知道。"她坐进车子。

我蹲下来，看着车子里她苍白的脸。

我说："蓝玉，记住，如果你不爱自己，没有人会爱你。"

"谢谢你，家明。"

蓝玉把车开走了。

我回家睡觉，睡了一整天。

蓝刚送来了请帖，请帖是白色的，熨银字。

妈妈说："太素了，帖子总是要红色才好。"她打开来。

妈妈吓了一跳。"什么？琏黛？该死！该死！琏黛不是你的女朋友？"

"谁说的？"我瞪眼。

"不是？"妈妈见我面色不对，停了嘴，放下帖子，走开了。

谁要娶这个倒霉的女人，一会儿对着一个男人，争风吃醋，没过一阵子又与别人订婚去了。

排场来得很大，订婚还要发帖子。然后还要条件多多，连未婚夫的妹妹都不准在场。

这婊子，也算够麻烦的了，如果她想毁掉别人的乐趣，她还真做得到。

大概蓝刚是可以应付这个女人的。

他们举行仪式那日，我并不打算去。蓝刚在我心目中，已经一笔勾销。

但是越不想见她，却偏偏见到她。

我独自到酒吧去喝啤酒，碰到琏黛。

是我先进去的，如果我后到，我保证我会一见她便掉头就走。那么多地方可以喝一杯啤酒，为什么要与她挤在一起？我厌恶她的本性。

但是我刚坐下来，刚要了啤酒，她便进来了。

琏黛与一些朋友在一起，几个年轻人都是美冠华服，他们运气好，懂得投胎，懂得利用自己的优点，懂得生活，他们的气质的确不同，因此更有权堂而皇之做些卑鄙的事，像歧视一些运气不如他们的人。

我躲在一个角落，灯光并不亮，我只希望琏黛不会看到我。他们一行六七个人堵住了出口，我连溜都没地方溜。

正在诅咒自己的运气，琏黛忽然走了过来。

我低下头。

"家明。"琏黛说。

我只好有点表示，抬起头。"怎么样？"我冷冷地问。

"你在生我的气。"她说着拉开椅子坐在我对面。

这个讨厌的女人。为什么我要生她的气。她算老几，她与我有什么关系，从头到尾，我根本没有对她发生过兴趣，泛泛之交，凭什么她会觉得我会为她生气。我不出声。

"那日我与蓝刚在网球场上碰见，打了几局网球……"她坐在我对面，忽然对我倾吐起来，"天下雨，我们被逼得停下来，坐在太阳伞下喝冷饮，我说：'在这种天气下，一个人会想结婚。'无论怎样，婚礼是有安全感的，万代不移的真相。他便向我求婚。我以为他在开玩笑，谁知道……"

我很诧异，她怎么会对我巴巴地诉说心中的秘密？不论时间地点都不对，连对象都错了，我一点也不想听她的心事。

"家明，你不会怪我吧？"她迫切地看着我。

我自啤酒杯子看上去，盯着她，我冰冷地说："我不明白这些事与我有什么关系。"

她一呆，好像没有听明白。

我说："我没有兴趣知道。但是恭喜你。"

她还没有明白，这个聪明的女人，在那一刹那间变得愚蠢万分。

"家明！我并不爱蓝刚，你明白吗？可是我要嫁给他了，是怎么会嫁给这个人的呢？"她的声音提高，"我，我——"

我很愤怒，我冲口而出告诉她："去找个精神病医生好好地治疗吧。"我鄙夷地看她一眼，放下一张十块钱的钞票，站起来就走。

我不想卷入他们的旋涡里。

琏黛不爱蓝刚，我早就知道，她要是爱他，她早就嫁了他，不会等到今天。但爱不爱是一件事，爱情本不是婚姻最好的基础，她犯不着把她的委屈向不相干的人倾诉。

蓝刚配她，无论哪方面都绰绰有余，谁也没把机关枪搁在她脖子上叫她嫁，这女人的思想乱到这样极点，我不想陪她疯。

有些人是喜欢的，生活太简单，她非得搞点风雨出来不可，否则才不会显得出她的本事。

我愿意听蓝玉的故事，却不忍听——她肯告诉我吗？终于我回家看莎士比亚的剧本。

我忽然知道蓝刚为什么要结婚，这样子坐在沙发上看莎士比亚，很难度过一辈子，时间可以是这么长，我告诉自己，结婚与生子才是正途。事业再成功，但是事业不会开口叫"爸爸"，况且我对事业没有兴趣，够糊口已经心满意足，对胸无大志的人，婚姻是磐石。

为什么这阵子我连一个像样的女孩子都见不到？

向蓝玉求婚，她不会答应，但是求是我的事，应是她的事，为什么不？

我扔下莎士比亚。

《维洛那二绅士》，这种故事有什么好看。

为什么不鼓起勇气去看蓝玉美丽的面孔。

我扑到电话前，拿起又放下。

先练一练台词吧，不用。她会明白，她就是这点令人舒服。即使她不答应，她也不会取笑。

电话铃就在这个时候尖锐地响了起来，我着实吓了一跳，迅速取起话筒。

"谁？"

"家明——"蓝刚的声音。

"什么事？"

"她服毒了！"

"什么？"我耳朵里嗡的一声。

"她服毒了！"那边气急败坏。

"我叫你不要逼她！"我声音忽然提高，"现在如愿以偿了吧？"

"你先别骂我！"

"人怎么了？"

"从急救室里抢回来，看的是私家医生，幸亏没闹出笑话，现在睡着。"

"我马上来。"

"不要你来！"

"为什么？"我凄厉地叫一声。

"我就是要知道你搅些什么？为什么她口口声声叫着家明？"蓝刚的声音燃烧着愤怒。

"我更要来！"我摔下电话。

我到房中拿车匙的时候流下眼泪。

她叫着我的名字。而我却傻气地坐在房中看《维洛那二绅士》。家明这两个字简直就是代表愚蠢。

电话又响起来，妈妈匆匆忙忙地走出来要接听。

我大叫："别睬他！他是疯子，他说什么都别去理他！"

我奔下楼，开了车子往蓝玉家就冲。

我把车子开得飞快，转弯时听见轮胎贴在地上发出"吱吱"的声音，听着牙齿发酸。

为什么我会对她发生强烈的感情？

多年来的寂寞我都受惯了。周末一个怪物似的躺在宿舍中，别人到了时间都带着女同学出去。有时我必须承认，女孩子，无论是哪一种类，听到她们的笑声也是好的，她们露在袖子外的手臂，雪白粉嫩，她们的头发拂来拂去，我为什么不可以约她们出去玩？

为了理想、为了骄傲，我孤独至今，但无缘无故，却注定我的感情是全盘花在蓝玉身上。

我把车驶上行人道，下车冲至铁闸前，大力按铃。

蓝家的大丹狗静静地走出来，注视着我。

我用力按铃，女用人出来。

"找你们小姐！快开门！"我嚷，"医生来了没有？"

那女用人显然认得我，尴尬地笑着说："先生，你——"

"开门！医生呢？蓝刚呢？"我问着。

门开了，我冲了进去，大丹狗迅速跟在我身后。

我推开大厅的玻璃门。

女佣说："小姐在楼上。"

我奔上楼，推开门，蓝玉转过身子来看着我。

"你——"我呆住了。

"我怎么？"蓝玉微笑，"刚才闹得那么大声的，是你？"

"是我。你——"我指着她，"你——"

"家明。"她温和地说，"你这一阵子，真是被我们害得魂不守舍。"她往身边的椅子拍拍。"来，这边坐。"

"我……"我坐下，"我是为你，蓝玉。"

"看你那傻乎乎的样子！"她笑着，眼睛里含着眼泪。

我低下头，我终于把心事说出来了。

她低声抱怨："那时候梁山伯赶去看英台的时候，也不见得这么慌张。"

"后来他伤心死了呢。"我提醒她。

"呀,对不起。"蓝玉问,"你匆匆赶来干什么?"

"我?蓝刚打电话给我,说你……出了……"我说不出口,"说你出了点毛病。"

"什么毛病?"她问我。

"你在家干什么?"我问。

"我在查账簿,别转移话题,他说我出了什么毛病?"

"他说你服了毒。"我只好讲出来。

蓝玉笑一笑,说:"我要死早就死了,并不等到今天。"

我沉默一会儿,弄不清楚是怎么一回事。

刚想分析一下,蓝玉已经开口:"他亲口说的?"

"我刚接到电话,就赶着来,我原以为你身边围着医生护士,谁知——"又不像是误会,蓝刚的声音又惊又怒,他的激动——忽然之间我心头一亮。

我看着蓝玉,蓝玉看着我。

我脱口而出:"是琏黛!"

"是她。她为什么服毒?"蓝玉问。

我自脖子到脸都红了。

蓝刚说,琏黛一直在叫家明。叫我。

叫我做什么?

蓝玉问:"蓝刚既然叫你去,一定有事,你赶快去一趟吧。"

我烦躁地说:"他找我有什么用?那是他们两口子的事!"

　　蓝玉看着我说："但是你听见是我就来了。"

　　"你怎么一样！"我说，"蓝玉，你又不是不知道我对你的意思，我这些日子来，可为的是谁。"

　　她愕然："你对我的意思？"像是真的不知道。

　　我瞪着她。蓝玉别再保护自己了。

　　"你对我的意思？"她明白了，不安地站起来，"家明，你对我……我想都不敢想。你是我哥哥的同学，你对我们这么好，这……"

　　她呆呆地看着我。

　　我沉默地坐在那里。

　　她轻轻地说："太迟了。"

　　"什么太迟？"我问，"你爹爹已经将你许配马家了？"

　　"不！不！家明，别说笑话。"她退后一步，"你不会明白，我——"她深深呼一口气，一脸绝望。"太迟了。"

　　现在追求女孩子，哪里还有这样子方法的。

　　"你不明白，家明，你是君子，你不会明白，你回家去吧。"她像是极累的样子。

　　"如果有困难，你可以告诉我听。"我说，"我会谅解。"

　　"我没有困难。"她说。

　　"你有什么委屈？"

　　她摇摇头，说："回去吧，家明，别叫我为难。"

　　"告诉我。"我轻轻说。

　　"如果我真要告诉你……"她也轻轻说，"说三个月也说不完，而且我不想你知道这些。"

"那么不要说。"

"如果我不说，我不忍瞒你一辈子，将来有风吹草动，你还是要怪我的。"

"让过去那些事永沉心底，永远忘记。"

"我忘不了，每夜做的噩梦，都是以前我做的事。"她抬起头，"太迟了。"

"没有太迟这种事，王子一到，咒语就破了。"我说。

"家明。"蓝玉笑，"你是孩子呢，你不明白的。"

"那么告诉我。"我坚持，"告诉我我就明白了。"

"家明，我有我的世界，我无意越过界限，你请回吧，而且最好别再来了。"

"我会一直来的。"我说，"一直来到你点头。"

"你小说看多了。"她笑，"我过得很好，我会有法子打发时间，你放心。"

"是我没法子排遣时间。"我说，"我需要你，我会再来，今天再见。"

"家明！"她叫我。

我向她摆摆手，便走了。经过她的大丹狗与铁闸，我回到街上。有一张告票夹在雨刷中，我不知深夜也有警察例行公事，我开车回家。

一进门，妈妈迎上来说蓝刚在家中等我，她有点担心。

我推开房门，我跟蓝刚说："有事出去说，别在我父母家中惹任何麻烦。"

"真是体贴的儿子！"蓝刚冷笑。

"有什么事？"

"琏黛服了过量安眠药。"他站起来指着我说。

"那是你的烦恼！"我说，"关我什么事？"

他忽然出手，给我一拳。拳头打中我的嘴角，我马上流血，立时倒在床上，发出响声。

母亲在门口问："家明，什么事？"

我用手揩去血，说："妈，没事，你去睡吧，我们有话说。"

妈妈进自己房间去了。

我听见她关门的声音，才说："蓝刚，我不是故意说风凉话，你清楚我的为人，我真的什么都不知道。"

我用手掩着嘴角，伤口激烈地痛。

"她一直叫着你的名字——"

"我真的不知道，我以为你说蓝玉，我马上赶到她那里去了。"我拿出毛巾洗伤口，面颊已经肿胀起来。

"你与琏黛到底什么意思？"蓝刚很激动。

"我连手都没碰过她！"我说，"只喝过两次咖啡，吃过两次饭，还是你介绍的，我对她一点兴趣也没有，她很美，不错，但不是我喜欢的那个型，而且你知道，我一直喜欢你的妹妹。"我扔下毛巾。"你还要我招供什么？其实我不说你心中也明白。"

他变得苦涩，说道："可是琏黛口中念着你的名字。"

"那么你要去问她。"

"她爱上了你？"

"我不知道。"

"她暗示过你？"

"没有。"

"家明，我希望你关心一点，琏黛是我的未婚妻。"他说，"这件事会影响到我们的将来。"

"我真的无可奉告。"我说，"你别逼我了。"

"你对这件事的过程一点兴趣也没有？"他问我。

"好吧，告诉我。"我说。

"我约她去看电影，她不肯出来，她说她不想看血腥片，她想看《周末夜狂热》。我告诉她那套片子还没上映，她说她看约翰·特拉沃尔塔跳舞，我说她无理取闹，她说我永远不会明白，但家明是不一样的，家明会知道。我挂了电话，她为什么在我面前提另外一个男人？"

我等蓝刚说下去。我怎么会知道她干吗想看约翰·特拉沃尔塔？她完全弄错了，我与蓝刚同样地无知，她把我看得太高了。

"隔了没多久，她打一个电话来，说已经吃了太多的药，我只好赶去把她送医院，她抓住门，大声叫家明，然后昏厥过去。我真的气疯了。"

"因为约翰·特拉沃尔塔？"我冷淡地抬起眉毛。

"家明！请你合作一点！"

"她并不像动辄流泪的女子。"我说，"我了解她是很独立的。"

"那天是周末，她一个人留在家中。"蓝刚说，"大概有点不开心。"

"那怪你对她不够小心。"我说，"你得警告她，这种事不可以多做。"

"等她出院，我要求解除婚约。"他说。

"别开玩笑，又订婚又解除，干吗？"我责问，"你贪什么好看？"

蓝刚看了我一眼，低下头。

"订了婚又解除婚约，对你当然没有关系，你仍是大男人，人家会美言你风流成性。但是对琏黛又怎样呢？她可下不了台，以后叫她怎么去见人？"

"她要见什么？现在不是妇权运动吗？"

我嘲笑他："你真相信那一套？自然，现在对男人是更有利了，女人们活该出去赚钱挨苦，如果她们哭哭啼啼，我们可以说：'咦，你们不是已经被解放的人群吗？'"

蓝刚闷声不响。

"请你不要冲动。"我说，"你仔细想想。"

"她的心不在我这里，我娶她只有更错。"

我坐了下来，嘴角犹自辣辣作痛。"一切都是误会。"我说。

"不是误会，家明，你知道这些不是误会。"他盯着我，"你至少不肯告诉我你做过什么，说过什么。"

"时间太晚了，你请回吧，你太自私，请别影响我的生活。"

蓝刚看着我，面色转得煞白，薄嘴唇紧紧地报着，他终于转身走出我的房间，我替他开大门，看他进电梯，然后关上门。

　　他走后，我独自睡在房间里良久。母亲咳嗽的声音使我知道她并没有睡着。天亮了。

　　天啊，竟有蝉鸣。又是一个夏天。

五

我从不知道她可以这么冷酷坚强，她是一个能干的女子，她在世界上站得住脚。

我厌倦地起床刮胡子洗脸。

仿佛耳边听见琏黛的逻辑。她的声音在说："家明，为你的缘故，一切是为你的缘故。"

须刀一歪，血从下巴流出来。

雪白的肥皂泡沫，大红的血，我用水淋掉。

"家明，因为你没有接纳我，而去爱上了蓝玉，所以我要报复，我教唆蓝刚抛弃他的妹妹。一切是为了你，家明。"

我打了个寒战，呆呆地看着镜子，为了我？我凭什么这么想？这些都是我狂野的幻想，不可能会发生的。这些讨厌的声音，到底从什么地方而来。

"家明，你现在明白了，为了爱你，现在我一无所有。但愿我一辈子没爱上任何一个人，因而没有痛苦，也没有睁着眼往悬崖跳的感觉。"

我的脸上身上都是汗。

蝉鸣得更大声了。

妈妈说："你不吃点早餐？"

"我不想吃。"我仰起头，一脸茫然。

母亲不能帮助我，人是这么绝望的寂寞，没有人能插手帮忙，谁也不能。

"我要赶着去学校。"我说，"时间到了。"

我开着老爷车往学校驶去，那张告票还夹在雨刷中，被风吹得乱晃，却又吹不掉，挣扎缠绵。

已经这么热了，我的天，我想，该穿我的白 T 恤了。

到学校，一个美丽的女学生与我撞了正面。她笑一笑，道歉。光滑绷紧的皮肤，明亮的眼睛。我直接地联想：我们已经完了，明净的世界，光辉的感情，都已离我们而去，事情怎么会弄得这样。

上了三节课。

课室外的阳光刺目，我的衬衫贴在背上，有这么多的汗，真是受不了。

年轻的面孔，一张一张专心地看着书本，他们并不知道外面的世界是怎么一回事，可怜的孩子。

吊扇摆动着。

曾经一度我希望家中有个吊扇，在天花板上一下一下摇动，像《卡萨布兰卡》里的酒吧，我独自坐在风扇下喝伏特加与冰，多棒。然后对面坐着我的爱人，听我细说卡萨布兰卡的故事。

事隔多年，我想问一句，我的爱人呢？或者她不喜欢吊扇，或者她不喜欢伏特加，这么小的一个愿望也达不到，我茫然地想，一点作为也没有。

校役走进课室，跟我说："电话。"

"什么要紧的事？"我问。

"你家中打来，说是有要事，无论如何叫你去听一听。"校役规矩地说。

我一呆，放下讲义。家中有事。

走到校务处，我拿起话筒。"妈妈？"我问。

"家明，你请假回来一趟。"妈妈说。

"有什么事？我不能马上走的，还有课没上完。"

"琏黛现在在这里呀，要跟你说话，回来好不好？"

我不出声，我深深吸进一口气。

"我上完这节课马上来。"我说。

回到课室，我精神更恍惚，女学生有的偷偷嬉笑起来，因为我推倒了一整排书本。我一本本把书捡起来放好。我说："你们自己看书吧。"

我坐在椅子上，根本不知道要做些什么，然后我知道我必须要找人代课。我站起来，又走到校务处，老张在那里，他很平和地改着簿子。

没有多少天之前，我也跟老张一样的心平气和呢，伏在案上改功课，什么事都像没发生过，世界的一切对我没有关系，我就打算坐在教席上终老。

但是现在，因为我爱上了一个女子，所以情绪不一样，我无法控制自己。

我走过去，说："老张，我有点不舒服，还有两节课，你想法子找人替我代一代。"

他抬起头说:"老天,你的脸色真差,怎么会这个样子?你不是中暑吧?"

"我想回家休息一下,拜托。"

"一定,一定,喂,家明,也该娶个老婆了,生活正常点。"

我本来是不会有任何表示的,但是忽然之间,我想对人倾诉一下,不管是谁。

我说:"我就是因为生活太正常了。"

老张很诧异,接着笑:"你回去吧,开车的时候当心点。"

我点点头。他们不会明白的。

我并没有回课室,随便学生怎么想,对于做模范青年,我实在已经厌倦透顶,如果他们叫我卷铺盖走人,我会马上走。

琏黛在我们家客厅中央坐着。

看见她,我心中至为震惊,因为她与我上一次见到的那个琏黛,相差实在太远了,她至少瘦了十磅[1],脸容憔悴得形容不出。穿一套白衣服,那种料子很薄很美,但是此刻穿在她身上,倒像是医院中病人的白袍子。

见到我,她眼睛中增加一阵奇异的光芒。

妈妈说:"家明,我去给你倒一杯水过来。"

她走到厨房去避开我们。

我低声说:"琏黛,这是何苦呢?"

她不答我,她只是说:"家明,你坐在这里,让我看看

---

[1] 磅:英美制重量单位,1磅合0.4635千克。

你。"她的声音非常凄苦。

我说:"可以,琏黛,但是这对你有什么好处呢?"

"家明。"她叫我一声,然后就静止不说了。

我明白她要说的是什么。

我坐在她身边,轻轻地告诉她:"你看我,我是世界上最普通的男人,甚至我的名字,都是这么普通,我不值得任何人为我闹事。"

她静静地坐着,额角上冒着虚汗,都是青筋,皮肤像是透明似的,她的眼睛睁得很大,看进空虚里去。

我说:"为了个人的私欲,你影响了别人,这是不对的。"

她说:"我没有办法控制。"

"你总得试一试。"我低声说,"你不能想什么就得到什么,谁也不能够。"

"但是我不觉得爱一个人有什么不对。"她低声答。

"是没有什么不对。"我说,"但是你不能强迫别人也爱你,琏黛,你是个知识分子,受过教育的女人,怎么连这一点也想不通。"

"事情不临到自己的头上,是不能下论断的。"她说,"说不定你遇到这种事情,比我更放肆。"

"我会吗?"我苦笑,"我只是一个叫家明的普通男人,如果我碰到这种事,我会把头沉到冷水里去淹死。但是人们如果要看笑话,他们可以到别处去。"

琏黛不出声,她的嘴唇颤抖着。

"你以为只有你烦恼?"我说,"如果我告诉你,我也有这种烦恼，你会相信吗？"

她问道："为什么不让所有相爱的人聚在一起？"

我用手帕替她抹抹汗，没有回答。我不是上帝，怎么回答这种问题？

我说："琏黛，我送你回去，你出来这么久，已经够累的了，你需要休养，来。"我伸手去搀扶她。

"家明。"她看着我，"家明。"

"我都明白。"我说，"你总要回家的，我送你。"

"以后，我们不再见面了？"她问。

"有什么好处没有？我不爱你，见面又没有希望，徒然引起双方尴尬。你想想，琏黛。"

"何必用这种口气说话。"她说。

"我说的都是真话，琏黛，你知道我这个人。"

"我走了。"她说。

"琏黛，我是一个平凡的男人，你想想，将来你会嫁一个富翁，在石澳有层别墅，平时在面对海湾的书房写信看书，周末你与丈夫去滑水游泳……周日喝茶逛街。一个没结婚的女人，永远像一个神秘的宝藏，你永远不知道几时会掘到财富，尤其是你，琏黛，你不应该糟蹋自己。"

她笑了笑，很是凄苦。我扶起她，她看我开了门。

我问："你自己来的？怎么站得牢？"

"没跟你说个明白，我总是不死心。"她说，"进来的时候，把你妈妈吓半死。"

我说："不要紧，回去好好休息。"

她忽然把头往我肩上一靠，呜咽地说："家明，我现在，真是心如……刀割一般。"

我很明白这种感觉，当蓝玉拒绝我的时候，我也是这种感觉，整个人像是被掏空了。

"过一阵子就好。"我说，"时间总是会过去的，到时不对劲的事情自然会淡忘。"

我扶她到楼下，拉开车门，送她进车子，然后开动车子。她闭着眼睛，并没有哭，嘴唇闭得很紧，仍是个美丽动人的女子。

"是不是回到自己的家去？"

她点点头。

"一个人住，总要多保重，药不可以乱吃。"我说，"蓝刚也可以做个很好的丈夫，有了家庭，你会有责任，孩子生下来，会改变你的人生观，你想想。"

她没有反应。

到了家，我看她吃好药，坐一刻，然后走了。

我不能陪她一辈子，只好残忍一点。

那日妈妈狠狠地教训我，我在客厅，她走到客厅，我走到书房，她跟到书房，我到床上躺下，她又跟过来，对白大意是叫我不要玩弄感情，她把整件事情想象得很滑稽。

我终于抬起头来，说："妈妈，我想搬出去住。"

"为什么？"她问。

"因为我觉得我应有权利维护我的自由。"

妈妈说："我不懂。"

我说："我的喜怒哀乐不想你看见。"

"我是你母亲！"

"是，我知道。"

"你是我生下来的人，我什么都见过！"

"是，但是现在我要搬出去。"我说，"妈，你尊重我一点好不好？我知道你生下我，但是请你不要侮辱我。"

她很受伤害，仿佛老了很多，她说："家明，我不再明白你了。"

"你管得太多。"我说，"如果你无法帮助我，请你不要管我的事，不要冷眼旁观，不要加以评述。"

"但我是你的母亲呀！"

"我要搬出去。"我对母亲说。

这样结束我们的谈话。

我并没有找到蓝玉，在金世界，他们说老板娘到美国旅行去了，在她家，女用人告诉我同样的答案。

蓝刚也没有再与我联络。

但是出乎意料，蓝刚与琏黛终于结婚了，婚礼在玫瑰堂举行，是一个星期日。

结婚请帖寄了来，我拿在手上，觉得蓝刚仿佛是在向我示威。我们曾经是最好的朋友，现在却如陌路人，至少他不会恨一个陌路人，但是我肯定他是恨我的。

我们曾经一起度过的时间……他的豪爽，我的沉默，很多同学几乎怀疑我与他有点毛病，在异乡的街角，因为冷，我们一边颤抖着走路一边诉说心事，然后去喝一杯啤酒。

我们曾是好朋友呀。

没有什么可靠的，友情不过如此，夫妻也一下子就反了目。

但是他们结婚的那日我去了。那个星期日下雨。

教堂前一个大大的花钟，地下有花瓣，下雨的缘故，空气阴凉，我没有带伞，雨渐渐下得很急。我走进教堂，坐在后面，看到新郎与新娘子已经跪在神坛前，他们跟着牧师口中念念有词。

终于他们站起来，礼成了，一双新人急急走过，贺客把花纸屑撒到他们头上去。

琏黛经过的时候，我看到她打扮得很漂亮，白色缎子的长裙，头上一个白色的花环。并没有一般新娘子的呆木，她很自然，像在化装舞会中扮着仙子的角色。

她的脸平静而柔美。女人真是善变的，她们太懂得保护自己，因此在各种不同的场合扮演不同的角色。

她并没有看到我，他们走出教堂。

贺客纷纷散去，我也站起来。

教堂外他们拍了几张照片，然后上花车，开走了。雨下得更急，我的外套湿了一大截。正当我抬起头来，我看到蓝玉站在教堂对面的马路上。

我连忙走过去，两辆汽车对着我急刹车。

"蓝玉！"

她抬起头来，雨淋得她很湿了。

我说："他不过是你的哥哥。"

蓝玉牵动嘴角，低下头。

"美国好玩吗？"我问。

她不回答，眼睛有点红。

我说："睡眠不足的人会老的，你要当心。"勉强地笑一笑。

"喝了酒眼睛才红。"她说，"我喝多了。"

"要不要回家换衣服？"我问，"衬衫都湿了。"

"不用。"她说，"没关系。"

"他们终于结了婚。"我说。

"是的。"蓝玉抬头看我一眼，"我很代他们高兴。"

我说："为什么到美国去？"

她答："买了房子，我想搬到美国去住。"

我一震，问："美国什么地方？"

"旧金山。"

"你会住得惯吗？"

她的眼睛更红一点，说："很多时候，不惯也得惯。"

"要是你情愿的话——"

"不要提了，家明。"她抬起头来，"我知道你想说些什么，但是一切太迟了。"她非常苦涩。

"这个世界不是只有蓝刚这么简单——"

"对我来说，这世界就是蓝刚，我这一辈子的希望寄在他身上，我失去的，他替我找回来，我忍气吞声的时候，他为我扬眉吐气。一切都是虚幻的，除了他，如果没有他，我为什么还活着，她们吸毒，我没有，她们放弃了，我还挣扎着，因为我有蓝刚，她们没有，我有生存的理由。"她一口气说下去，"现在我的功德已经圆满，我决定退出，走得远一点。"

我说："总有一日你会忘记他。"

"或者。"她答，"家明，到那一日，我会来找你，我会记得你。"

"我要等你多久？"我迫切地问，"让我知道。"

"不要等我。你爱做什么就做什么，不要等我，说不定我会回来，说不定不回来。"蓝玉说，"家明，你是那个正确的人，可惜你没在正确的时间出现，等时间对了，我也许永远找不到你了。"

"我目前没有希望，一丝也没有？"我说，"我不能帮你？"

"不。"她摇摇头，"不要太抬举我，你是要后悔的。"

"后不后悔，我自己知道。"我难过地说。

"家明，谢谢你。"她说，"谢谢一切。"

雨下得更急了。

我们站在马路当中，雨一直淋在头上。

"我已经把金世界顶掉了。"她说，"家明，我会回来找你，到时，你或者已经结了婚吧？"

"或者……"我说，"或者我会子孙满堂，但是我会记得今天。"我踏过那些花朵。"永远记得。"

教堂里的人把花钟拆下来，戏已经做完了。

"家明。"蓝玉说，"我要走了。"

我看到她的眼睛里，深沉的黑色，浓眉，薄唇，完全与蓝刚一个印子，甚至是肤色，那种半透明的白，我始终怀疑他们的血统，但是这一点他们肯定不会向任何人说起，他们兄妹间的秘密，他们感情的暧昧独特。蓝玉的固执，她再到绝境也还不要我的帮助，她有她怪异的自尊与骄傲。

她住在玻璃的那一面。

但愿我有一日能在黑暗中穿过玻璃，看到我所要知道的一切。

我会等她，多久不知道。

"我送你回去。"

"不用，我的车子就在巷子那一头。"她说。

风尘女子不再是你我想象中的那样，她们并不想等待恩客来救她们脱离火坑，她们很强壮，她们有她们的一套。不是我们可以理解的。

但我会等她。

终有一天，等蓝玉平静下来的时候，会看见我，她会回来。等她要找我的时候，我们或者可以击败时间。

她坐到车子里去，开篷的奔驰，四五零型，是黑色的。她还是很神气，薄嘴唇抿得紧紧，打着引擎，转过头来，向我道别，最后的再见。

我充满怜爱地看着她，我知道我爱她至深。

我说："有人告诉我，旧金山是一个女性的城市。"

她忽然变得很冷淡，说："是吗，家明？"

"是的，你会喜欢旧金山。"我说。

她点点头说："我知道。"

我从不知道她可以这么冷酷坚强，她是一个能干的女子，她在世界上站得住脚。

车子风驰电掣地走了。

剩下我一个人站在路中心。

我不知道该做什么才好，等蓝玉来找我吧，空闲的时候，看莎士比亚的剧本：《李尔王》《暴风雨》《辛白林》《第十二夜》。

城市故事

一

我们到底在做什么？活着但又不是活着。

我疲倦得要死。

在早餐桌上看完了报纸，我把一整沓都搁在一边，嘴里喊："百灵！早餐好了。"

她自浴室出来，说："我不吃早餐，我要节食。"

"不吃早餐会老的。"我说，"情愿不吃午饭，要不把晚饭省下。"

"吃了也一样老。"她瞪我一眼，可是还是坐下来，喝一口牛奶。"这算是什么牛奶？我那多种营养奶粉呢？"

"自己冲去！"我说。

"算了，明天轮到我做早餐，才让你吃好东西。"她说。

百灵摊开报纸，一页页地翻下去，我注意到她的表情，忽然之间她的手不动了，翻在某一页，看了很久。"你这母狗，你已经看到了？"她抬头来笑。

"你不难过吗？"我问。

"又不是第一次。"百灵把报纸合起来。

"你应该是伤感的。"

她表情忽然之间复杂起来，阴晴不定，但是她还在微笑。"我的确应该伤感，但是我没有时间。"她说，"我们要赶八点四十分那班车。"

"为什么结婚要在报上登启事？"我问。

"因为他们要全世界分享他们的快乐！"百灵做个鬼脸，"特别要我这种前任女友为他们高兴高兴。"

"你为他们高兴吗？"我问。

"没有，与我生活没有关系的事，为什么要高兴或是不高兴？"

"心里有没有××声？"我问。

"没有。"她推开空杯子空碟子，"烟肉煎得很好。"

"谢谢你。"我说。她坐在化妆台前化眼睛，一如平时。"你不哭吗？"我问。

"不。"她说，"我没有眼泪，眼泪浸不死人，你知道。"她看我一眼。

"百灵，我们都老了，"我说，"前面七八任男友都结了婚。"我笑。"我们应该悲哀得要死才是。"

"是，是。"她说，"我是很悲哀，我们只剩三分钟了。喂，那钟点女工不停地偷用我的古龙水。"她跳进裙子，换了衬衫。"你们的趣味一样，换个牌子，她不喜欢就不用了。"

我顺手拿了一块巧克力。

"你会胖的。"她警告我。

"我不担心。"我说，"胖吧。"

"丹薇。"她说，"锁门。"

我们把门锁好，在电梯里，百灵的表情寂寞下来。

我问她："你见过新娘子没有？"

"我不知道，我不感兴趣，"她说，"我只知道他已经结婚了。"

"你现在与杰约会？"

"是。"电梯到了。

跟平常一样，我开一开信箱，没有信，我们很高兴，落下来的总是账单。电话单、水费单、电费、煤气，没有信是好事。

我们挤上八点四十分的公交车。

"或者我们可以置一辆小小的车子。"

"我们不能负担这种奢侈。"我说，"我在节储，因为我想到欧洲去。"

"我情愿不去欧洲，买一辆车子代步。"

她忽然变得很寂寞。

我很后悔，我说："这不过是一段新闻，当然你会忘记的，每天都有新闻登在报纸上。"

"谁说不是。新闻与应允一样，都是容易忘记的。"

"你是不是怪他对你说尽了花言巧语？"

"不，听过总比从来没听的好。"

"那个女子是怎么样的？"

她的声音提高："我说过我不知道，我不感兴趣。"

公交车上有人向她看过来。我连忙低声说："对不起。"

"是我对不起，丹薇。"

我微笑。

我们在同一个车站下车。

她茫然地抬起头向前走，我说："政府新闻官，你的办公室在那一头。"

"是。"她微笑，但是那个笑容是褪了色的。

"今天好好地工作，有什么事打电话过来。"我说。

"OK。"她说。

我转头向我酒店走去，到的时候，刚刚九点十分。我推门进去，老板问我："丹薇，你永远要迟到十分钟吗？"

"是。"我说着坐下来。

"那么叫你的朋友每天九点十分再打电话来！"他吼叫，"别叫我做接线生。"

我不睬他，我问："今天做什么？"

"咖啡厅换一换菜单。"

"我没有兴趣，再换大师傅要用刀砍死我，除非你签名。"

"我签名，但是丹薇，你换菜单有什么根据呢？"他问我。

"我自己喜欢吃什么，我就排什么，我痛恨比萨，所以菜单上没比萨这回事——"

"他们没有教你调查市场吗？"他大嚷。

"我就是市场。"我没好气地说，"你为什么不调查我？我不喜欢比萨！"

"坐下来工作。"他命令。

电话铃响了，我去接。"丹薇，是不是因为我长得不美？"是百灵。

"没有分别！别问这种傻问题了，快回去工作！"

她挂上了电话。

我说:"神经病。"

老板看我一眼,说:"你要快点工作。"

我走出他的房间,到咖啡厅去拿资料。

我说:"把出售记录给我看看。"

大师傅说:"有什么好看?卖得最多的是咖啡与茶、冰激凌,其次是三明治。"

"有没有顾客叫比萨?"

"比萨顶难做。"他生气,"不要比萨,那几种班戟已经做死人。"

领班出来笑着说:"要不要来一客香橙班戟?周小姐?"

"到廉署去告你,要一杯奶茶走糖。"我说,"别行贿我。"

"为什么走糖?"

"我已经胖了,不想做胖的老姑婆。"我说。

"周小姐,电话。"

我去听分机。

"丹薇,我到底什么时候结婚?"又是百灵。

"你有八个月没看见他了,结不结婚,与你有什么关系?"我没好气,"结婚的时间到了,自然会结婚的,你休息一下,难道不好吗?"

那边有人大喝一声:"百灵!回去工作!"

我微笑,放下电话。

大师傅说下去:"洋葱汤也多人喝。"

"因为他们不知道那只是金宝汤加一片芝士面包。"我蔑视地说。

领班递茶上来，说："那也无所谓，在大酒店喝金宝汤与在家里的厨房喝是不一样的。"

"老板要在餐牌上增加花样。"我说。

"加什么？"他问，"我们人手不够，地方不够，客人太多，这是他们的金矿，他们还要挑剔。"

"在香港，每一家咖啡厅都是金矿。"我喝一口茶，"你们的金矿的芝士饼老做不好。"

"改天你来做！"二厨吼叫。

"我能做？"我愁眉苦脸地说，"我能做我就不在楼上受气了，我就是不行，每个人都对我嚷嚷。"

"加什么？"

"加比萨吧，老板一半是意大利人，增加比萨，把咖啡厅装修成意大利式，女侍穿意大利装，让他像回到家中似的，不就行了？"我说，"妈妈咪呀。"

"三年前的耻辱我可没有忘！"大师傅恨恨地道，"改装修！改！"

"三年前我还没来，与我无关。"我说，"竞争激烈，你要原谅我，我叫宣传部去印小单子，我们开始卖意式点心。"

"没人吃怎么办？"大师傅问。

"不会的，叫女侍对客人说：'试试比萨吧，今天没有三明治，OK？'"

大师傅瞪着我说："你知道，有时候我真奇怪你是怎么当上饮食部副经理的。"

我说："因为我跟饮食部经理睡一张床，明白吗？"

"太棒了！"大师傅拍拍我肩膀，"几时与总经理睡一张床的时候，提醒我，好让我拍你马屁，那样你可以提拔我。"

我们都笑。

我怀疑大家都是皮笑肉不笑。

回到楼上，我把每种比萨的成本和广告打了上去。

老板问："十五块钱就一块他妈的比萨？在家乡，比萨才一角五分。"

"大佬。"我说，"这不是你的家乡。"

"我要想一想。"

"你好好地想吧。"我摔本子，"把你的头也想掉！"

"不要诅咒你的老板。"

电话铃响了。

我拿起电话，说："百灵，他没娶你，是他的损失，不是你的损失，明白吗？"

"我不是百灵。"那边不高兴地说，"周小姐，叫你的老板听电话。"

我按着电话筒跟老板说："你的情妇。"

他听电话，唯唯诺诺。

我写一张字条：两点到三点，到书店去找正确茶谱；四点到五点，回公司影印茶谱交大师傅；明日九点到十二点开会；下午两点到三点，讨论结果。

我打电话给百灵，说："出来吃午饭吧。"

"我在你们咖啡厅等你。"百灵说。

"不行，到别的咖啡厅去。"我说。

"你们都是给我们喝金宝汤的，算了吧。"她说，"别的地方还找不到位子呢。"

"我很痛恨这酒店，给我一个机会出来散散心可好。"

"好好！"她摔了电话。

我把字条放在老板桌上，便拿起外套出去了。

已经深秋了，我老记得在英国这种月份，已经开始下雪。在十一月份常常会想起英国，这时候阳光淡淡地普照，我觉得很彷徨寂寞。

我其实并不能离开那酒店，没有它我不能活，因为有这一份工作，我每天知道自己会到什么地方，坐在什么桌子前面。

百灵来了，浓厚的头发在金色阳光下飞起一道金边。

她说："好天气，去年今日，我记得我们在散步，他转头要看我，我躲在他身后，他说：'百灵，你穿小皮夹克与丝绒帽子最好看。'"

"皮夹克还在吗？"我边走边问。

"当然在。"她说。

我耸耸肩。

"那只是一面之词。"她笑，"真相是，这件皮夹克是另外一个男人送的。"

"这是生活。"我说，"我们并不纯洁，是不是？"

"是的，我们不是詹姆斯·迪恩。"她问，"我们到什么地方去吃东西？民以食为天。"

"我只喝橙汁。"我说。

"丹薇，我真想结婚。"她说道。

"如果不吃东西，我们可以逛街。"

"逛街吧。"她说，"我问过我老板，他说下午我可以请假。"

我看百灵一眼，说："你用的是什么法子？我也可以偷懒一个下午，走吧，随便什么地方看电影去。"

太阳还是照下来，我们觉得无限地手足无措。

在这种时候，千万不能回家睡觉，一睡便觉得万念俱灰，非得在人群当中挤不可。

我与她默默地在人浪中向前走。

百灵说着断续的句子。

"我们那么辛苦地工作，赚来的血汗钱几乎不舍得用。"

"其实我们前面什么也没有，我们连坐暖一张椅子的时间也没有。"

"礼拜当你不在的时候，客厅会得起回音。"百灵说。

她的声音在太阳下听起来非常地苍凉，她的脸看上去很疲倦，她一定在想，为什么有的人要做那么多，有的人可以什么都不做。

我看看手表，说："再给你五分钟诉苦的时间。"

"五分钟？谢谢你的仁慈。"

"看，百灵，诉苦有什么用呢？"我笑，"那是你告诉我的。"我买了一包栗子给她，五块钱。"我记得以前爸爸带栗子回来，一块钱可以吃好久。"

她笑："凡是说这种话的人，都觉得自己老了。"

我说："是真的，那时候的日子真好过，天黑放学回家，可以吃饭，吃完饭看电视。我喜欢看电视，爸爸什么地方也不带我们去，我们没有钱，他是满腹牢骚，所以只好看电视。"

"生活蛮苦的，是不是？"百灵问。

"从来没有甜蜜过的。"我苦笑。

"我给你五分钟时间诉苦。"她白我一眼。

"当我死的时候，墓志铭上可以写'她曾工作辛劳'。那是我的一生。"

"哈哈哈。"百灵说，"我想笑，想想木屋区的人们，不要这么自怜——让我们去看那套西片。"

我们走进戏院，买票。

"可乐？"百灵问，"我要喝可乐。"

"请便，我在节食。"

"谁会注意到呢？你连男朋友都没有。"

"我自己会注意到。"我说。

我们进戏院，忽然我很想抽一支香烟，问百灵要了过来，燃着，然后一口口地抽，有点享受。

看完电影，百灵说："等于三部粤语片加在一起。"

"如果你看完之后哭了，那么还有希望做少奶奶享受享受，男人不喜欢事事嘲讽的女人。"

"是吗？我很惭愧。"百灵说，"再去买点栗子吃。"

"这叫作百般无聊，我要去书店买几本烹饪书，为了明天，我们总得记得明天。"

百灵问："想昨天是没有用的，是不是？"

"傻蛋。"我笑着把她推进书店。

她挑外国杂志，买了好几十本，到收银处付钱。我在挑意大利食谱，都是图片胜过一切，其实不算实际。

没一会儿百灵转过来拍拍我肩膀，说："杰在这里，我打电话叫他出来的，你还没见过杰吧？"

我转头，看到百灵身边站着一个年轻男人，长得倒是一表人才，我笑了。

是的，我从来没见过杰，但是我知道有他这么一个人，想到百灵刚才为以前的男朋友愁眉苦脸——都是"宁可我负人，不可人负我"。

"有什么好笑？"百灵问。

"笑都不给？"我说，"可以走了。"

百灵说："我们去吃饭。"

"你们去，我回家看电视。"我说，"你不必劝我，我这就走！"

"你真的不肯沾人一点光？"

"你们真要我去？不是真的吧。"我微笑。

"死相！"百灵拉住我，"走！"

我们走到附近一家潮州馆子，没有位子。

"到占美去吃西餐吧。"百灵笑着挤挤眼。

她并不爱杰，我与她都不能爱吃潮州小馆的男人。我与百灵都是最势利的女人。

到了吃西餐的地方还是等足半小时，我叫红酒喝，这种馆子不过是二三流的菜，但是杰有点心惊肉跳的样子。等到了台子我自顾自叫菜，百灵受我的熏陶，自然是很懂得吃的。

我与百灵近年来都非常喜欢吃，节食还常人多吃三倍，真正大吃起来像河马，因为买不起新衣裳，所以要控制胃口，相信她与我的老板都不喜欢吃得那么胖的助手。

杰几乎接不上话，我与百灵说说笑笑，碰酒杯，批评食物，终于杰说："叫点甜品吧。"

"不要算我。"我摇摇头。

付账的时候，杰犹疑地掏出钱包，我在侍役的账单上签一个字。

还是很顾全他的自尊心，我解释："这地方与我们酒店是一个集团，我可以签字。"

"哦。"他很快乐，"那怎么可以！"但是并没有争执。

百灵暗暗地叹一口气。

在街上，杰说："送你们回去吧。"

百灵已经倒了胃口。"不用，我们自己叫车子，时间还早呢，改天见。"她拉起我，摆摆手就走。

百灵向我歉意地笑一笑。

我又要向她解释："做男人也很难的，家里要负责，又要请女朋友，平时的生活费用——很容易一顿饭便失去预算。"

"换句话说……"百灵笑笑，"他是一个小人物。"

"不要老挑剔他，他还是不错的。"我说。

"他？如果男人不能改善我的生活，我为什么要嫁他？"

"为了爱。"我说。

"少放屁。"她说。

　　我们叫了计程车回家，她开灯，我开电视。

　　她把报纸用"无敌女金刚"的手法丢向露台。

　　我说："垃圾虫。"

　　她说："我要喝茶，新的钟点女工永远忘记冲茶给我们。"

　　"留张字条。"

　　"她不识字。"

　　"那对她的快乐毫无影响。"

　　"闭上尊嘴好不好？"我说，"冲好茶来看这个节目。"

　　"你认为杰如何？"她问。

　　"健谈吗？"

　　"马马虎虎，香港仔脾气，最远到过海洋公园。"

　　"我不知道原来如此，你怎么与他约会的？"

　　"有一天中午，我们在卖汉堡包的小店认识的。"

　　"你不打算一辈子吃汉堡包吧？"我看她一眼。

　　"如果我只有十八岁，我的想法会不一样。"

　　"他很听你的？"我问。眼睛看着她。

　　百灵给我一杯茶。

　　"在开始的时候，我们都听话。"百灵笑。

　　我想从今天开始，她不会再与杰出去了。

　　我曾经有一个计划，把我的老板介绍给她，然后她把她的老板介绍给我，我们各得其所。

　　百灵想起来，说："你知道上次那个姓陈的建筑师——"

　　"他太胖，说话太多，人太俗，喜欢约小明星吃饭，我对这种男人不感兴趣。"

"他对你可有兴趣！"

"不，我不是小明星。"我笑，"我们的感觉一样。"

"我的天。"

"你的老板呢？"

"我的老板？我们认识太久了，除了公事以外，谈别的太伤感情。"

"你根本不想谈恋爱，是不是？"

"在香港？你开玩笑。爱在香港只属于躺在维多利亚公园中的情侣，看了恶心，根本不是谈恋爱的地方，真奇怪香港人是怎样结的婚。"

"你打算看到最后一个节目？"

"是的。"

"我要早睡。"

"请便。"我说。

我在看电视，电话响了。我拿起电话来："喂？"

"百灵在吗？"明明是杰的声音，他认不出我，我也懒得与他打招呼。

"她睡了，明天一早再打来。"

"好。"那边挂上电话，欠缺礼貌。

在公共交通工具内大声演讲，不替女子拉门，进电梯抢先，不让位给妇孺，与人格没有关系，是欠缺教养；吃东西大声咀嚼，永远不说谢谢，也是欠缺教养。

我情愿喜欢虚伪，虚伪的人永远叫人舒服。

第二天早上我问百灵："你觉得如何？"

　　她把吐司放在桌子上，又走进厨房。"很好。"她说，"我有一层舒服的公寓，一个理想的工作，我很健康，而且我长得漂亮，很好。"

　　"受不了。"我喝咖啡，翻开报纸，"可轮到我的前任男友结婚了。"

　　"报纸一天比一天贵，一份十二块钱一个月，嘿——"

　　我笑着接上去："当你小的时候，三块钱一份，是不是？但是你小时候，一个子儿也不会赚，只得你父亲那份薪水维持着生计。"

　　"把蜜糖给我。"

　　"终于有一天，你会变成二百磅。"

　　"有你陪我。"

　　我们笑。电话铃响了。

　　"你的。"我说。

　　她接："不，是你的。"她把电话递给我。

　　我接过："谁？"

　　"我的名字叫张汉彪。"

　　"我不认识你。"我说。

　　"我是你弟弟的同学。"

　　"好，有何贵干？"

　　"我路经贵处，令弟说你可以陪我购物，令弟说你是小型消费者最佳指导。"

　　"叫他去死。"我说。

　　"我会的。可是你有时间吗？"

"四点半打到我公司来。"我说，"你知道我公司的电话吗？"

"我知道，我住在那酒店，昨天下午没找到你，昨天晚上你又不在家。"

"是的，我去调查市场上的货品。"我说。

"你非常地幽默，周小姐，谢谢你。"

"不，谢谢你。"我说，"再见，张先生。"我挂电话。

百灵的眼睛看在窗外，神色呆滞。

"我真累。"

"你在想什么？"我温和地问。

"他怎么天天打电话给我。早上、下午、晚上。天天都是。"

"他曾经对你很好，是不是？"我还是十分温和。

"是的。"百灵耸耸肩，"我想再躺到床上去睡觉。"

"我们出门吧。"

"水电煤气，都关了？"她问。

"关了。"我说。

"忘了关水龙头要罚钱的。"百灵说。

"你会认识合适的男人。"我拍拍她肩膀，"放心。"

"你也是。"她笑。

"谢谢。"

公交车挤得像暴动，我想我们或者应该买一辆小车子，但是这种开销是可以省的，我们必须为下雨的日子准备。

"一定要嫁阔佬！"百灵笑。

　　"现在有什么人开一辆二手大众来，他也就是白马王子。"
我也笑。

　　皇天不负苦心人，我们终于上了公交车，并且获得座位。

　　看着站在车上的人，等着车还不能上车的人，觉得分外
幸福。幸福不外是因为满足，满足了，事事都是好的，不满
足，什么也不好。

　　百灵说："我们什么时候买一辆小车子？"

　　"如果你要结婚去了，难道车子切去一半做陪嫁。"

　　"我不跟你说了。"

　　"回家好好地计算，如果环境允许，你可别啰唆。"

　　"你应该念的科目是会计。"百灵扮个鬼脸。

　　"人生与会计是离不了关系的。"

　　我们到站了，一起下车。

　　与百灵在一起，我们两人常常会发现人生的哲理。

　　"天气冷了。"我缩缩脖子。

　　"是的，冷了。"

　　"我想买一件银狐大衣。"她小心地说。

　　"你要买的东西很多，我一点也不感兴趣。"我扮个鬼脸。

　　"今天晚上见。"百灵说。

　　"再见。"我说。

　　她摇摇晃晃地走了。

　　"喂！"我叫住她，"你是个大美人，提起精神来。"

　　"谢谢！"她笑。

　　我走到经理室推门进去，发觉桌上一大堆意大利食谱，

不知道是谁堆在那里的，在大公司做事就是这点好，工作会得自然推动，不费吹灰之力。要命，是谁放在此地的？

女秘书玛丽说："周小姐，是老板。"

"哦。"我搔搔头。

"你今天的精神仿佛不太好呢。"玛丽笑说。

"自然。"我用手撑着头，"做了十五年的周小姐，还没有成为 × 太太，精神自然差点，我要写信到妇女杂志去投诉：高薪工作害了我。"

"害了你？"

"是的。"我说，"如果找不到这份工作，我就会花时间来找老公，如果我不是赚得到这么多钱，我就会乖乖地受老公的气，他妈的，高薪害了我。"

老板的声音自我身后传来："如果你再在那里闲谈看报纸、喝咖啡，你就快可以获得低薪工作了。"

我转头，玛丽飞奔出去。

"你知道什么？"我说，"有人以为做了老板，便可以呼五喝六。"

"你几时开始工作呢？"

"现在，等我打完了电话再说。"

我拨一○八："请问交通部号码。"

一○八告诉我号码，我马上打到交通部："有一件事麻烦你，我的车牌——"

"请打运输部。"

"好。"于是打运输部。

运输部的人说："运输部改了号码。"

官僚主义，再打新号码："我的车牌——"

"我们不管车牌，请打以下号码——"

我再拨电话，老板大叫："你有完没完？到底是不是来上班的！"

我不理老板，继续找我要找的人："我的车牌不见了，我本来是香港居民，到英国去住了四年，现在想用车牌，看看有没有办法。"

"我们替你查电脑。"他说，"你的身份证号码呢？"

我说了。

"号码不错。"他笑。

"是的。"

"名字呢？"

我一个字一个字说了。

"啊，电脑说，你的车牌在一九七三年十一月已经注销了，现在已经完全作废，要重新再考一遍。"

"从头考？笑话，有廉政署存在，怎么可能考到车牌。"

"你开玩笑，小姐！从头考吧。"

"没有别的办法？"我问。

"没有。"他停一停，"你在英国有没有车牌？"

"才没有。"我说，"有没有办法？"

"没有办法了。"

"再见。"

老板看着我。"要开车？"他问。

"要开车没有车牌。"我说,"只好不开车。"

"你曾经一度开过车吗?"老板很好奇。

"这是我私人的秘密,你不要过问。"我仰起头。

"天晓得!"老板两眼翻白。

"你想开什么车?"

"MGB[1],还想开什么车?"我开始打字。

"你想开什么车?"

"劳斯莱斯白色的旧式跑车。"我说,"你知道,《大亨小传》[2]中的那种。"我哼哼地笑。"然后穿一件银狐大衣,开着跑车到处走,不用受气,不用上班,享受人生。"

"恐怕不到一个月你就烦死了。"

"烦死?"我说,"才不会。"

"而且我不承认你在这里是受气的。"

"让我们这样说吧,这种气,我已经受惯了。"我补充一句,"受生不如受熟。"

"你知道吗?"老板细细地打量我一会儿,"凭你的才干,如果你肯用功一点,十年后是不难做到我这个位置的。"

"十年后。"我呻吟一声,"你为什么不替我介绍一个男朋友?"

"我不否认你会做一个好的太太,我知道你会的,但是你

---

[1] MGB:名爵于1962年推出的一款小型跑车,是最后一款在阿宾登的车间总装的车系。

[2]《大亨小传》:又名为《了不起的盖茨比》。

为什么不早几年嫁人呢？早几年机会又好一点。”

“废话，有机会的话永远都有机会。”

“那个姓陈的呢？”老板问。

“太胖了。”我说，“又喜欢约会小明星。”

“女人对这一点都很注意。”

“那是格调的问题，如果真是喜欢这种虚荣，可以像其乔其赵般地娶何莉莉，莉莉是美丽的，性格又乐天。但是约小猫小狗，这又何必，格调低的男人不懂得欣赏人的内心世界。”

“我想你还是开始工作吧。”

我耸耸肩。

“五年来你还未曾换过发型。”老板咕哝。

因为我想看上去年轻，唯一的道理。

我把菜单仔仔细细地做了出来，拿到咖啡厅去，交给大师傅，大师傅看过了，问几时开始。

我打电话叫人去宣传，译为中文，加注释，弄得天花乱坠，一个星期后推出。

我说：“照做一份出来给我吃，看看味道如何。”

“你不是节食吗？”二厨问。

“工作的痛苦。奶茶走糖。”我说着坐下来。

“小姐们总要节食。”大师傅说，“可以买大一点的衣服。”

“我最恨人们永远买大一号的衣服来纵容自己发胖。我是一个有纪律的人。”

“好的，奶茶走糖，十客比萨。”

“我上去了。”我说。

"我想明天休息。"有一个女孩子走近来说。

我说:"去去,只要找到替工,去!"

大师傅瞪一眼,来请假的女孩子欢天喜地地去了。

我说:"她找错人了,其实我并不是人事部的人。"

"周小姐几时结婚?"

"我不知道。"我说,"休提起。"

"现在越来越多小姐迟婚了。"

"可不是。"我想到百灵。

"周小姐,你的朋友找你。"

"免费午餐!如今的朋友不过值一顿免费午餐。"我摊摊手,"百灵——"

但那不是百灵,那是一个男人。

他穿着卫衣、牛仔裤,脸带笑容。好的是他没有穿西装,在这一带上班久了,看见西装打扮的男人久而久之便会反胃。

我问:"谁?谁找我?"

"我叫张汉彪。"他迎上来。

我的脸一沉,说:"我叫你在下班时间打电话来。"

他扮个鬼脸,问:"那怎么办?"

"在下班的时候再回来。"

"OK,OK。"他摆摆手,"别生气,我准五点再来。"他吐吐舌头,转身便走了。

我坐下来,喝茶。

"那是谁?"大师傅问。

"弟弟的同学。"我说。

"他有什么不对？"

"没有不对。"我答。

"为什么要赶他走？"

"我在工作。"我说。

"你不过在吃茶，所有可能性的男人都是这样给你赶走的。"他说。

"什么可能性，他们？"我笑问。

"别太骄傲了。"大师傅说，"你不能永远年轻漂亮。"

"我从来未曾漂亮过。"

"这是不对的，你是个漂亮的女孩子，你只是太凶。"

"我一点也不凶，你们的比萨做好了没有？"

"没有这么快。"

"丹薇，有什么好吃的？"百灵来了。

"百灵，你每天所想到的，只不过是吃。"我责备道。

"我所想的，绝对不只是吃那么简单的。"她说。

"那么你想得太多了。"我说，"别想那么多。"

她坐下来，白我一眼，点了菜。"我决定由今天开始付账，免得别人诸多讽刺。"

我跟大师傅说："这里人山人海，你不到厨房去干什么？"

他摇头。"真凶。"他说。

我问百灵："高贵的新闻官，香港发生了什么事？"

"啥事也没有。"

"你什么时候出镜？在电视上发言，一行字幕打出来，香港政府新闻处发言人赵百灵。"

"我有口吃，不能上荧幕。"她说。

"可是那还是一个高贵的工作地方。"

"新闻处？像你，可以获得免费食物供应，像车衣工厂，可以揩油到一条牛仔裤，我们有什么？带一段新闻回家。"

"再报告你一个坏消息，我的车牌没有法子拿回来。"

"没有？"她愕然，"一辈子坐公共车子？"

我摇摇头，说："只要你福气好，可以坐到有司机的车子。"

她埋头吃三明治。

"我要上去了。"

"陪老板？"她问。

我在账单上签一个字，说："不是，我有点疲倦。工作太久了，我需要一年长的假期。"

"这样吧……"她说，"下班时我来找你。"

"今天下午我要见一个人，弟弟的同学，你一起来也好，我们一块吃饭。"

"或者我可以去考车牌。"百灵说。

"算了，五十岁的老太婆开 MGB，有什么好看？"

"或者四十五岁我就考到车牌。"她笑。

"有这种事。"我笑，"现在谁还有胆子考车牌？"

大师傅说凶！我才不凶。我的老板不会说我凶，他比我凶。

我到楼上去收拾好东西，坐下来便看周末的订单。

大师傅刚刚那句话令我很不安。凶，凶，有那么凶吗？不至于吧。

为了要证明我并不凶，最好的办法是找几个男朋友来拍拖，女人要证明自己的存在，非要靠男人不可，唉唉。但是我的工作是这么忙，要做的事有这么多，男人要迁就我的时间，有什么男人肯那么做呢？

如果他肯迁就，通常他不是值得一顾的男人。

公共关系的人来说："周小姐，宣传的小卡片你最好过目，我们对于上次的事件心惊肉跳。"

上次他们选了两个很恐怖的颜色，被我毫不留情地抨击了一番，弄得很不愉快。

下午三点，我奇怪百灵在做什么，坐在写字楼靠月薪维持生活的一切女孩子又在做什么。我觉得闷，前几日看了一篇叫《规律》的科学幻想小说。一个科学家死在密室中，人家都怀疑是他杀，其实是自杀，因为科学家发觉他"光辉的一生"不过与一只土蜂相似，日日从实验室到家，家到大学，大学到实验室。他自杀了。我们每人都一样，百灵说，她希望有一个一年长的假期，如果得了假期，也不过如此，一般小资产阶级最大的愿望是要到欧洲去，因为要到欧洲而去欧洲。

除非要有很多钱，才能到新几内亚去让土人吃掉，我相信我做不到，我要为了生活活下去，在头痛、胃痛之中活下去，一抽屉的成药。

一个办馆的女职员来收账，叫我签名，我问："你喜欢你的工作吗？做了多久？"

她茫然地看着我。她已经不知道她有权找一份喜爱的工作！工作找了她，她已经喜不自禁。

"你搓麻将吗？"我问。

"搓。"办馆女职员答。

她把她的烦恼埋葬在麻将牌中。

"你快乐吗？"

她愕然，然后告诉我："周小姐，请你签了名我好拿出去收账。"

我点点头。她看上去很惊慌，好像碰到了一个白痴。

"你是哪里的人？"我问，"家乡是什么地方？"

"广东番禺。"她拿回纸张。

"有没有想回去？"我又问。

"没有。"她纯粹是为了礼貌。

"最想到什么地方去？"我问。

"瑞士。"她仿佛有点兴趣。

"去瑞士干吗？"我问。

"风景好。"她说。

"是吗？"我反问。

"周小姐，你是去过瑞士的，你为什么去？"她并不笨，她在反攻，她的眼睛都在笑。

"因为风景好。"我结束了这一次的谈话。

我们到底在做什么？活着但又不是活着。我疲倦得要死。

二

我没有假装忘了他，谁都知道我没有忘记他，如果我故意对他冷淡，不过是显示我的幼稚。

百灵来了电话:"我不能与你下班,我在翻译一大沓官方发言,五点半之前要发出去。"

"那些东西谁不会?"我取笑她,"'如要停车,乃可在此。'"

"一百年的老笑话!"她说,"我要挂电话了。"

"来晚餐吧,我们去占美厨房。"我说。

"如果有人请,我们去吃日本菜吧。"百灵建议。

"你就是想着吃吃吃,乱吃。"我说,"八点钟来!"

她"砰"一声挂了电话。我拉开抽屉取出小说看。

老板见了便会说道:"这么贵请你回来看小说?"

其实一点也不贵,我们连车子也买不起,我觉得闷。

"我又回来了。"门口有人说。他是张汉彪。

忽然之间我的笑容温和了,因为我现在空下来,因为我正在觉得闷。

我问他:"我弟弟好吗?"

"他很快乐。"张汉彪坐下来,"他的幸福在于他满足现状。"

"哦。"我说，"你想到哪儿去买衣服？"

"你通常在什么地方买衣服？"他问我。

"我很少买衣服，我的工作不需要美冠华服，但是如果有人要我带去买衣服，为了省麻烦，我带他们到诗韵去。"我解释。

"我听说过，你弟弟说你很凶。"他说。

"这跟我是不是很凶有什么关系？"我问。

"刚才我去看了一部电影，我怕早来了又让你生气。"

"我们可以走了。"我站起来，做了一连串收工下班的工作。

然后我们走出去。同事们齐齐会心微笑——老姑婆终于有人来接下班了，好景不知道能长久乎？

他的小车子随意停在街边，一张告票端端正正夹在雨刷上，他顺手取下放在口袋里，神色自若地开车门，我上车，我们开车到购物中心去，找到了时装店。进去。

他在店内四处看了看。"不不。"他说，"不适合我母亲。"

"我以为你替女朋友买东西。"我说。

他看着我笑。"女朋友？"他说，"你知道现在五十岁以下的男人是不会送女人东西的，不捞点回来已经很差了。"

我忍不住笑出来，说："你倒是很有趣，有趣的男人大多数有女朋友。"

"我？"他说，"我没有。"

我笑笑，忽然想起百灵，问："你能在香港待多久？"

"三天，五天，如果有理由待下去，半年一年。"他耸耸肩，"没有一定。"

“你的工作？”我问，“我相信你是有一份工作的。”

“研究所的工程师，我有一年假期。”他说，“到处游荡。”

听上去非常理想，嫁人一定要嫁有实力的男人。工程师、医师，一样是师，美术师就差多了，人们没有毕加索活得很好，少了一个电饭煲，多不方便！英国人说：情愿失去十个印度，不愿失去一个莎士比亚，那是因为他们那个时候既有印度又有莎士比亚。现在问他们，势必没有那么洒脱的对白了。

张汉彪尽管说那些东西不适合他母亲，但是挑起东西来，真是不遗余力，他签旅行支票的时候姿态是美丽的，意志力薄弱的女人会得因此爱上他。

他留下地址，说：“送到这酒店去，叫侍役放在我床上。”他安排得很舒服很有气派。

我想百灵会喜欢他。女人可以欣赏各个类型的男人，但是男人往往只看得到一种女人——漂亮而没有头脑的。

“你要不要女朋友？”我问。

“我是一个很挑剔的人。”他笑笑，“你指谁？你本人？”

“不是我。”

“为什么不是？”他问。

“你认识我们一家人，太熟了。”我说。

“但是我留在香港的日子不长。”他说，“我要回去的。”

“或者你不会爱上她，如果她可取悦你，你会把她带走，或是为她留下来，一切可商量。”

“说得很是。”他耸耸肩。

"我们一起吃晚饭，好不好？一言为定。"

"你倒是很热心。"他扬扬眉，"你的爱人呢？"

"我的爱人是我的波士[1]。"我说，"我喜欢我的工作。"

"真的？"

"自然，它养活了我。"我无可奈何地说，"做人家老婆也会被炒鱿鱼的，处境很难。喂！吃饭去吧。"

"像你这样的女孩子，是一定有情人的。"张汉彪说。

"我没有情人，我们现在不是开情人研究班吧。"我说。

"是是。我们吃饭去。"他扮一个鬼脸。

他很会吃，挑的酒都是最好的，百灵还没有来，我看看表，才七点半，她是常常过钟赶工夫的。上一次我们一起吃饭，还是我请的客，自然，杰以后并没有再来约她，我有点歉意，好印象是被我破坏的。以前百灵至少有约会，现在我有义务替她介绍一个男朋友，成功与否各安天命。

等百灵真来的时候，她看上去真是疲倦得要崩溃了，这不单单是身体上的疲倦，简直灵魂深处，每一个细胞都那么厌闷。

她看见我便自己拉开椅子坐下来，拿起我的普宜飞赛酒一口气喝半杯，像喝汽水似的。

她没有注意到张汉彪的存在，我心中又忧又喜的，通常吸引男人的是这种冷漠，但是男人终究娶的是仰慕他的女人，没才干的女人靠嫁人过活，有本事的女人靠自己过活，到底

---

[1] 波士：boss 的音译，即老板。

是用别人的钱比较方便。

"你的工作完毕了吗？"我问百灵。

"明天还有，洋洋数千言，动用无数字典，一种非常辛苦，但是却没有满足的工作。"她说，"叫了什么吃？"

"还没有，在等你。这位是张先生。"

"哦，居然还有男士作陪。"她在看菜单，并没有抬起头。

"这是百灵。"我向张汉彪示意。

张汉彪点点头表示明白，向我眨眨眼。

我对百灵说："你看上去这么累。"

"什么看上去？我简直就这么累。"百灵用手支撑着下巴。

"难怪有些丈夫一到家里，就什么都不想干，单想睡觉。"我笑，"你看百灵那德行。"

"可不是，都快睡着了！"百灵自己先笑，"哎哟！"

"你醒一醒好不好？"我求她，"陪我们说话。"

"不行。"百灵说，"你随我去，我无能为力了。"

我说："极度的工作会使一个很具魅力而且漂亮的女人变成这个样子。"

张汉彪说："这句话，好像是报纸的头条标题。"

喝了几口酒，百灵好像振作起来了，她目无焦点地笑着。

张汉彪边吃边看着她，似乎有莫大的兴趣，他问她："有什么伤感的事？"

百灵燃起一支烟，说："伤感？伤感需要高度集中精神，我哪儿来的精神？丹薇，新闻处的工作实在太无聊，我想转到廉政去做。"

"廉政不好做，上次打人事件，如果你在那里，打的就是你！"

"乱说。"百灵答，"那边的薪水好。"

"你工作就是为了薪水？"我问。

百灵恼怒："当然！我读书都是为了将来的收入可以高一点，不要说是工作了。你以为我早上八点钟辛辛苦苦地起床是为了什么，为爱情吗？不，当然是为薪水。"

"真直截了当！"我吐吐舌头，"这话可不能说给老板听。"

"老板自己也是为了钱。"

"难道一点工作兴趣也没有？"我问。

"工作的兴趣只限于少数职业，譬如说一份一星期只做三个下午的工作，可以高度表现自己能力的。像我们这样，一点地位都没有，我若嫁得掉，也就嫁了，至少辛苦的时候可以跟丈夫诉苦。"

张汉彪忽然说："如果他不能帮助你脱离苦海，诉苦是没有用的，不要说是丈夫，上帝也不行。"

"是的。"我说，"贫贱夫妻对着诉苦，何必呢？"我笑。"一个人苦也就是了。"

百灵白我一眼，说："真笨，这叫牛衣对泣。"

"是吗？"我的兴趣来了，"仿佛是有这么一句的。"

张汉彪问："你们嫁人是为了饭票吗？"他很有意思。

百灵凶巴巴地说："你管不着。"她放下刀叉。

"百灵你累了，我看你还是回家休息吧。"

"好，明天见。"她笑，"再见。"她站起来走了。

"怎么样?"我问,"这女孩子不错吧?她并不是天天这么累的,她那份工作很害人,你知道香港,月入一千元还有偷懒的机会,月入五千就得付出一万元的劳力,老板一点都不笨。"

"也许是。"张汉彪说,"像她这样的女孩子,感情需要长时期的培养,我留在香港的时间比较短,没有空天天送玫瑰花,你是明白的。"他眼睛狡黠地闪一闪。

我叹口气,说:"如今的男人是越来越精刮了。"我耸耸肩,扮鬼脸,"但是你必须承认她是漂亮的。"

"这我知道,你知道女人可以分多种:一、漂亮但是蠢。二、漂亮而聪明。三、丑而且蠢。四、丑不过聪明。最写意的无疑是漂亮但是蠢的那种,因为她们在学术性上蠢,所以只好在娱乐性上发展。"

"最惨的是哪种?又漂亮又聪明?"

"不是,很聪明但长得丑的那种。"

"真会算!"我气愤。

"别生气,我当你是一个朋友,所以才大胆发言,你知道我没有勇气在女人面前说这种话。"他扮个鬼脸。

"你要娶怎么样的太太?"我反问。

"聪明而漂亮的。"他毫不考虑,"但是希望她能为我变得漂亮而蠢,一切听我。"

"为什么?"我惊异。

"不是如此,怎么显得我伟大?娶个笨太太,我没兴趣,娶个聪明太太,我负担不起,只希望她自聪明转入糊涂,他妈的！"

"算绝了，祝你好运。"我说着站起来。

"你要回去了，等我付账。"他叫侍役，"你没有生气吧？"

我又坐下来，错愕慢慢平复。"没有关系。"

"你还愿意出来吗？"张汉彪问。

"为了什么？通常下班之后，我巴不得早点休息。"

"为了朋友。"他伸出手来，"好不好？"

我点点头，说："好，待百灵空一点的时候。"

他与我离开饭店，车窗上又是一张告票，他顺手纳入袋中，替我开车门，送我回家。

我忍不住问："那些告票你打算怎么办？"

"车子是朋友的，到时我会把告票与钞票一起交给他，向他赔罪。"

对于男人，潇洒是金钱换来的，对于女人，潇洒是血泪换来的。总是要换。

"你似乎是一个冷静的人。"

我说："冷静倒不见得，我有一个绰号，叫'道理丹'，我喜欢说道理。"

他把车子开得纯熟而快。

我们在门口说再见。

第二天并没有看见百灵，她连早餐都没有吃便离开了，她留了一张字条说八点半要准备九点钟的记者招待会。

午餐时分我去找她，她不在，可能开完会便去吃午饭了，发报机"嗒嗒"地响着，政府机关往往有种特别的气味，人人肩膀上搭件毛衣，因为冷气实在冷。还有人人手中拿一沓文件，走来走去，显得很忙的样子。

我觉得很闷，所以回到酒店。

换了制服到厨房去，大师傅弹眼落睛地问："你干吗？"

我说："我要烤一只蛋糕，做好了吃下去，连带我的烦恼一起吞入肚子。"

"什么蛋糕？"他问，"黑森林？谢露茜？"

"我没决定。"我打开食谱，"读书的时候，同学夏绿蒂告诉我，她的爸爸一高兴，便叫她谢露茜蛋糕——夏绿蒂，你便是我的谢露茜蛋糕。"

"你父亲叫你什么？"大师傅问。

我大力地搅拌鸡蛋。"阿妹。"我说。

大师傅笑了。

"请把烤箱拨至 232℃。"

"你自己做！咱们忙得要死。"大师傅说。

"谁，谁也不忙。"我说，"我们这里全是吃闲饭的。"

"小姐，你凭良心说话。"

我把蛋糕放进小模子内。"这种蛋糕，"我说，"是对不起良心的。"

"你会胖的。"

"这是我最低的烦恼。"我说，"我可以明知电灯要切线了，仍然上班，没空去交电费。"

蛋糕进入烤箱。

"你自幼到今没有男朋友吗？"他问。

"这是我的私事。"我说。

"周小姐，外边有人找你。"

"如果是老板，告诉他我淹死了。"我说。

"不是老板，是男朋友。"

"我没有男朋友。"说着还是走出去。

那是杰，我只见过一次，请他吃过饭，他一副倒霉相地站在那里。

"有什么疑难杂症要见我？"我开门见山道。

"有的。"

"请说。"

受了我影响，他说："百灵不肯见我了。"

"这跟我没有关系。"我说。

"你是她的好朋友。"

"我是她妈妈也管不了这些事。"我说，"你请回吧。"

他急了。"我对她是认真的！"

"这也不关我的事。"我说，"你与她是否认真是你与她的事。"

"你还说是她的好朋友，你根本不关心她！"

"你误会了，做一个人的朋友并不一定要关心她的私事。"我回转头说。

"丹薇，我有事请教你。"

"什么事？"我问。

"请你坐下来好不好？"他问。

"这里人很多，上我写字楼吧。"我说。

他跟我上写字楼，我们坐定了，我叫一杯茶给他。

"我想向百灵求婚。"

"那么你向她求好了。"我很合理地说。

"你赞成吗？"他问。

我站起来。"如果我赞成，影响不了她，我不赞成，也影响不了她，你是向她求婚呵。如果她要嫁给你，始终是要嫁给你的。"

"你这样说，如果朋友要跳楼，你也不动容？"杰好生气。

"那是他的生命。"我说，"如果他要死，去死好了。"

"你是一个残忍的人。"

"如果人人像我这么残忍，天下就太平了。"我不客气地说，"再见。"

"你对生活一点兴趣也没有？"他说。

"你猜对了。"我笑，"该奖你什么好呢？"

"恳求你。"杰说，"你跟百灵那么熟，你猜她会不会嫁给我？"

我看着他，我的答案很肯定，百灵不会嫁给他。

但是我反问："你为什么要百灵嫁给你？你知道她多少？你有能力照顾她的生活？你知道她要的是什么？"

他愕然，答不上来。

"你并不知道她，是不是？结婚时间到了，所以你想结婚，试一试吧，如果试一试的风险都不肯冒，那么你也太过分了。"

"谢谢你。"他说。

"我什么也没做，别谢我。"

"从没见过像你这么守口如瓶的人。"杰说。

"我只是对生活没有兴趣，是你说的。"

我送他出去，我忍不住说："有很多好的女孩子是不可以娶来做老婆的，有很多好书是不适合睡前阅读的，解决了日常生活问题之后，才可以有心情去买古董，坐靓车，穿皮衣。现在有人送一套水晶酒杯给你，你有什么用呢？你急需的是一只电饭煲。"

他的脸色转为苍白，过一阵子他说："我明白。"

"再见。"我说。

他走了。因为他的缘故，我一整天没心情做事情。

我跑到厨房去问："蛋糕呢？"

大师傅把一碟子焦炭放在我面前："喏！"

我问："这是我的蛋糕？发生了什么事？"我大叫。

"你忘了拨时间掣。"他奸笑。

"上帝咒罚你。"我说，"你他妈的知道几时该把它拿出来，是不是？"

"又一次证明了良好的经理人才不一定可以在厨房做事。"他说，"你老在咖啡室兜圈子，为什么不到扒房[1]去看看？"

"那领班十分地凶。"我说。

"又一次证明神鬼怕恶人。"他笑说。

---

[1] 扒房：五星级酒店必须要设有的一个餐厅，是全酒店最高档的餐厅。

"我肚子十分饿。"我说。

"要吃班戟吗?"

"OK。"我说。

他给我糖酱,我几乎倒掉半瓶。

"你为什么不结婚?"他问。

"我不能洗,不会熨,不会笑,不会撒娇,又一次证明了良好的经理人才不是好妻子。"

"垃圾。"

"我想回家。"我说,"我永远睡不够,晚上床是冰凉的。"

"你需要的是一张电毯。"他说。

"我知道。"我说,"你真是好朋友。"

百灵的电话。

"杰向我求婚。"她说。

我叹口气,我浪费了那么多唇舌,他还是认为他可以扭转命运,《大亨小传》的黛茜说:"千金小姐是不会嫁穷小子的。"在香港,似乎应该改一改:能干的女子是不会嫁比她弱的男人的。

"怎么样?"

"我几乎崩溃。"她说,"我好言好语说了许多话,换一句话说,我不能嫁他。"

"如果你在找一个男人嫁,他是不错的。"

"真的吗?"百灵笑,"我不打算到他的世界里生活。"

"三十年后你会后悔的。"我说。

"或许,三十年后我什么也做不动了,如果还活在世上,我可以有大把时间来后悔。"

"如果你早回家，看见钟点女工，请告诉她，我们的地板上灰尘很多，要吸一吸。"我说。

"知道了。"百灵答。

"杰有没有很失望？"我问，"以后你不与他约会了？"

"我不能与他再拖下去。"她叹口气，"我不能嫁他，我活得那么辛苦，不是为了嫁那么一个人。"

"我有一点点明白。"我说。

"真的明白吗？"有人在我身边说。

我以为是大师傅，抬起头来，我看到一张脸，熟悉的，常常存在我心中的脸，我曾经有一千个一万个想象，觉得他会在各式各样的场合中出现，但是他并没有出现，就在今天，我丝毫没有想到他会出现，他竟出现了。

我直接的感觉是我的头发该洗了，但是没有洗，我的衬衫颜色与毛衣不配，我今天没化妆。

我的脸渐渐发热，百灵在电话那边叫我："丹薇，丹薇！"

我放下电话。

"你是怎么样找到我的？"我问。

"如果我要找你，总找得到。"他说。

"为了什么事你要找我？"我问。

"想见你。"他坦白地说。

"这么简单。"我说，"想见我了，隔了五年，你想见我，是不是？但是为什么想见我？"

"我想与你说说话，你是说话的好对象。"他说。

"我没有空，我在上班。"

"下班——"

"下班之后，我会觉得很累。"我说。

"上班下班。"他嘲弄地说，"你的薪水有多少？这家酒店没有你不能动吗？"

我没有生气，因为他说的是事实。"我们小人物原本就是为小事情活着，希望你原谅。"

"你不是小人物。"他说，"丹薇，你的生活不应该如此单调。"

我看着他，他的脸像是道林·格雷的画像，一点也没有变，也没有老，我真佩服他，他还是那么漂亮。时间对他真有恩典，而我知道我自己的眼睛已经不再明亮了。

"如何办？找一个客户吗？"我问，"我已经老了。"

"有很多女人比你老比你丑的。"他笑，"而且受欢迎。"

"你要说什么？是不是又叫我辞工，搬进一层楼宇去，有空在家打麻将，应你的召？"

"那样你就不必那么辛苦工作了。"他摆摆手，"看你，你的兴趣不会在这酒店里吧？有了钱，你可以去印度旅行，穿银狐裘开吉普车，用最好的白兰地就乌鱼子，有好多的事情可以做，你活在世界上，难道真是上班下班那么简单？你是个十分贪图享受的人。"

"你在应允我这一切吗？"我问，"你是十分小气的人。"

"我们走着瞧。"他说。

大师傅过来说："喂，老板找你，老板问要不要在咖啡厅替你设张办公桌？"

"我要上去工作了。"我摊摊手。

"下班后我在门口接你。"他转身就走。

我还是觉得这是一个梦。我没有假装忘了他，谁都知道我没有忘记他，如果我故意对他冷淡，不过是显示我的幼稚。

这些年来，我在等他与我结婚。

老板说："这些单子，在下班之前全替我做出来。"

"是。"我坐下来看，又站起来，"这些办馆的账已是半年前的事了。"

"半年前也该是你做的！"老板吼道，"你以为塞在抽屉一角就没人知道了。"

我说："我对于一切都非常闷，我觉得饱死，我不想做了！真的不想做了，天啊，为什么我要这么忙才找得到一口饭吃？"

老板看着我。"你不是真的那么严重吧？"他问。

"真的，我的烦恼在嫁百万富翁之后可以解决。"我说。

他笑着说："那么便出去找一个，别坐在这里呻吟。"

我觉得累，但是打开了计算机开始核对账目，去年的账今年还是要算，等我死的时候，已经算得满脸皱纹。

账单一张张减少，玛丽又拿来一沓，我喝杯咖啡，拿起电话，打给我老友百灵，说我不回去吃饭，她只好答应。我知道她将如何解决她的晚餐，她会把水果盘子、巧克力盒子往身前一放，然后开始看电视，至少嚼下去三千卡路里。

或者有人约她出去。

电视片集上有人拍职业女性，其实职业女性不是你想象中那么复杂，职业女性通常闷得要死，一辈子也碰不到一点刺激的事，像我们就是。

时间到了四点半，我收拾东西要走，老板问："这么早？"

"是。"我要避开一个人。

"事情做了？"他笑问。

"做好了。如果你要奖励我，可以请我去喝杯茶，然后再去吃晚饭。"

"这是暗示吗？"他问。

"你的太太与情妇呢？"我问，"放她们假吧。"

"好的。"他站起来，"丹，你今天看来非常地不快乐，为什么？"

"我能与你吃晚饭吗？"我问。

"自然，来，我们现在走。"他站起来，他发胖了，并不想节食，以后还有机会胖下去，他似乎很在意，挺一挺胸，他是一个好人。

我微笑，如果以友善的眼光看，每个人都是可爱的，我的老板也可爱，事情可能更僵，如果他是一个爱刻薄人的老头，我还是得做下去，为了生活。"你不介意我这套衣裳吧？"我问。

"你没穿裙子已经三个月了。"他说，"我根本不知道你是否为一个女子。"他挤挤眼。"我们可以一起去喝啤酒。"

"别这么说。"我微笑,"你是一个好波士。"我耸耸肩。"我应该满足,来,我们走吧。"

老板有一辆浅紫色的捷豹。

我们真的跑到酒馆去喝啤酒。

我说:"我从来没问过,是什么令你跑到东方来的?"

"我?你不会相信。"他叹一口气,"念书的时候认识一位中国女郎——"

"现在外头有很多不会说中文的中国女郎,是哪一国的?"我笑问。

"是中国的。"他发誓,"我不骗你,家里开炸鱼薯仔店,香港去的,英文说得不错。"

我看着天花板,说:"呵,新界屯门同胞。"

"对了!就是那个地方!丹,你不要那么骄傲好不好?看在上帝的分儿上!"他生气了。

"好好,以后发生了什么?"

"我愿意娶她,但是那时候我经济能力不够,所以她的家长没有允许,我失去了她。"

"她长得美吗?"

"扁面孔,圆眼睛,很美。"老板喝了一大口啤酒。

我笑着说:"都一样,那是你的初恋情人?"

"并不是,但是我很喜欢她,你知道,有一个中国女朋友,在那个时候是件很不错的事。"

我哈哈高声笑起来。笑到一半停止了。我看看手表,五点整,他的车子现在该开到门口了,等不到我,会有什么感想？活该，随便他。

"她几岁？"我问。

"十八九岁，喜欢穿牛仔裤。"他回忆。

"那时候你几岁？"我问。

"十八九岁。"

"你今年几岁？"我又问，他在我印象中，该有四五十岁了。

"四十五岁。"他说。

"你说得对，在那个时候，有个中国女朋友真不是容易的事。"我喝完了啤酒。

"所以后来结了婚，唉，还是到东方来了。"他搔搔头，尴尬地笑，"可惜东方已经不是我想象中的东方，我再也找不到像美美那样的女朋友了。"

"她的名字叫美美？"

"也可能是妹妹。"

"但是你现在的确有个中国女朋友，是不是？"我说。

"一个上海女子，也不错。"他说，"她长得很美。"

"西方人眼中的东方美人通常长得吓坏人。"我吐吐舌头。

"看你，你就一点不像东方人，百分之一百西化，受英国教育，说英文。做的事比男人还多，赚一份高薪，这跟我老婆有什么分别？"

他老婆在银行里做经理。

"请你别提高薪的事，这份薪水实在是不够用的。"

五点二十分，他在门口等得不耐烦了吧？心中不停地诅咒我吧，或是已经掉头走了？以他的脾气，掉头走并不是什么出奇的事，我这么做不过是为了摆一点架子，他要是不来第二次，也就算数。

我心不在焉地听老板说着他的事，发觉他是老了。只有老了的人才会有这种口气，他是一个干净的、好心的外国人，见解不错，但是老了还是老了。

我很耐心地听着他说话，对这位老板我总是有耐心的，因为他对我也很有耐心。

他说他以前那女朋友送过檀香扇子给他，教他用中文说早安、晚安。这个叫美美的女孩子也许教过三百个英国男人说这种话，但是我老板本来浅蓝色的眼珠仿佛转为深蓝，此刻如果我提出加薪的要求，也不是不可以的。

有妻子有情人的男人也会寂寞。

我们静静地吃了一顿晚饭，他送我到家门口，我马上说："不要送我上楼。"免得百灵笑。

百灵在看电视。

我问："有人打电话来吗？"

"没有。"她很肯定地说。

"杰也没有？"我问。呵，他并没有找我。

"你开玩笑？他来找我做什么？求婚不遂是对一个男人的最大侮辱，他以后也不会再出现。"

"你有没有后悔？譬如说像今天这么寂寞。"

她想了一想，说："不，我想不会。这是两回事，我并不能与他生活。"

"夫妻总要互相迁就的。"我说。

百灵很肯定地说："不是他。"

"真的就是那么简单？"我问，"杰不是那么讨厌的。"

"他的确不讨厌，但是我不想做他的妻子。"百灵说。

"我明白。"我说道，"怎么？没有水冲厕所？"

"也许坏了。"百灵说，"什么都坏了，手表、电钟、马桶、梳子、镜子。"

"真是气死！"我恨恨地说。

"钟点女工也病了，衬衫自己熨。"

"我真的气死了。"我问，"你确定没有人打过电话来？"

"没有，你在等谁的电话？"百灵抬起头来，"张汉彪？"

"他有没有找你？"我问。

"他为什么找我？"她反问，"我又不是十八二十二，老娘早退休了，累得贼死，哦对了，水费付掉了。"

"不是可以自动转账吗？"我问。

"转了，但是账还没有做好。"她说，"你知道。"

我到厨房去做茶，一大堆罐头差点没把我绊死，我也顾不得脚上疼痛，发了狠一脚踢过去，所有的罐头倒在地上，滚得一厨房，怨气略消，但是脚痛得要死。

百灵在一边含笑道："在这里，咱们又可以得到一个教训，伤害别人的人，往往自己痛得更厉害。"

"去见你的鬼。"

我蹲在厨房，提不起劲来。

电话响了，百灵跑过去听，差点没让电话线绊死。

她说："丹薇，找你。"

我去听，那边问："你回来了？"

他说话的声音震荡了很多回忆，生气是很幼稚的。

我说："回来了。"

"如果你不愿见我，你可以告诉我，如果你觉得叫我在门口等两个小时是有趣的事，我可以告诉你，事实刚相反，一点也不好玩。"

"你等了两小时，真的吗？"我真有点高兴。

"噢，女人！"他说，"我可以明白别人这么做，但不是你，丹。"

"我也是女人，你忽略了。"我说。

"明天你打算见我吗？"

"不，这样子见面一点补偿作用也没有，你永远不会与我结婚。"

"你真觉得结婚那么重要？"

"是。"

"为什么？"

"因为你没有娶我。"

"那很笨。"

"你才笨，娶那个女人做老婆——那是你的选择。"

"我不会原谅你那么说。"

"唉，你如果不原谅我，我还是拿六千元一个月，老板不会扣我百分之二十，如果你原谅我，我也是拿六千元，老板不会加我百分之二十。你说，你对我的生活有什么帮助？有什么影响？"

"你加了薪？"他说，"高薪得很，一天两百元！"

"我要睡了。"我说着挂了电话。

百灵进来看见了，她说："你怎么忽然精神焕发？发生了什么事？刚才你一副要自杀谢世的样子。"

"我精神焕发？"

"当然。"她说，"照照镜子。"

真的？就为了那么一个电话？简直不能令人相信，我颓丧地想：太难了，谁说他对我的生活没有影响？

"你怎么了？"百灵问，"你有什么烦恼？"

"多得很，百灵，你不知道，我曾经有一个男朋友。"

"我知道。"

我扬起一条眉毛："你知道？"

"唉，丹薇，在香港，每个人都知道每个人的事，你何必大惊小怪？"

"你知道？"我张大了嘴。

"我知道。他是有老婆的，是不是？很有一点钱，是不是？你那件灰狐与貂皮，是他送的，是不是？"

"有点是，有点不是，事情就是这样，很难说是不是谣言，因为有些真，有些假，我不能句句话来分辨，这两件大衣并不贵，谁都买得起，我自己买的。"

"不知道。"百灵说，"我对别人的故事不感兴趣——后来怎样？"

"后来？后来我们告吹了，现在他又打电话来。"

"你在等什么，叫他拿现款来买你的笑容，快快！"

"男人不是那么容易拿钱出来的。"

"才怪，除非你不想向他要钱，否则的话——你并不是要他的钱。"百灵回到自己的房间。

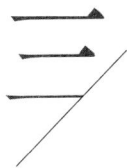

三

我孤独得太长久，太无所适从，太劳累，

他又表现得这么温柔，用万般的好处来打动我……

即使是个圈套还是给足面子。

我隔了很久才睡着。

我在与自己练习说:"你原谅了我,我的收入并不会增加百分之二十。你不原谅我,我的收入也不会减少百分之二十,你对我的生活没有影响。"

但是肯定对我的精神有影响。练了一个晚上,天亮的时候像与人打过仗,累得贼死。

拉开门拾报纸,铁闸外有一束黄玫瑰。

我关上门。

黄玫瑰?

我再拉开门,是黄玫瑰,一大束,茎长长的,竖在铁闸边。我连忙打开铁闸把黄玫瑰捡起来,上面签着他的名字。皇后花店。

百灵满嘴牙膏泡沫地走出来。"什么事?耶稣基督,玫瑰花?"她惊叫,"什么人?什么人会送花来,我们不是被遗忘的两个老姑婆吗?白马王子终于找到我们了?"

我小心地撕去玻璃纸，数一数。

"有几朵？"

"二十六朵。"

"为什么二十六朵？"

"因为我二十六岁。"我说。

"你那个男朋友？"百灵说。

"是他。"我说。

"丹薇，看在上帝的分儿上，快与他重修旧好，说不定他用车子载你上班的时候也可以载我。"百灵抹掉牙膏。

"他不是你想象中的那种人。"我说，"他很狡猾。"

"唉，又没有人要嫁给他，谁理他的性格如何呢？"

百灵把饼干自瓶子倒进塑胶袋中，把瓶子注满水，把花放进瓶子。相信我，花束把整个客厅都闪亮了。

我觉得与他保持这样的距离是最幸福的。

但是男人与女人的距离如果不拉近，就一定远得看不见。女人与女人的距离则一定要远，远得看不见最好。像我跟百灵一样，连牙膏都是各人用各人的，她买她的罐头食物，我在酒店里吃，是这样子。

我不知道为什么他会回头，他可以找到一百个新的女朋友，像我这样的女人不知道有多少。

我再去上班，但事情不一样了。公交车还是那么挤，但是我不介意了，路程还那么长，我也不介意了，下了车还得走五分钟，也不介意。

一大堆一大堆的事要叫我做，我也不介意，我心平气和地把它们一件件做清楚。昨夜踢到罐头的脚在作痛，我安静地搓搓它。

我很满足，只不过是为一束花。

当然别的女人会说："哼！多大件事，一束花。"但是花这样的东西是不能真送的，真的送起来，那效果是很恐怖的，只有从来没收过花的女人才会说花不管用。

下班后我匆匆回家，我看了看那束花，在厨房哼了一首歌，做一只蛋糕。许多许多的回忆都上来了。

百灵回来时闻到蛋糕香，从烤箱中取出，我们喝蜜糖茶。

"丹，你今天很漂亮。"她说，"为什么？"

"或者我们应该节省一点，买点画挂在墙上。"我说。

"我们甚至不会负担得起画框。"百灵说。

"画框？"我问，"买一本印象派画册回来，把图片贴出，那比贴海报有意思多了。"

"在伦敦有很多店是卖这种画的！"百灵惋惜地说。

"英国人也会说：在香港，帆船油画一街都是。"

"毕加索说：'女士，艺术不是用来装饰你的公寓的。'"

我的眼睛看一看天花板。老天。

"为什么？我们会有访客吗？"她问。

"我们一天有大部分时候待在这里。"

"我不关心，只要电视不坏，我不关心。"

我笑笑，我们继续吃蛋糕。

"你的脾气倒是真的大好了。"百灵说，"有没有钱？我想问你借一万八千的去买点衣服过节。"

"我没有钱。"我笑说,"有钱也不买衣服,你想想,吸尘机才两百三十元一个,凭什么衬衫要五六百元一件?"

百灵白我一眼,说:"你可以穿吸尘机上街吗?"

我想起来,问:"杰,他有没有约你出去?"

"告诉过你很多次了,他已经失踪了。"百灵说。

"他伤心吗?"我问。

"我不认为,人的心往往是最强壮的一部分。"百灵笑。

他终有一天会结婚的,那个叫杰的男孩子,他的妻子将会是一个贤淑的好女人,才不介意他喝咖啡用白糖,与他守住一辈子,一个好女人。

一个好女人,他买什么给她,她都开心,他可以把他伟大的见识告诉她,她将会崇拜他。但是我们活在两个天地里,我们的生活经验不一样。他们的幸福不是我们的幸福。

百灵说:"咖啡冷了。"

我一口喝光,站起来。

"今天星期六。"百灵说,"有啥节目?"

"新闻处有什么新闻?"我问。

"市政局说市民不爱护花草,导致幼苗成长的机会只有百分之十五。"百灵说。

"乱盖。"我笑着出门。

或者张汉彪会打电话来。

他不能替我解决困难,但是他可以陪我消磨时间。虽然我们忙成那个样子,不过是身体忙,但是精神上益发空虚得很。我们像是那种僵尸,天天做着例行的工作,其实已经死了很久了，不知为何，身体还在动来动去，真恐怖。百灵大概不会赞成这个说法。

我觉得她很美丽，头发那么长那么干净，打理得真好，她常常笑说她花了生命一半的时间来洗头，但还是值得的，在早上，她看上去那么美，一脸的迷茫，我想我们还是年轻的，还甚有前途。

百灵真是史麦脱[1]，她喜欢把双手插在裤袋中走一整条街，一整条街上的女子还是数她最出色，脸上洋溢着秀气，她是属于城市的。

在下午，他来了，要订地方请一百三十五个人吃饭，老板叫我去摆平他。

我很客气，问他要什么。

"最好的乐队，最好的香槟，最好的菜。"他说。

"我们也许没有期。"我翻着簿子。

"你们一定有，我早半年已经订好了的。"他说，"现在来计划一下详情。"

"当然，生活的每一部分，你莫不是计划好的。"我微笑。

他沉默了半晌。"也不是。"他说，"有时候也会失算，你这个人。"

"我妨碍了你什么？"我问，"我们先讨论菜色。"

"中菜。"他说。

"这不是我本行。"我说，"我找中菜大师傅来。"

---

[1] 史麦脱：smart 的音译，指聪明、敏捷、漂亮、整齐。

"不用，菜早就定下了。"

"好的，让我们讨论座位的问题。"

"当然今天下班你会与我一起去喝杯酒的，是吗？"

我们把细节都研究好了，我说："一百三十五个人，你真是喜欢大宴会。"

"总要请的，一次请完了，可以心安理得地睡觉。"

"有钱人太不懂得花钱。"我感喟地说，"这样子一顿吃，足够很多一家四口一年的开销，大观园吃蟹的奢侈，在今日还是可以看到的。"

他怔一怔，苦笑说："我有钱，难道是我的错吗？"

"我想是的，各人命运不一样。"我说，"我也希望我能这样子花钱。"

"对，还有一样，我不想要女侍，你是知道的，全体男招待。"

"是，先生。"

"去喝一杯如何？"他微笑。

他看上去无懈可击，深灰色的西装，银灰色领带，永远白衬衫，他永远不穿别的颜色，那时候他跟我说："做我的女伴，最容易穿衣裳。"

他的衣着给我的印象至深，很久很久以后，在街上看见一套深灰色的外套，我还是会想起他。我很感慨，这些事情他永远不会知道，我不会说给他听。

但是他现在站在我面前，我知道这是我最后一次机会，如果我不能完全得到他，我就完全不要他。

我们去一家会所喝酒，他说："啤酒是不是？我记得你是不喝混合酒的。"

"谢谢。"

"'粉红女郎'有什么不对？"

"喝起来像蹩脚古龙水加洗头水，应召女郎喝的东西。"

"别这样说，我妻子喜欢喝这种酒。"他微笑道。

"那又不同，她喝起一定是高贵的。"我说，"对不起。"

他温和地说："你知道我喜欢你，丹，你答应我，去找一幢房子，装修全归我，你甚至可以买你喜欢的古董，只要我付得起，我们在一起会很愉快的。"

"你的意思是，我会做一个一流的情妇，是不是？"我说。

他还是微笑，说："你为什么一定要结婚？我不能与你结婚，离婚会引起太多的纠纷，生意的往来，财产的分割，我妻子一年中有半年在马来西亚娘家度过，你不会觉得难堪，她连中文也不会说。"

"但如果她父亲是橡胶王，那又不同了。"

"你会怪我吗？我家在新加坡、马来西亚的厂没有她支持，早就关门了。她说：'没有这些财产，你会看中我？'"

"你要侮辱自己，我也没有办法。"

"这是事实。"他说，"你认识多少男人？其中总有十个八个想成为你的丈夫，为什么你不嫁他们，你不是单想结婚，如果我也一朝变成穷光蛋，我对你又有什么用？我们总得吃饭，而且想比别人吃得更好，是不是？"

我不响。

"如果我不能开着车子来接你，我又何必跟着你一起挤公交车？公交车还不够挤吗？"

我不响，我用手支撑着头。

"总有一天你会老的，你能做到多少岁？三十岁？四十岁？你的老板有退休的一天，新老板也许喜欢用一个年轻的大学生，可是你还得生活，你打算做一辈子？老了谁服侍你？谁照顾你？"

"如果我是你的情妇——有五十岁的情妇吗？"我说。

"至少你会有点钱在身边。"

"钱我会赚。"

"但赚一天花一天，等着发薪水的日子是不是？一点安全感都没有。"

"每一个人都如此。"我说，"不是每个人都像你那么有钞票。"

"但是你不一样，丹。"他说，"你有过机会，我给你的机会，将来说不定你会后悔。"他缓缓地说下去。"从来没得到过机会是一样，相信你也明白。"

我缓缓摇摇头。

"不要固执。你对目前的生活难道没有不满吗？"

我动动嘴角。

"我除了钱之外不能给你任何东西，跟着我或者你会更寂寞更无聊。我希望你是爱我的，这样你比较会有寄托。"

"你可以找很多像我的女子，她们对你没有恨的回忆，她们会比我更适合你。"

"这点倒错了，不是很多女人像你的。"

我拍拍他的手，说："谢谢你。"

"你可以去找房子了。"

"多少钱一幢的？"我问，"五十万？六十万？两百万？三百万？"

"这样吧，我去找房子。"他沉吟一会儿，"我不会委屈你的，但这不会是太豪华的一幢房子，它决不代表你的身价，只是代表我的心意。"

"像谈一笔生意一样。"

他笑，不分辩。

我有的是考虑的时间。跟着他，每天可以到最好的店去买衣服，可以去蒸汽浴，到欧洲旅行，不消一年，我便是一个贵妇，我可以继续工作，那时候工作只是为消磨时间，谁都得对我刮目相看。

受日常生活琐碎的折磨惨了，这种引诱是不可抗拒的，是的，我渴望环境可以转变。

他说："至少你可以对人说，我爱他才为他做牺牲，我本身也有高薪收入。"

但是月薪与银行存款是两回事。

"我会考虑的。"

"好的。"他说，"越快告诉我越好。"

我与他去吃了一顿很好的晚饭。

坐在他黑色的宾利里，我觉得有一种安全感。

我想起来说："车牌，我的车牌掉了。"

"这么麻烦？"他笑，"到英国去重考一个吧。香港太慢。"

"如果我自己不想开车？"我犹疑地问。

"请个司机。"他简单地说。

他可以帮我解决一切问题。一种虚荣侵袭上心头，很少有女人可以拒绝他，能干的，不能干的，受过教育的，没受过教育的。

路上那么多人在等车，再美的美女在车站上吹半小时的风，染着一身的灰尘，便也美不起来了。

我不是太年轻了，十六七岁的女孩子一代代成长，我们的机会越来越少。

他给我一小盒礼物。

"什么？"

"还不敢送戒指。"他说，"是香水。'哉'。"

"我不能搽这个上班。"我坦白地说，"一里路外也知道是'哉'，这是太太情妇们用的名贵货色。"

"你可以做我的情妇。"他简单地说。

说完之后，他向我眨眨眼，我不说话。

车到门口，百灵正在用锁匙开铁闸。

她的长发在风中扬起，一只手放在袋中，另一只手在拉铁门。

我的手搭在她的肩膀上，她抬起头，先看到我，再看到我身边的人，呆了一呆，然后笑了。

"这么晚？"我问。

"是，去看了场电影。"她看我一眼。

他并没有问百灵是谁，说："如果你们结伴上楼，我就告辞了。"

"再见。"我说。

他等我们进电梯，然后弯一弯，走掉。

在电梯里我们有一刻沉默，然后百灵问："那是他吗？"

"是的。"我说。

"你还在等什么？如果你不能有一个有钱的父亲，你就得去找一个有钱的情人，你在等什么呢？"

"人们会以为两个舞女在交谈。"

百灵笑道："舞女才是最纯情的，动不动为情自杀，你我可做不到。"

"他的确除了有钱，还有点其他的东西。"我承认。

"他看上去有种孤芳自赏的书卷气，你知道有个男明星叫鲍方，他在银幕上有那种味道。"

"他比鲍方漂亮。"我说。

"你是怎么认识这种人的？"百灵问。

我放下手袋，说："我想一想。许多年前了，我在一家酒店里工作，他来订一百三十五人的酒席……"

"就是那样？"

"是的。"我说，"我曾经一度非常爱他，倒不是为了他的钱，像他那样的人才，很容易找到月薪一万八千的工作，可以生活得很丰裕。现在也不是为了他的钱，他实在是与众不同的一个男人。"

"至少他会选你做情妇，越是能干的男人，越会不起眼，他们的情妇只需有女人的原始本钱，男人喜欢有安全感与优越感，你说是不是？"

"我们可以去休息了吧？"她问，"你看上去精神好像很好。"

"你一个人去看电影？"

"不。"她坦白地说，"是张汉彪约我的，他对我很客气。"

"真的吗？他真的会约会你？太棒了，喂，你觉得他怎么样呢？"

"他如果没有什么毛病，早就结婚了，我如果没有什么毛病，我也早就结婚了，我们总有点不对劲的地方。我并不想结婚，不是每个人可以弥补我生活不足之处。"

她换了睡衣，在床上看武侠小说。

我想去买点家具，十多二十岁的时候坐在地下是蛮好的，够新潮的，几个垫子搞定，但是年纪大了，蹲下地简直起不了身，还是坐沙发比较好。

沙发……请他来吃饭……

电视闪来闪去，强烈的光芒。

嫁给他，做他的情妇，到欧洲去旅行，不必工作，不用担心将来，一天天可以有时间呻吟寂寞，穿最好的衣服去喝下午茶。

这些并不见得有多吸引，但是可以出一出怨气——你们以为我一辈子完了吗？并不见得呢。

钱，大量的钱，随带而来的舒适，不必挤公交车，不必在灰尘处处的街上行走，不必自己去交水费电费，不必把存折拿出来研究。

　　我一天只有二十四小时，我愿意把家务交给用人，我愿意放弃这份工作，把时间拿来逛古董店，去字画店，学刻图章，练书法，做我一直想做的事情。做一间小黑房，拍照片，冲印。

　　甚至带张小凳子到弹棉花店去坐一个下午，夕阳下一边吃冰激凌一边默然看人家工作，这样的享受，我会喜欢的，我会很喜欢。

　　但是除非有很多钱，否则这种自由不会轻易获得。人们对这种奢侈的自由见解不一样，如果那个人没钱，他们说他不上进，如果他有钱，他们说他会享受。

　　住在香港不外是因为人挤人，大眼对小眼，成名容易，往往提鞋也不配的人可以有知名度，但是要去一个像样的公园，最近的地方是英国。

　　可以逃走，可以到外国去住，可以完全置身事外，可以重新再活一次，这些——可全靠张汉彪了。

　　其实我已经决定了。

　　只有他才能帮我，只有他。

　　我在安乐椅上睡着了。

　　天渐渐亮起来，我睁开眼睛，百灵睡得很稳，奇怪，我并不疲倦，我烧咖啡喝。

　　今天还是要去上班的，一定要去。

　　我到酒店的时候很早，破例去吃早餐。

　　吃的时候我说：“看，有谁够兴趣，可以写一家酒店的故事。”

"有人写过了。"大师傅说。

"别扫兴,可以重写。"我白他一眼。

"咖啡如何?"

"酸掉了。"

"乱讲!"他说,"乱讲。"

有人来请我。"周小姐,牛排间说,你好久没去,账簿是否要交给会计室?"

"我又不能做账,交会计室去。"

"是,银器咖啡壶掉了两个,要重新订货,周小姐最好去看看。"

"是是是。"我说,"我一会儿就来。"

"杯子破坏的也很多,索性买一批,数目也请周小姐去看一看,是三倍还是四倍。"

"先要申请,这是一笔大开销,不容忽视。"我说。

"请周小姐快代我们申请。"小职员说。

大师傅说:"我们的杯子也要换——"

"你少跟风!"我瞪他一眼。

我跟那个人上去检查杯子,在士多[1]房我想:现在我应该去逛摩罗街,太阳淡淡的,穿一双球鞋。可以留长发,有大把时间来洗。

我还不是很老,如果再工作下去,很快就老了,很快。

打开瓷器店的样板,挑了两只样子,算了价钱,把样传

---

[1] 士多:store 的音译,即仓库。粤语叫士多房。

阅各人，跟上次一样，谁都不表示意见。去老板那里申请，老板批准，叫我关注那些人，洗杯子当心。下订单，交给采购组，楼上楼下跑了五次，丝袜照例又勾破了，一日一双，十块八双。

喝一杯咖啡，没有吃中饭，下午时分有点倦，伏在桌上一会儿，老板嘀咕，说他的伙计晚上都在做贼。累得爬不起来，不去睬他。

下午，厨房跟顾客吵了起来，顾客说："等了三十分钟，等来的食物货不对板。"要见经理。

老板不肯下去，哀求再三，于是允承。顾客是一个年轻洋人，刚到本境，口带利物浦音。我以正宗的牛津音问他："有什么事？"代厨房出一口气，无中生有的客人很多。禁止领班说："我就是经理。"

酒店大堂中的打手也可以说："我就是经理了。"

只觉得自己是一个女秘书，老板喜欢把所有重要的事务揽在一身，杂差漏下来给我。

我也可以幼稚地说："请经理出来！"当不必再做伙计打工的时候。

我会觉得很高兴。幼稚往往是快乐的。

放工放得早。

门口放一束花，百合花。

大束大束的鲜花有种罕有的魅力。

美丽的鲜花。

我怜惜地捧着花进屋子，把花插在瓶子里。

我开始抹灰尘、熨衣服，钟点女工把我们忘了，三天不来。

把昨日的烟灰缸消除，杯碟洗掉。钟点女工做的功夫并不符合我们的要求，屋子从来没像今天这么干净过。

或者不久就要搬离这里，很快很快，我会拥有一幢房子，一幢可以装修得十全十美的房子，有朋友来坐，喝咖啡，吃我亲手做的蛋糕。

朋友走了，他会来，他如果不来，他的鲜花也会来，永远充实，做情妇连心也不必担一下子。

我坐在地下吃多士[1]。

电话铃响了，我转过头去，多么愉快的铃声，有情感的铃声，是他，他来约我看电影或是吃饭，像多年之前，他又再进入我的生命。

我拿起话筒，不是他，是张汉彪，我并没有失望，很是高兴。"张汉彪？你又来约百灵？她没下班。"

"是的，如果你有空，也一样。"

"不，我没有空。"我说，"百灵很快就回来了，你要不要迟些打来？"

"也好。"他无所谓地说。

愉快的人尽力要把愉快散播开去。

"怎么？香港住得惯吗？"

"很寂寞，大都市往往是最寂寞的。"

---

[1] 多士：toast 的音译，即吐司。

我说："又来了，人家说寂寞，你也说。"

"是真的，我不是没有朋友，见了他们却老打哈欠，我想朋友们都是靠不住的，所以人人要找情人。他们——很幼稚，真的。"

"幼稚？"我说，"觉得别人幼稚的人才是最幼稚。"

"胡说。"他很固执，"如果他们是原子粒收音机，我便是身历声[1]。"我必须承认他很坦白。

我沉默了半刻，说："你几时发觉你自己是身历声的？"

"拿到学位之后。"他的声音之中有种真实的悲哀。

"百灵呢，她是什么？"我问。

"她是电视机。"他说，"与我们完全不一样。"

我猛然笑了起来，说："你家是开电器店的？"

"说实话没人要听。"张汉彪感触地说。

"怎么了？"我说，"可是你怎么会对我说起老实话来呢？"

"因为你我萍水相逢，是普通朋友，以后不会发生密切的关系。"他说，"我可以放心地说话。"

"很聪明，如果那女子有可能成为你的情人，千万闭住嘴巴，别说那么多话。"

"对了！"张汉彪说，"你知道百灵，她是不会嫁给我的，如果她与我结了婚，一辈子得做职业女性兼家庭主妇。职业女性对职业的厌倦是可以想象的，谁也不能够同时做两份那么讨厌的工作，她很喜欢我，但是我养不起她。"

――――――――――

[1] 身历声：立体声。

"勤力点。"

"勤力有什么用？先天性的条件否定了我们，在这社会中，有些人一辈子努力，也没法子把自己从收音机变为电视机，生下来是什么，他还是什么。"

"话不是这么说，也有白手起家的人。"我说，"你可以约会百灵。"

"没有目的地约会下去？我觉得寂寞。"

他挂了电话。

街上阳光普照，从我们朝西的窗子看出去，对面是人家朝南的露台。（没有三分福，难住朝南屋。）阳光满满的，异常地寂寞。

一本小说中描述的女主角在冬日的阳光中乘搭计程车，司机开了无线电，播放《田纳西华尔兹》，帕蒂·佩姬那种装腔作势的声音在那一刹那表演了效果，她哭了。

我觉得真是好，这种没有怨言，想哭便哭的眼泪。

我不介意上班，大家都熟络，回去做那些熟悉的工作，与不相干的人说些笑话，但是要上班的都是收音机，我们都想做电视机。

疲倦，仙人掌都会枯死。

他会把我救出去，真的，他可以，我这种天生贪慕虚荣的女人，无可救药。

有人按铃，我只道是百灵回来了，这冒失鬼忘了拿锁匙，巴巴跑去开门，门外站着的是他。

我问："你怎么来了？"非常地惊讶。

"来看你与你居住的环境。"他站在门外微笑。

"你知道我一定在家?"我问。

"你会在家等我的电话。"他还是微笑。

他占上风已久,我非常地习惯。

"不,我打进来过,但打来打去不通,于是只好亲自来,与谁讲那么久的电话?"

"朋友。"我说,"你请坐。"

他坐下来,我发觉他在吃口香糖,慢慢地在嘴中咀嚼,这一定是谁给他的,他从来不吃口香糖,但是他缓缓地动着嘴角,非常悠闲,有一种吸引力。他是忙人,在公司里跑来跑去,皱眉头,发脾气,很少见到他现在这么松弛。

我把咖啡放在他面前,他喝一口,赞道:"很少会喝到这么理想的咖啡了,只有你做的,丹。"

我微笑着说:"只有你懂得欣赏,我不大做给用白糖喝咖啡的人尝。"

"我们一块住的时候,你可以做各式各样的咖啡给我喝,我们永远不会吵架,我将尽我的力如你的心意,我们在状况最佳的时候见面,心情不妥各自藏起来,这不比一般夫妻好吗?牛衣对泣,吵闹,啰唆。"

"你的口才很好。"

"说'好'吧,丹。"

"好。"

他一怔,有一些惊讶,我奇怪他居然有这一丝惊讶。

他在口袋中掏出一只丝绒盒子,他狡黠地笑:"钻石来了。"

我打开盒子，是一套方钻耳环与戒指。

我笑说："很小。"但是随手戴上了。

"很适合你，你很漂亮。"他拉着我的手。

"我刚把自己卖了出去。"我看着他，"卖了个好价钱。"

"当然你是爱我的，是不是？"他很认真。

我垂下眼睛。"时间太久了，我也不知道了。"我说，"但是我始终有一个感觉：你是会回来的。我在这方面并不是一个老式女人，但我不认识比你更好的男人。"

"但你是爱我的。"他固执地说。

"我想是的。"

他把头靠在我肩膀上，满意地闭上眼睛。

忽然之间我知道自己是谁了，可笑的是，我居然还有归属感，三天之前还在那里争面子——要不我全部得到他，要不一点也不要。现在屈服得心甘情愿。我孤独得太长久，太无所适从，太劳累，他又表现得这么温柔，用万般的好处来打动我……即使是个圈套还是给足面子。

我心中的平和越来越浓，各人的经历不一样，即使做他的情妇，即使他一个月只来看我一次，一个月也还可以见他一次，长年累月地想念他，忍无可忍的时候大哭一场，满马路没有一个比得上他的男人，实在已心灰意冷，与他生活……也只有这个选择。

嘿！情妇。

他像是在休息，缓缓地问："明日替你去开个支票户口，你可以装修房子。"他伸手进口袋，把连着地址牌的锁匙放在桌子上。

"屋子是我的？"我问，"你什么都带来了？你知道我会答应？"

"去看那屋子再说。"他又掏出一串锁匙，"车子，停在楼下。赶快去考一个车牌，我不敢叫司机侍候你，怕你勾引他。"

我笑着说："真像小说与电影中的一样，钻石、屋子、汽车、银行存款都有了。"

"很多丈夫也不过如此表示爱妻子。"他看我一眼，"如果爱一个人，当然希望她衣食住行都妥当，这又有什么好多心的？"

"如果我是你的妻子，那是我命好，名正言顺地吃喝花，但做情妇……"我耸耸肩，"也是我的命，管别人怎么说。"

"告诉我，几时辞职？"

"辞职？"

"当然，不然你老在酒店里……"

"是的，辞职……"我终于有时间可以做我要做的事了。

但是百灵呢？我要搬离这里，她与谁来住这间屋子？我现在已经升为有闲阶级，她是职业女性，靠月薪生活，我不能帮她。

"去看看房子。"他说，"我先走，有发展告诉我，我在公司里。"

我说："你放心，我不会找到你家中去。"

他笑一笑，说："已经有醋味了。"

我也笑着说："你放心，我会尽责的，当然职责包括吃醋在内。"

他走了。

我的笑容渐渐收敛。始终没有告诉他我多么想他，他永远不会知道。

我蹲在门边，悲哀袭上心头，忽然想哭。蹲了一会儿，百灵回来了。

她捧着三盆仙人掌，兴高采烈地走进来。

大多数的时候，她是很快乐的。有没有杰都一样。那男孩子是如此微不足道，真令人惋惜。

我得告诉她，我要搬走了。这里的一草一木，我都不要动，让它留在那儿。

我苦涩地开口："我要搬走了。"

百灵抬起头来，说："什么？"

"搬家，我把自己搬走，你知道，光是人过去。"

她放下仙人掌，看了我很久，问："是吗？你答应他了？"

"是的。"

"很好。"她耸耸肩，"你连牙刷都不必带过去，是不是？"

"是的，一切都是新的，包括牙刷在内。"

百灵说："至少你可以带我去搜购，我喜欢看人买漂亮的东西——即使我自己不能买。"

我静默。

没有猜想中的愉快，原以为看见什么可以买什么是人生最大的乐趣，但是现实不是那么一回事。

我们以后一个星期都花在购物上，我写了辞职信，递给老板，这封信起码要在一星期后才会被读到，他出差去了，我在顶他的位子。

　　我们从床开始，墙纸、灯、地毯、窗帘、杂物，全是取好的最贵的最雅致的，一张法国十九世纪式的绒椅子花了六千五百块，百灵不可置信地看我一眼。

　　她劝我："现款是最好的。"

　　"那种每天量入为出的现款，我已经厌倦了。"我说。

　　"他会不会埋怨？"百灵问。

　　"我想不会。"

　　我们继续买水晶玻璃古董镜子，银的餐具，波斯地毯，手制床罩，货色一堆堆地被送到新居，墙纸开始被糊起来，预期一个月后可以搬进去。

　　百灵说："唯一的遗憾，屋子还是大厦中的一层，到底他有多少钱呢？"

　　"我不知道，不多也够我们花的。"

　　然后我们去买私人用品，一整套一整套的化妆品、内衣、睡袍，一打打地买，衣服全是圣罗兰，不管实际不实际，有用没有用。我没有用支票，把现款一沓沓地塞在口袋中，只穿一条牛仔裤一件 T 恤，仿佛一切从头开始。

　　百灵帮我数钞票的时候有种温柔的神色，一张一张地数，好像钞票是婴儿的手，柔软的、动人的，她并没有问我的感想。

　　走累了我们喝茶，她说："真没想到，半年前你搬来与我同住，现在这么快要搬出去。"

　　"我的房间会空下来。"

"是的，我登广告好了，很快会有单身女孩子搬进来。这次要租给一个空中小姐。"

"百灵——"我把手放在她的手上。

白天我忙得比谁都厉害，把所有的工作结束下来，预备交给老板，我不愿意离开这些文件夹子。有它们存在我才是有真实感的，人们看见它们会想到我，所以我是重要的，但是现在我搬到新居去……

他打来电话，笑道："哗，你真会用钱。屋子好吗？"

"好，再买一些字画就可以了。"我说。

"我的天，对了，你买了什么灯？那种价钱？不全是水晶灯吧？"他不可置信。

我温和地说："查起账来了，不，那些灯才便宜，余数我贴了小白脸了。"

他笑道："早知道娶个红歌女，不必听这些废话。"

"你让我跟你，那是因为你爱听这些废话。"我说，"昨天光在太子行里花了不少，单子在我这里。"

"我知道。"

"你知道？"

"我现在在新屋子里，百灵告诉我的。"他说，"百灵送了你一个音乐盒子，原先要给你惊喜的。"

"屋子怎么样？"

"很素，到处只是净色，连瓷器都是蓝白的。"

我说："那套茶盅与果盒是古董。"

"你上当了。"他笑了，"但是这一切如果能使你高兴的话——"

"我很高兴。"

"铜柱床是从什么地方买来的？"

"你出钱，我自然找得到。"

"可以下班了吗？"

"事情还没做完，跟百灵去吃饭吧。"我说。

"辞职了？"

"辞了，百灵会将我的情形告诉你。"我说。

"丹，我喜欢你的屋子。"

"屋子是我的吗？"

"你到胡千金律师楼去找梁师爷，签个字吧。"他笑。

"谢谢大人。"我说。

那天下了班，连晚饭都没吃，便去买东西，都已经买成习惯，毛巾都挑法国货，雪白的，大大小小，厚叠叠。十多年来的梦想终于实现，买得那家小型精品店为我延迟半小时打烊，衣架都是白缎包的。

多少年来我希望一衣柜内只有蓝白两色的衣服，日日像穿孝，现在办到了。

现在要请一个用人，事情就完了，那将是我的新家。

百灵比我先回家。

我问："你们有没有去吃饭？"

"没有，我一个人先回来的。"她在喝茶。

我问："你送我一个音乐盒？"

"是。"她笑了，"以后你想我的时候，开盒子，就可以听到一阕歌，会想到我们同处一室的情形，怎么样为了省电费不敢一晚开冷气。"

我微微地笑，心中一点喜意都没有。花钱的时候往往又有一种盲目的痛快，花完了也不过如此。

"谢谢你。"我说，"我也想送你一件礼物呢。"

"如果真要送，请送我三十年用量的厕纸，我对常常去买厕纸，实在已经厌倦了。"

"一言为定。"我们哈哈地笑起来。

我当然不能光送她厕纸。

第二天一早我到珠宝店去买了一只戒指送她，买好以后回酒店，老板已经在那里了。

"旅途愉快？"我问。

"开会开得九死一生。"他笑，"但新加坡妞却个个精彩得很。"

他坐下开始看信，没半晌他怪叫起来。

"这是什么？这又是什么？"他大声问。

"你左手是我的辞职信，右手是上级批准的回复。"

"放屁！"

"你不在，出差去了，当然由别人批准。人事部经理恨我恨得要命。"

"你转到什么地方去做？"他问，"那边出你多少钱？"

"一个男人的家。"

"你结婚了？"他诧异。

"不。"我坦白地说，"他不肯跟我结婚。"

"丹!"

"对不起。"我说。

"丹,你不是那种虚荣的人。"老板说。

"当然我是,而且我非常地寂寞,我觉得属于他是件好事,至少是个转变。"

"如果你不爱他,你不会快乐,如果你爱他,你更不会快乐。"

"我辞职了。"

"我需要你。"

"登一则广告,你会找到一打以上的人才,都是年轻貌美,刚从大学出来的。"

"我希望。"他说,"你打算几时走?"

"现在。"

"丹!别这样没良心,你在这里蛮开心的。"老板失望,我扭开了收音机。

无线电里唱:

> 日复一日,
> 我得对住一群
> 与我不相属的人,
> 我并不见得有那么强壮,
> ……想跨过彩虹……

无线电是古老的、悠扬的、温情的。

老板一脸不服气。

"所以你干脆穿上牛仔裤来上班,浑蛋!欺人太甚!"他敲着桌子,"没出息。"

我微笑着看着他。

"你爱他,是不是?"老板问。

"不,我爱自己,我决心要令自己享受一下。"我说,"我喜欢做悠闲的小资产阶级,做工我早做累了。"

他沉默下来。

"我的确辛劳工作过。"我说,"每天下班拖着疲劳的身子回家,第二天又起床,坦白地说,我有什么人生乐趣?那几千块钱的月薪要来干什么?想一件银狐大衣想了十年,手停口停,动不动怕炒鱿鱼,老板的一个皱眉可以使我三日三夜不安。要强迫自己学习处世之道,阿狗阿猫都得对着他笑,为什么?扑着去挤车子,赶时间,换回来什么?我有理想,我的理想太高太远,与现实生活不符,我没有一个富有的父亲,我无法突破,你也听过:自由需要很多金钱支持,你能怪我吗?"

"他有钱?"老板问。

"不错,通常有点钱的男人从来不会看中我这种女人。"我苦笑,"我多年前认识他,我要他娶我,他不肯,与别人结婚去了,三年后又来找我,这三年我老了十年,我们的外表不能老,因为还得见同事见老板,但是心却比家庭妇女老十倍。"我说。

"你会快乐吗?"

"不知道,我不会有什么损失,晚上他不回来也是应该的，我不过是他的情妇。"

老板细看我，说："如果我能供养你，我也会要这样高贵的情妇。"

"算了，我的薪水已经加得太高，有不少人忌妒。"我笑，"说不定有人说我跟你有什么关系。"

"他干什么的？"

"做生意，他妻子的家族在马来西亚很有势力，是做锡矿与橡胶的，每年给税好几百万。"

"到你五十岁的时候，他还会喜欢你？"老板问。

"男人的本性要在月入三万元以后才看得清楚，现在我要是嫁一个小职员，到我五十岁，要不已经挨得一头白发，要不他发财了，找小姐去。有哪个男人发了财不心痒难抓？越是蹩脚的男人越坏！小职员对着老婆不外是因为他没有地方可去！"

"你看透了人生？"他看我一眼。

"也该是时候了，你看看，老板，这家酒店上下三百多个员工，有谁可以嫁的？"我问。

老板说："你在为自己找借口。"

"或者是的。"我忽然发现声音中有无限的苍凉，因此住嘴不语。

"穿白衬衫……"老板喃喃地说，"为了什么？"

"这件白衬衫是圣罗兰的开司米羊毛，时价一千三百五。"我说。

他摇头，说："看不出。"

"有钱就有这种好处。"我说，"你看不出是你的损失，从今以后我再不要做一个顺眼的人，有谁看不顺眼可以去死。"我很起劲地仰起头。

"今夜做什么？"老板问我，"与情人一起吃饭？"

"没有，自己吃饭。"我说。

"快把功夫赶好。今天你还是我的助手。"他笑了。

我也笑一笑。现在工作得特别用心，知道工作有做完的日子，当然可以放心做，如果一直做下去，绵绵无尽期，那可怎么做得完，也不必用心。老板很快发觉了我真正的工作效率。他看着我说："你这只母狗，你知不知道，如果你用心工作，五年后你真可以做我的职位。"

"可是花自己赚回来的钱，有什么味道？你不会明白的，下等女人，没有本事的女人，不像女人的女人，才会要靠自己的月薪过活。"

"什么哲学？"老板吃惊。

我很愉快，如果这份工作不是太过闷，真会想继续做下去，一直做下去。

但是他不会允许，他已经把我的时间买下来了。

我拨了几个电话，联络到图画老师、法文老师、插花老师，都是些"名媛"做的俗事。

终于我不再"出人头地"，终于我达到了做女人的目的，但是满足吗？

四

要离开是容易的，要回来就难了，不都是这样吗？

无限江山，别时容易见时难。

下班到新屋去，忙了一夜，所有的装修进行得已经差不多，我把纸包纸盒一件件拆开来，把东西一件件取出，摆满屋子，样样都是新的，从一个一米高的摆钟，到一连串水晶的摆设，一样样地排好，放在架子上。

　　天黑了，点起蜡烛，在灯下，我坐在沙发上，看着这些东西。得到了，也不过如此，因为已经得到了。

　　吹熄烛火我才走的。

　　百灵问："你看见那个音乐盒子没有？"

　　我摇摇头，我真的没有看到。

　　她扬扬手。"你那间屋子里的东西实在太多了。"她无可奈何，"简直数不清楚。"

　　我说："我买了只戒指送你。"

　　"你又不是男人，送我这种东西干什么？"她说。

　　"为我们的友谊。"我说着把盒子递过去。

　　百灵把盒子打开，又合拢，问："值很多钱吗？"

"是的，有急事可以卖掉。"

她看我一眼。

"我现在不会有什么急事，除死无大事。"

"说话不可以这样。"我说。

"我们可以上床了吧？"她问，"我明天还要上班的。"

"好好，你去吧。"我说，"我还要醒着一会儿。"

"对了，明天你不必起来，你已经升级了。"她笑着挥动她的手，"你与我不再是一班马。"

"别取笑我。"我说。

"我真羡慕你，从此以后，你不必理会别人对你的看法如何了，只要他喜欢就行。"百灵叹口气。

"但是讨他的欢心并不容易，他不好对付，他不是那种随和的男人，任你堆满了一屋垃圾也不动容，现在我对自己也没有多大的信心，不知道他会不会对我烦厌。我一定是恨极了工作，否则的话，不会马上辞工，现在想起来，真是心惊肉跳的。"

"你其实很喜欢那份工作。"百灵说，"有时候太忙，有一段时间很闷。"

"没有上下班的时间，常常做噩梦账算不拢，没有睡好过，真是辛苦了，为了什么？"

"为了两餐。"百灵说，"现在什么都过去了，是不是？现在你有钱，不必做事。"

"是的，可以做我喜欢的事。"我承认。

"很好，我替你高兴。"她说着就把灯熄掉。

　　我做了一个梦，很久很久之前，当我还年轻的时候，下了班他会带我出去吃饭，生活很满足很舒适，没有什么顾虑。那时候，我还认为自己是美丽的，那时候，城市还不至于那么繁忙，那时候，朋友都紧紧在身边，吃喝玩乐，谈到半夜，第二天糊里糊涂笑着起床。

　　醒时百灵在洗手间听无线电，唱片骑师在说："请各位听一首《怕羞》吧。"

　　我提高声音说："那并不是'怕羞'的意思，那是'丢脸'的意思，是不是，百灵？"

　　"是！"百灵关了水龙头，"今天厕所又没水。"

　　我笑道："我的天呀！"

　　"你要到公司去看看吗？"百灵丢下毛巾，"还有事没完吧？"

　　我点点头，说："好的，为人为到底，去看看有什么事做。"

　　"我与你一起出门还是怎样？"她吃鸡蛋。

　　"你先走，我帮你收拾一下屋子。"我说。

　　"好的。"她取过外套，"今天很暖，像春天，那些过去的春天。"

　　"春天总会再来的。"我笑着眨眨眼，"去吧。"

　　她出门了。

　　我把一切东西都堆在一起拿出来洗，忙得一身汗，那个钟点女工忽然来了。

　　我并没有见过这个女工，今日忽然在家碰到，有点意外，我看着她用锁匙开门进来，非常之吃惊。

　　她歉意地向我笑笑，她说："对不起小姐，我婆婆死了，所以好些日子没来。"

"那么你今天来，打算做下去？"我问。

"是的。"她答。

"不是辞工？"

"不是，小姐。"

"好，那么你做下去吧，我们已经累死了。"我说，"快！快！"我倒在沙发中。

她笑着拾起衣服。她是一个很体面的女人，身材也不见得特别臃肿，面目姣好，早十年八年说不定是个很风骚的女人，现在——现在每个人都老了，老了就完了。

她高声问："小姐，今天没上班吗？"

"等一会儿才去。"我说，"快走了。"

"小姐。"她抹着手出来，"可不可以先付我的工资？你们欠我两百多块。"

我一怔，我以为都付清了。"是吗？"我问，"是几时的？"这是原则问题。

"自十二月开始就没付过。"钟点女工赔着笑，说道。

"是吗？那个时候忙。"我抽出一张五百块。"不用找了，你慢慢算着办吧。"我说。

"是的，谢谢。"她又干活去了。

我换下衣服出门。

在楼下扬手叫了辆计程车过海，并不还价，我很快到了公司，因为不是来上班，而是来看看，所以很有种愉快。像考完了试，看到图书馆还有人在苦读，事不关己，因此非常开心。

我向玛丽打招呼，玛丽说："周小姐，老板不在。"

"什么地方去了？"我的口气像是他的小老婆般。

"大概是约人喝咖啡。"玛丽说。

我推门进去，玛丽抢着说："白小姐是来替你的。"

我已经把门推开，里面一个女孩子抬起头来。

我呆住了，我没想到老板这么快便请到了人。我知道他迟早要请的，但不能这么快！

我震惊地看着这个女孩子。

她很大方地站起来，微笑到家，很礼貌地问："请问我能够帮你吗？"

我呆呆地看着她，她很年轻，很美丽，穿一件白色衬衫，一条灰色格子的裙子，灰色的丝袜，鹅黄色的皮鞋，我觉得她是端庄的、得体的。最重要的是，她很年轻，我仿佛看到了十年前的我自己。

玛丽说："白小姐，周小姐以前是副经理。"

"请坐，周小姐。"她说。

她叫我坐，在我自己的地方，她叫我坐。

我看着我熟悉的写字台、铅笔筒、账簿，我有种凄凉。要离开是容易的，要回来就难了，不都是这样吗？无限江山，别时容易见时难。

过了半晌，我抬起头来，我问："工作……熟了吗？有什么问题没有？"

她明眸皓齿地笑道："没有，一点也没有，一切都很清楚，玛丽会帮助我。"

我茫然若失，没有问题，我可以消失在这个地球上而不会有问题。

我站起来，说："谢谢你，白小姐。"

"别客气，有空来。"她站起来送客。

我道别，她关上门，我再向玛丽道别。

玛丽笑道："周小姐，他们说你结婚了。"

我低下头。"可以这么说。"我笑一笑。

"到什么地方去度蜜月？"

我说："我们都去过了，而且，而且他也没有空。"

"呀，多可惜，我还以为你们会去巴哈马，或是百慕大，或是峇里岛[1]呢。"玛丽向往地说。

我笑笑，说："玛丽，世界上没有十全十美的事，找到一个人结婚已经不容易，还能相爱得一起到巴哈马去吗？有很多人的确相爱，但是又没有钱，找一个三甲之才，不是开玩笑吧，你或许有兴趣知道，林青霞也在找这么一个人呢！"

玛丽笑起来。

我觉得有点乏味，于是我向她道别。

她说："大师傅问起你呢，你或者会去见见他？"

我点点头。

到了咖啡厅，我向大师傅眨眨眼。

"哦，你来了。"他说，"我以为你飞上枝头做凤凰去，不

---

[1] 峇里岛：Bali Island 的音译，即巴厘岛。

会回来看我们。"

"你好吗？新来的妞好吗？"

"很好，谢谢你，都很好，不客气，新来的妞办事比你利落得多，有点像你初来的时候。"

"当然。"我笑说，"新茅厕也得有三日香呵。"

"说得不错。"大师傅耸耸肩，"你最近如何？"

我叫一杯咖啡。

"现在你叫咖啡，要付钱的。"大师傅笑说。

"得了！"我说，"我知道的。"

"他是谁？"大师傅好心地问，"他使你快乐吗？"

"当然，不然为什么跟他？"

"你们年轻的一辈好像忘了什么叫爱情呢。"大师傅说，"有些人结婚是为快乐，为爱情。"

"是吗，两个人搂着去挤公交车？"我笑，"难怪公交车这么挤。"

"势利的女人！"

我问："然后在吃茶的当儿希望有别人付账？在回家的时候希望有人搭他一程？"

"算了！"大师傅问，"你要试试我的蛋糕吗？白小姐计划推广我们的蛋糕，吃三块送一块。"

我不做，自然有人来做，我走了他们并没有停顿一分钟，现在又计划逼人吃蛋糕了。

"我的比萨呢？"我问。

"不坏，的确不坏，过一阵子我们会卷土重来的。"

"我要走了。"我说。

"有空来看我们,你从此以后会很有空了吧?"

我摇摇头苦笑着说:"我忙别的事,恐怕不能常来,而且你们也不需要我,是不是?"

"我们非得找个替身不可。"大师傅说,"我们不能老等你回心转意呀!"

"你很对,说得再对没有,放心,我明白!"我的声音提高许多。

我终于走了,在大堂又看见那位白小姐,她的头发漆黑发亮,她向我笑一笑,步伐轻快。

我也向她笑一笑。

从现在开始,我这个劳碌命做什么好?

我叫一辆车子回家,车子停下来的时候,发觉停在旧居前。

我也不分辨,旧屋里已经什么都没有,我发觉这已经不是我的家。

我上楼,打算把锁匙交还给百灵。

小房子收拾好以后还很像样子,窗明几净。百灵还没有下班回来,我把锁匙掏出来。

电话铃响了。

是张汉彪。"你好。"我说,"百灵不在。"

"为什么你老提着她的名字?"他笑问。

"你不是在约会她吗?"我问。

"没有。"他说,"我要回去了,跟你说一声。"

"回老家?"我说,"为什么这样突然?"

"我不是说过吗？如果没意思，我是要回去的。"

"但是百灵——"

"我没见百灵几百年了！"他笑着说，"你这个人真有点奇怪，为什么硬把两个不相干的人拉在一起。"

"什么？"我说，"我不是故意要多管闲事，但是我有这种感觉，你们两个人是一直在一起的！"

"谁说的？"张汉彪的声音怪异透了。

谁说的？我一怔，当然是我早已知道的，我是怎么知道的？我从来没看见他们的约会。那么自然是张汉彪说的，现在张汉彪否认，那么自然是百灵说的。

百灵为什么要告诉我，她与张汉彪在约会？

为什么？

"丹薇，你怎么了？"

"对不起，你几时走？"我问。

"过几天。"他说，"丹薇，谢谢你招呼我。"

"对不起，我没有怎么帮助你，抱歉。"我说。

"我知你忙。"

"而且心情不好。"我说。

"得了，这次来我一点收获也没有，老婆没找到，工作也没找到，只好走。"

"听着，有人在香港住了二十年还没娶到老婆，你怨什么？"我笑。

"我走了，代我向百灵说一声，我打电话来，她老不在。"他发怨言，"女孩子们到底有办法得多，爱在家不在家的。"

"百灵常常不在家？"我问。

新闻，她说她常常在家。

"我不知道，反正电话永远没人接。"

"这样好不好？你可要到我家来吃晚饭？我搬了一个新家呢，你可要看看？"

"搬了家？你搬开独自住，不与百灵合租房子了？"

"是的，趁你没走之前来一次怎么样？"我邀请他。

"你煮饭？我很怕帮手。"他笑嘻嘻，"我喜欢吃现成的。"

"我有用人。"我说，"当然现成的才敢请你。"

"哦，居然用了用人，了不起。"他吹一下口哨，"到底是女孩子们走得快。"

"我来接你吧，好不好？"我笑，"现在我有空，可以招呼朋友，以前在要上班的时候，忙得连上厕所的时间也没有。"

"好，你把地址告诉我。"

我说了地址。

他"嗯"一声，说："好地区。"

"当然。"我说，"人总要往上爬的。"

"听了你们这种受过教育的女人都这么说，穷小子简直没前途。"他挂了电话。

受过教育的人杀人放火，罪加一等，这我是明白的，但是我急于要将我暴发的财富展示给不相干的人看看，因此非常兴奋。

张汉彪准时在大厦楼下等我，我下车便向他笑。

他说："你看上去容光焕发呢。"

"怎么，你失望了？"我笑，"凭什么我要永远像一具僵尸？"

"嗯，我可没那么说过。"

他把手放在口袋中。

如果我只有十七八岁，如果我的要求跟现在不一样，我们在一起，可以很快乐，真的，张汉彪给我一种心平气和的感觉，我喜欢他。

但是过去我的时间太少，现在时间多了，他又要走，即使他不走，恐怕我也不能见他。现在供给我生活的人非常忌妒，非常疑心，非常没有安全感，他不可能准许我见别的男人。

"我住在十二楼。"我说，"你会喜欢这地方，我花了整整一个半月的时间，马不停蹄地装修，逼死很多装修店。"

张汉彪取笑我："是不是搭一个架子，最高一格放扩音器，最低的地方放《读者文摘》，不高不低的地方放电视机？"

"去死吧。"我笑说。

我用锁匙开门，让他先进去，我跟着他，关上门。

他只看一眼，转过头来，充满惊异，他再转头。

"你把墙壁都打掉了？"他问。

"并不见得。"我说，"厕所保持原来的样子。"

用人出来泡了杯好茶。

"在我的家中，有生一日，所有上门的人，只要愿意喝茶，就可以喝到最好的茶！"我说，"我恨这种分等级吃茶的人！"

"你恨得太多，是不是？"他笑我，说，"所以你花这么多钱来淹没你的恨意。"

我笑着说："你要吃什么菜？"

"随便什么。"他摇头，"我的天，这地方真是舒服。"

"你真的认为是？"我十分得意。

"告诉我，这个瘟生是谁？"

"一个男人。"

"我并没有以为他会是一个女人。"

"一个相当富有的男人。"

"他在哪里？"

"他并不是时常来的，我也有好几天没见到他了。"

张汉彪看着我，神情非常惋惜。"你是指——？"

"是的。"我说，"你觉得滑稽？"

"并没有。"他摇摇头，"每个人的要求不一样，如果你要那样而得到了那样，你就是幸福的。"

"其实我希望能与他结婚。"

"你不能够什么都有。"张说。

"那是很对的。"我点点头。

"所以你不再工作了。"他问，"在家里享福？"

"是的，终于我可以做我所要做的事，无聊的，但是有意义的事，终于我可以叫所有的人滚到地狱去，他们都想在工作上有所表现，而我，我的目的是放弃工作。"我说。

"因此你们自觉高人一等？"他问。

"闭上嘴！"我笑着推他一把。

"你会快乐多久？"他问我。

"谁告诉你我很快乐？"我诧异地问，"我只告诉你，我有钱了，我可没说我快乐呵。"

张汉彪摇摇头，说："我不懂得女人，真的不懂。"

我叹口气："你不必懂得，你只要养得起她们就是了。"

"我从来没见过像你这么金钱挂帅的女人，你会后悔的。"

"我不需要你来告诉我。"我笑着与他吵嘴。

"你会寂寞的。"他看看四周。

"胡说！"我笑，"你流行小说看得太多了，有钱的女人才不会寂寞，我可以去芬兰浴，做按摩，逛公司，喝下午茶，看画展，吃最好的晚餐，参观时装表演，到非洲去旅行，学四国语言，甚至到瑞士去上半年课。寂寞？你在说笑话！如果你以为一家八口一张床就否定了寂寞，你错了。"

张汉彪不服气地说："也有富家太太自杀的。"

"她不懂得生活。"

"海明威也是自杀的。"

"还有许多困苦的人。"

"金钱的奴隶！"他诅咒我。

我笑了。笑到后来有点心虚。

我不过是想让他知道，我这样的选择是有道理的，而其实没有，连我自己都觉得不可靠。

用人把饭菜放好，我与张汉彪对吃。

"你回老家后打算干什么？"我问。

"找工作做，娶老婆，组织小家庭，生一些儿女，过正常的生活。"

他把"正常"两个字说得非常响亮。

我微笑，我并不打算与他争辩。张汉彪说："你也可以过正常的生活，喜欢你的男人并不是没有的，你也可以结婚生子。"

"你觉得我可以？"我问道。

"当然可以。"

"你真的认为一个女人在外面工作八小时，回来再做家务，腾出空生孩子，同时把薪水拿回来贴补家用，把丈夫孩子服侍得舒舒服服，这是正常的？你真的认为如此？"

他不出声了。

"张汉彪，让我们说些别的好不好？"

"我的意思是，你这种女人是男人眼中的瘟生。"他笑，"通常有知识的女人都是瘟生，如果你们门槛也精了，哪里还有肯上当肯吃苦的女人？"

"或者有的，在十七八岁的女孩子堆中挑吧，你会找到的，我不骗你。"我说，"骗少女是最方便的。"

"这年头读《小王子》的人都不天真了。"他耸耸肩。

我笑着说："我知道一个很好的女人，但是她一开口，与《小王子》中说的成年人一般：口口声声'多少钱'。有人找到职业，她问：'多少钱？'有人出现在电视上，她问：'多少钱？'有人买只戒指，她问：'多少钱？'她一直不知道，问钱是很不礼貌的事，真的使她原形毕露。"

"这不过是说，你比她虚伪。"张说，"这汤真是一流。"

"是的，这女佣煮菜是一流的，我将来会很胖的。"我伸伸懒腰。

"我该走了。"张汉彪笑,"你的暴发气味使我窒息,真的。"

"对不起。"

"你知道吗,我一直喜欢你,直到今天。"张汉彪摇摇头。

"因为你忌妒了。"我笑。

"并不是,你现在完全失去了你自己,你失去了以前那独立、超然的气质,却还没有习惯金钱的压迫力,现在,现在你比一个脱衣赚钱的女人还要俗!"

"我不在乎。"

"你在乎得很呢!"张汉彪摇头,"你其实什么都有了,那套小房子是可爱、干净、温暖的,虽然厕所的门对牢客厅,它还是可爱的。你每天去工作,一星期六天,你是个有用的人,是社会的一分子,你现在是什么?"

"张汉彪,你在干吗?在讲道?现在不流行这一套了!"我对他做了一个"滚你妈的蛋"的手势。

"对,你是的,你永远不会满足,你是个悲剧。"他说下去,"对你我愿意讲道,因为你听得懂。回去吧,你还来得及,不要把你自己卖给他。他一旦知道你也有个价钱,他便会把你当一切女人一样。你为什么不约会他?不利用他来喝酒解闷?你有你的工作,你有同事,有人尊重你,你有知识,你可以活得很好,活得令人佩服,但是你看你现在这个四不像的样子!姨太太不像,情妇不像,捞女也不像,职业妇女?你已经没有工作了!"

我呆呆地看着他。

　　"职业妇女往往有一种美态。是工作给她们的，你也有，丹薇，只是你不自觉，现在你放弃了多年来的工作美而去追求学习做一只宠物，你不觉得太迟了吗？"

　　"宠物，你不要侮辱我！"

　　"我没有！是你乐意那样做的，看，看！"他夸张地说道，"看这个地方！这不是一只笼子吗？"

　　"你快点走，好吗？"

　　"丹薇，你听我说，你现在跟天下所有的情妇没有分别，他把你买下来是为了虚荣感，他爱的还是他自己，情妇与大衣一样，是逐渐升级的，他要淡淡地告诉别人，即使是受过教育的女人，也同样乐意被他收买！"

　　"快点走吧！"我说，"我不想知道真相！"我疲倦地坐下来。

　　"醒一醒，丹薇，回到你那个小房子去，另外再找一份工作，快一点，还来得及。"

　　"我已经辞职了。"

　　"另外找一份工作。"张汉彪说，"他们需要你这种人。"

　　"你要做什么？做救世主吗？"我说，"圣诞已经过了。"

　　"你没有希望了，丹薇，你乐被收买，你懒惰！你贪图金钱！"张汉彪说。

　　"我不是！"我大声叫，"我不是！我曾经辛苦地工作！我只是厌倦了！"

　　"当然你懒惰，你逃避责任！"他鄙夷地说，"你觉得你应该超人一等，对你来说，挤公交车是受罪，你要坐在劳斯莱斯中看人家挤公交车，你这个变态的人！因为你命中没有一个有钱的父亲，所以你千方百计地——"

"闭嘴！"我狂叫。

所有的眼泪都涌上来。

"OK。"张汉彪住口，叹口气，"我走了。"

我转过头来。

"记住，命中有时终须有，命中无时莫强求。"他摇摇头，"有人生下来有银匙，有人要苦干一辈子。"

他自己开大门，走了。

我一个人静静地坐着，坐了很久，到浴室去洗一把脸。有什么分别呢？用七角钱一块的肥皂与四十二块钱一块的肥皂，这张脸还是这张脸。

我用手捧着头想了很久，天黑了，今天是我新居入伙的日子，他在哪里？

我打电话给百灵，张汉彪很对，她并不在家。她告诉我她在家，但是她并不在家。

我下楼，叫一辆街车到旧居，我看到他那辆黑色的宾利停在楼下，已经被抄了牌。

我忽然明白了。

他一直在那里。

他趁我不在，赶来找百灵。

百灵从来不曾约会过张汉彪，她在约会我的情人。

我有一丝愤怒。他们使我觉得做了傻瓜。我还买了戒指送给她，我还同情她从此会一个人住在这个小屋子里。

我的天。世界上没有一个人不是男盗女娼的能手。

只要有机会。

百灵，我还把她当朋友呢。

我深深地为我们悲哀着，我在骂百灵，人家的原配妻子何尝不是在骂我，将来百灵一定会去骂另外一个女人。

我站在楼下好一会儿。

他的宾利抹得雪亮，我还以为这是我的运气，我的汽车。

我打电话到青年会去订一个房间，然后到一家小咖啡店去喝一杯咖啡。

我喝了很久，一小时有多。

我永远不会做一个好的情妇，我没有受过这种训练，你别说，每一个行业都得受训，我看不开，我会生气，我会悲哀，我尚有自尊，最坏的是，我即使不做一只宠物，我也不至于饿死。

我做一只野生动物太久了，猎食的时候无疑是辛苦的，但是却不必听人吆喝使唤，我为什么要忍受一个这样的男人？当然他不爱我，他不过是要证明他终于说服了我：女人都是一样的。

有一段时间我愿意做他的家畜，因为我懒，张汉彪说得对。

张汉彪！

我打电话给他。

"你在什么地方？"他兴奋地问。

"咖啡店。"我说。

"我来接你。"

"不用，我早习惯了。"我说，"我什么都搬得动。"

"可是你的东西很多。"

"不多，新屋子里的东西没有一件是我的。"我说，"一件也不想动，旧居也有限。"

"你这样子的决定，是不是——因为我的说话？"

"不是。"我很坦白，"你的话使我痛苦，但是另外还有些事发生了。"我说。"于是我决定做回原来的我。"

"什么事？"他问，"告诉我行吗？"

"我迟些告诉你，等我找到房子和工作之后再对你说。"

"我的天！"

"不会太难的，我以前做过，我们开头的时候都是没有地方住与没有工作做的，我可以从头开始，我是一个强壮的女人，男人恨我是因为我太壮，我才不要他们的帮助！"我说。

"说得好！"他在那边鼓掌，"请打电话给我，我会到青年会来找你。"

"好的，再见。"我说，"别退缩。"

我付了账，踱步到旧居去。

他的宾利不在了。

我打电话上去，没人接听，隔了很久，百灵拿话筒。

"我现在要上来拿一点东西，请替我开门。"我说，"谢谢你。"我的声音很平静。

百灵不是应被责怪的人，只有我自己才是可恨的。

我按铃，百灵来开门。

她穿一件晨褛，缀满了花边，这种晨褛是很贵的，一定是件礼物。

我微笑。

她说："……这么晚。"

"是的。"我说。

我取出旧的行李袋，把我的衣物塞进去，我整理得很仔细，大大小小的东西都要。

百灵的神色阴晴不定，她笑问："最后还是决定把这些都带走？"

"是的，有纪念价值的，像这件大衣，是我念书的第二年买的，走了十家店才找到这件好货。"

我想问她：喂，你是几时勾搭上他的？是那次在电梯门口吗？

是他先约你，还是你先约他？

他答应了你什么？你要他什么代价？

"我那个电吹风呢？"

"在我房中。"

我跟她进去取，闻到了他烟丝的香味。这种香味是历久不散的。

我想说：百灵，至少我认识他有好几年了，而且曾经一度我很爱他，但是你，你简直是离谱了，但是生客与熟客是一样的。

百灵非常心虚，她不住地笑，不住地挡在我面前。

我说："我付了钟点女佣的账。"

"是吗？我要不要还给你？"

"不用了。"我说。

我把两只大皮箱抱在手中，背上扛一个大帆布袋。那种可以藏一个小孩的袋子。

"让我帮你。"百灵说。

"不用。"我说，"这就是我搬进来的样子了。"

她替我开门。

"再见。"我说。

"再见，你行吗？"

"当然。"我说。

我恨她，也恨自己。人怎么可以这么虚伪，我其实想咬她，咬死全世界的人，为什么没有胆量？如果忍气吞声是一门学问，我早已取得博士学位。

我叹口气。

百灵说："明天我再与你联络。"

"好的。"我说。

我走了。

在街上我等了很久的车子，一辆好心的街车停下来，我挣扎着把箱子往里塞。然后自己上车。

"青年会。"我说。

人到了非常时期会有一种奇异的镇静与麻木，事不关己。非到事后才懂得震惊，然后那时候再淌泪抹泪也没用了，因为那些都已经过去。

我一夜没睡，细节不用叙述。

第二天一清早便去租房子，找到经纪，很快看中一套，但要粉刷，马上雇人动手。

然后找工人，分类广告被我圈得密密的，再托熟人介绍。

张汉彪常来看我。

两个星期之后，我忽然想起，问道："喂！张汉彪，你不是说要回老家的吗？"

他笑笑露出雪白的牙齿，说："我要留下来看好戏——一个职业女性的挣扎史。"

我照例地叫他去死。

他当然没死，我也没有。

张汉彪帮我迁入新居。我"失踪"已经两个星期，没有再回旧居，也没有去那套"金屋"。

我摊摊手，说："人战不胜命运，看，厕所又对了客厅！"

我们出去吃云吞面当晚餐。

"后天我去见工。"我说。

"祝你成功。"

我去了。搭四十分钟的公交车，还没把化妆梳头的时间算进去。

到了人家写字楼，把身份证交上去，人家说："轮到你了，周小姐。"便进去接受审问。

说的是英文。真滑稽，面试职员是一个中国人，一个英国人，问的却是英文。有点气结，答得不理想，只十五分钟便宣告结束，大概没希望。

回家途中差点流落异乡。公交车五辆挂红牌飞驰而过，我的意思是，如果该车站永无空车停下来，该车站为什么不取消呢？最后改搭小巴过海，再搭计程车回家，元气大伤。

但总比半夜三更等一个男人回家好。

张汉彪说："不要紧，你一定会找到工作的。"

"一定是一定，但几时？十年后可不行。"

"别担心。"

旧老板打电话来，真吓一跳。

"干什么？"我问。

"你在找工作？"

"你怎么知道？"

"整个行业都知道了，发生了什么事？"

"你能帮我吗？"

"当然，珍珠酒店要请蛋糕师傅，你要不要去？"

"太妙了！"

"不要做亚瑟王！"

"亚瑟王怎么了？"

"你不知道吗？亚瑟王微服出行，到农舍去，农妇留他吃饭，条件是叫王去烤面包，王烤焦了面包，受农妇羞辱——你没听过吗？"

"这种事不会发生在我身上。"

"哈哈哈……"他大笑。

"你还在想念他？"张汉彪说，"因此戒指没还他？"

"他是一个有气派的男人。"我叹口气，"自然。"我抬头。"不娶我实在是他的损失，不是我的！"

张汉彪笑着说："他可不这么想。"

"那也是他的损失。"

"如果他不知道，他有什么损失？"

"世人会支持我。"我说。

"他并不关心世人想什么。"张分辩。

"那么我也没有损失。"

"对了！"他鼓掌，"不要替他设想，他已经与你没有关系了，替你自己设想。"

我叹口气："你的话中有很多真理，但是很难做到。"

"过去的事总是过去了。"他把手插在口袋中，"想它是没有用的，老实说，好像根本没有发生过，那么干脆就当没有发生过吧。"

"我可以的，我绝对可以当没发生过。"我说，"生命在今日开始，昨日永远是过去，今天甚至是皮肤也不一样。"

"但你的记忆会告诉你，你曾经做过什么，你不怀念？"

"当然，那些名贵豪华的东西……"我微笑，"永远忘不了。你记得那张玻璃茶几吗？下面放满了好东西，名贵的图章石头、银粉盒、水晶镇纸、香水瓶子、金表，记得吗？"

"我记得那只透明的电话——你从哪里找来的？"

"只要有钱，当然找得到。"

"还有那只透明镶钻石的白金手表。"他提醒我。

"可不是！"我遗憾地说。

"你倒是很够勇气。"他笑，"是什么令你离开的？"

"要付出的代价太大。"我说，"剩下一生的日子，永远要在那里度过，夜夜等那个男人回来——多么地羞耻与痛苦。当然我现在一直想念那件双面可以穿的法国貂皮大衣，但只有得不到的东西才是最好的。"

五

我想这不算是倾城之恋，但最后我得到了他，成为他正式合法的妻子，我很满足，很快乐。

一月复一月。

我现在很出名了，行内人都会说起"珍珠酒店"那个丹薇周……

张汉彪一直没有走。

他找到了工作，在一家厂做工程师，他在我面前永远卖乖，他以为我搬出来是为了他那一席废话，那使他快乐，他认为他救了我。

那聪明的驴子！

但是我常常约会他。

事情过去以后，我也弄不清楚我是哪里来的神力，那天居然背着三件大行李跑到青年会去。

我的意思是，我可能永远找不到工作了，我可能饿死。我的天！但是我搬了出来。

有时候我也觉得笨，至少那套手刻水晶玻璃器皿应该带出来的，我抛弃了一整个奢侈宝藏，真是天杀的奢侈。

　　我储蓄够钱买了只烤箱，每天做一点甜品。我做的"苹果法兰"吃得张汉彪几乎没香死。

　　"丹。"他说，"这才是女人呵！"

　　我用木匙敲打桌子。

　　"男人！当你要求一个女人像女人的时候，问问你自己有几成像男人！"

　　"我的天，又来了。"

　　"老实说，我很喜欢煮食，但是找不到一个甘心愿意为他煮食的男人。当然我会煮食，我会煮巴黎美心餐厅水准的西茶，英国政府发我文凭承认的。"

　　"我我我！自大狂。"他把苹果法兰塞进嘴里面。

　　"你吃慢点好不好？慢慢品尝。"

　　"那么你为什么煮给我吃？"他问，"有特别意义吗？"

　　"没有。"我说，"没有特别意义。"

　　"那是为了什么？"张问。

　　"你是我唯一的朋友。"我说，"有福同享，你总明白吧。"

　　"那只方钻戒指，是他买给你的吗？"

　　"是的。"我看看手，真是劫后余生。

　　"在那几个月中，你到底花了多少钱？"他好奇。

　　"我不知道，让我们忘了这些吧。"

　　"你要去看电影吗？"他问。

　　"与你去？"我尖着嗓子问，"当然！熟人见了会认为我们是男女朋友。"

　　"我岂不是你的朋友？"他摊摊手。

　　"不。"我说，"我们是兄弟。现在是你洗碟子的时候了，好好地洗刷，你知道我的要求很高。"

　　"我知道。"他绑上围裙，"你有洁癖。"他说。

　　他到厨房去洗碗，我在客厅看画报。

　　没有客人来的时候，我很少开客厅的灯，张汉彪这浑蛋是我唯一的客人，所以你可以想象。

　　电话响了。"喂？"

　　"丹薇。"

　　我马上放下话筒，是他！

　　"丹薇。"

　　"打错了！"我说，挂上了话筒。

　　电话又再响，张汉彪抹着手探头出来。

　　张汉彪诧异，但是拿起电话，等了一等，他说："你打错了。"他放下电话。

　　张汉彪看我，问："那是谁？他明明找丹薇。"

　　"他找到了我，像一篇小说，他又找到了我。"我摊摊手。

　　张汉彪看我一眼，说："你可以与他讲条件，要他娶你。"

　　"他不会，他比鬼还精。"

　　而且他有了百灵，同样是职业女性。

　　张说："是有这种男人的，越是得不到，越是好的。"他取过外套，"我要走了。"

　　"这次为什么不讲道理？"我追上去替他穿外套。

　　"你已经得救了。"

　　"他是个不折不扣的魔鬼。"我替他开门。

"我明天再来。"

"再见。"我说。

"明天烧羊排给我吃。"他问，"怎么样？"

"当然。"我说，"明晚见。"

他走了。

我看着电话，它没有再响。

我觉得这件事处理得很好。想想看，我曾经那么狂恋他。社会上像他这样的男人是很多的，英俊、富有、具气派、够性格，但如果他不是我的，没有益处。

我决定不让任何事使我兴奋，爱恋，升起希望，落得失望，不不不。我喜欢张汉彪是因为他使我平安喜乐。他像一种宗教，我不会对他沉迷。

这是张的好处。

我睡了。真不知道如何可以形容这么镇静的，像个没事人一样，我的意思是，我曾经那么爱他，为他几乎发狂（我为卿狂）。可是现在心中这么平静，短短一个半月中的变化。

现在如果有人提起他的名字，我真的会冲口而出："他是谁？"真的，他是谁？是的，我认识他，但是现在他对我的生活有什么影响呢？我一点也看不出来。

他对我一点意义也没有。

第二天我照做我应该做的事，买一张汇票，在银行里排长龙，心中 × × 声。银行那张长凳上坐着两个妇女。四五十岁模样，唐装短打上是丝线背心，把脚跷了起来，在那里搔香港脚。

我心中不是没有作呕的感觉，就像看到防火胶板上的三层床，统计一下，那张床上大概可以睡八个人，心中非常苦闷，一点乐趣都没有。

我去上班。

我的工作环境是美丽的，圣洁的，犹如一座高贵的实验室，我是一个暴君，我叫两个学徒天天放工之前把炉箱洗得干干净净，可以照亮人的面孔，地板要消毒，拖完又拖，掉下的面粉屑要马上扫干净。

我们的制服都是雪白的，头上戴一顶白帽子，每日我脱下牛仔裤，穿上制服，把手洗得干干净净。

我对助手说："不准留指甲，不准戴戒指，不准化妆！"我是个暴君，在我的国度里，都得听我的。（有一次我自己忘了脱戒指，钻石底下都是面粉。）

不过我与我的臣民们同样地苦干，有时候手浸得发痛。我们的"美艳海伦"梨子用新鲜莱阳梨，罐头？不。香港不是没有不识货的人，那些会得摆架子的太太小姐，穿迪奥皮大衣的女士们会说："珍珠酒店的甜点真好吃。"

我的服装开始简化，日常是 T 恤、牛仔裤、男童鞋、一个大袋。另外有一双白球鞋放在公司。我每天都准时上班，早上十一点，准时下班，晚上八点，伺候着爷们儿吃完晚饭才收工。

我自己在酒店吃三顿。

会有笑脸的同事们来问我："周小姐，还有甜点剩吗？我的小女儿喜欢你的蛋白饼。"

我就会说："阿梅，给她半打。"

我很大方，懂得做人情。

我可以发誓我在发胖。

我的生活很平稳很普通。如果奶油不是那么雪白纯洁美味，如此小市民的生活不是不凄凉。然而这是卓别林式的悲哀，眼泪还没滚到腮帮子，已经笑出声来。

有时候我切了一大块苹果饼，浇上奶油，吃得不亦乐乎，吃东西的时候，我是一个严肃的、有工作美的人，甚至是上午喝奶茶的时候，我会咀嚼帕马森芝士，人们不明白我怎么可以把一块块腌得发臭的腊吃下肚子去。这是我的秘密。

因为在这么短的日子里替老板赚了钱，他很重视我，每星期召见一次，他想增设饼店，赔着笑向我建议计划，我什么都不说。

我不想做死，饼店要大量生产，我不想大量生产任何东西，我喜欢手工业，每一件产品都有情感。

有时做好了甜品，我帮别人做"公爵夫人洋芋"。我的手势是多么美妙，我的天才发挥无遗，我很快乐。

过去的五年，我原来入错了行。塞翁失马，焉知非福。

行内人称我有"艺术家般的手指"。噢，真开心。

工作代替了爱情，我的生活美满得天衣无缝，男人们持机关枪也闯不进我的生活。我还是需要他们的，但是他们即使不需要我，我也无所谓。

一下班，我知道我所有的都已做完，要不看武侠小说，要不出去逛街，可以做的事很多，有时候看电视看到几乎天亮，他们不相信我会坐在家中看电视，但是尽管不相信，还是事实。

同事中没有人约会我，他们似乎有点怕我，但是我有张汉彪这个朋友，一切问题被美满解决。

那一日我有一个助手请假，我逼得自己动手洗地板，大家很佩服这一点的，我的洁癖如果不是每日施展，我不会得到满足。

跪在地上洗得起劲，有人走过来，站在我面前，我看到一双瑞士巴利的皮鞋。我抬起头，我看了他。我发呆。

他说："好，是辛德瑞拉吗？"

我问道："你怎么找到我的？"

"我自有办法。"他说，"如果一个人不想找你的话，他才会推辞说找不到，如果我十分想寻找你，可以在三天之内上天入地地把你揽出来，但现在我给了你三个月的时间，你该想明白了吧。"

他的声音很平静，但是足够使你打冷战。

我说："你的贵足正踏在我辛苦洗刷过的地上。"

他大吼："住嘴！"

全世界的人在掉头看住他，我想大地震动了，至少天花板也该抖一抖。

我张大了嘴。

他伸出脚，一脚踢翻了水桶，水全部淌在地上，溅了我一头一脑。那只桶滚到墙角，砰的一声。

我那助手跳起来。"这是做什么？"他大叫，"是抢劫吗？

是什么意思？这是法治社会，救命！救命！警察。"

有些人慌张的时候会很滑稽的，我相信。

我说："我不怕这个人——我——"

"住嘴！"他忽然给我一个巴掌，扯起我一条手臂，挟着我就走。

我一边脸颊火辣辣地疼，被打得金星乱冒。

我苦叫："请不要拉我走！请不要！"

他把我一直拉出去，下楼梯时差点没摔死。

大堂经理跑过来说："周小姐！周小姐！"

这人在光亮的大理石地面走得太快了，跌了个元宝大翻身。他狠狠地说："你可以咬死我，我也不放手。"

"我不喜欢咬人，请你放开我，我以后还要见人的。"

三四个护卫员冲过来。"周小姐！"

我的助手也冲了出来。"周小姐！"

全体客人转头来看我，我什么也不说。

他终于放开我。

我说："对不起，各位，我家里有急事，我先走一步。"

连制服也没换。

助手拦住。"周小姐——"

"把厨房洗干净，我开 OT[1] 费给你，谢谢。"我向他说。

我转头跟他走。

他的宾利停在门口，我看了一眼，说："好，我们走吧。"

---

[1] OT: over time，指加班。

他把车子箭似的开出去。

"你这人真是十分地卑鄙，花钱花得我心痛，你知道吗？我银行几乎出现赤字，然后你一晚都没有住，便离开了新屋，什么意思？"

"我不想住。"

"不想住为什么答应我？"他喝问。

"因为我答应的时候的确十分想搬进去。"

"现在你打算怎么办？"

"现在？现在我有一份极好的工作，我很开心，我永远也不想搬进去了。"

"骗局。"

"一点也不是，你可以叫百灵进去住，穿我买的那些衣服，她的尺码与我一样，你放心好了，她会乐意的。"

他一怔，说："你是为这个生气吗？"

"没有，我曾为这个悲哀过——想想看，一个男人只要出一点钱，便可以收买女人的青春、生命与自尊，这还成了什么世界呢？"

"你是爱我的，你说的。"

"爱是双方面的事。"我说，"我又不是花痴，我干吗要单恋你？"

"丹薇，我是喜欢你的，你知道。"

"那没有用。"我说，"单单喜欢是不够的，我们一生中喜欢得太多，爱得太少，我们不能光说喜欢就行。"

"你要我怎么？跪在地下求你？"

"不，我没有这么想，我只想告诉你，我不要回去了，那总可以吧。"

"你真的不回来？"

"我不是在与你做买卖。"我说，"我说的话是真的，百分之一百是真的，我不要回你那里。"

"是不是条件已经变了？"

"什么？"我看着他。

"如果你的条件变了，我们可以再商议过。"他的面色铁青铁青的。

我忽然生气了。我说："当然，我的条件变了，我不想住在大厦中的一层，我要你买一座洋房，车子驶到电动铁门，打开以后，还能往里面直驶十分钟才到大门，花园要有两百亩大，你知道吗？这是我的要求！"

他忽然泄了气，说："不，你不是真要这些。"

"当然是真的，我真要，你尽管试我，送我一粒一百一十克拉的钻石，看我收不收下来，带我到纽约去，介绍我与卡罗琳·肯尼迪做朋友，看我跟不跟你！你他妈的也不过是一个小人物，须知天外有天，人上有人，你明白吗？你也是一个可怜的小人物。"

他瞪着我。

"你那套玩意儿只能骗不愉快的无知妇孺，我已经看穿了你。下流，找遍一整本字典，除了下流两个字以外，没有更适合你的形容词，你这靠老婆发了点财但是又不尊重老婆的人，你不知道你自己有多么地下流——"

"下车！"他吼道。

"下就下，反正也是你请我上来的。"我推开车门。

"我可怜你。"他咬牙切齿地说，"丹薇，你本来是很温柔的，现在变了，你去为那八千块的月薪干一辈子吧，我可怜你。"

我说："你是否可怜我，或是关心我，或是同情我，我告诉你，我不在乎，你在我记忆中早已扫除，真的，你可以去死，我不关心！"

我推开车门下了车。天地良心，吵架真是幼稚，但是吵架可以快快结束不必要的交情，我没穿大衣，冷得发抖，我身边连钱都没有，我扬手叫了一辆计程车。

车子到家，我叫大厦门口的护卫员代我付车钱，然后他再跟我上楼拿钱。

我几乎没有冻死，连忙煮热水喝滚茶，开了暖炉。

第二天我去上班，两个助手用奇异的眼光看着我，我哼一声，显然连告假的那个也知道秘密了。消息传得真快，真快。

我四处察看一会儿，然后说："地方不够干净。"我阴险地拿手指揩一揩桌子底层，手指上有灰，我一声说："一、二、三！开始工作！"

他们只好从头开始。

或者我一辈子要在这里度过，但是我们的一辈子总得在某处度过，是不是？我是看得很开的。

这年头，你还能做什么？

所以我闲时上班之外，还是约会着张汉彪。

张汉彪问我："你想我们最后能不能结婚？"

"不能。"我说。

"那天发生了什么事？你答应做羊排给我吃的，为什么电话都没有一个？为什么我打来也没人听？你人在哪里？"

"我人在哪里是我自家的事。"

"这当然，我明白，我是以一个朋友的身份关心你。"

"谢谢你。"我说，"好，够了，到此为止，我需要的关心止于此。"

"我们能够结婚吗？"他问我。

我说："跟你说不可以。"

"为什么？我身体这么健康，又是个适龄男人，有何不可？"他说，"我相信我的收入可以维持一个小家庭。"

"我不爱你。"我说。

"感情是可以培养的。"他说。

"是的。"我笑，"我的确相信是可以的，在阿尔卑斯的山麓，在巴黎市中心，但不是上班的公交车上。"

"你这个贪慕虚荣的女人！"张汉彪骂道。

我说："这句话仿佛是有人说过的，也是一个男人，是谁呢？一时想不起来了。"

"是因为我没有钱吧？"

"不，是因为我没有爱上你，爱情本身是一种巨大的力量，为了爱情，女人们可以节衣缩食，但是为了结婚……你觉得有这种必要吗？"

"你也该结婚了。"张汉彪指出。

"我知道,我很想结婚,你不会以为我是个妇解分子吧? 出来打工,老板一拉长面孔,我三夜不得好睡,沦落在人群中,阿狗阿猫都可以跑上来无理取闹,干吗? 乘车乘不到,收钱收不到,找工作找不到,好有趣吗?"

"你不至于那样痛苦吧?"张看着我。

"我没有必要告诉你我的痛苦,因为你不能够帮助我。" 我说。

张汉彪很受伤害,他沉默了。

我把实话告诉了他,我很抱歉,但这是真的,他不能够帮助我,我必须要把话说清楚,免得他误会我们有结婚的一天。不会,永远不会。

过了很久他问:"是不是只有在空闲的时候,我约你看戏吃饭,你才会去?"

"是,工作是第一位,我痛恨工作,但是工作维持了我的生计,我必须尊重工作,我不能专程为你牺牲时间,但是在我们两个都有空的时候,难道不能互相利用一下吗? 说穿了不外是这样的一件事。如果你觉得无聊,如果你觉得一男一女必须结婚,那么再见。"

他隔了很久才说:"你的确不爱我。"

"爱情在成年人来说,不会是突发事件,而是需要养料的,你不觉得吗?"我由衷地问。

"我与你的想法不同,的确是,我不怪你,曾经沧海难为水,那间屋子……我是见过的,你有你的理想,我知道。"张汉彪说道，"我会另有打算。"

张汉彪生气了。

张汉彪离去的时候非常不快乐。

张汉彪会是一个女秘书的快婿。但我是一个制饼师傅，我们制饼师傅是艺术家，艺术家的要求是不一样的。

张汉彪是否生气一点不影响我，因为我不爱他，我们是朋友，但不是爱人。不久的将来，张汉彪肯定会计划回他老家去。

下午稍微疲倦了，我睡了。

被电话铃惊醒，糊里糊涂地接听。"丹薇？丹薇？"这声音好熟悉。

"哪一位？"我问。

"是我。"

我老实不客气地问那个女人："你是谁？"

"我——"她说，"我是百灵。"

我一怔，她找我做什么？我问："有什么事？"声音很冷静很平和很礼貌。我也很会做戏，演技一流。

"我有事想与你谈谈。"她说，"我要见你。"

"在什么地方见呢？"我说，"有这种必要吗？"

"丹薇，我很苦恼。"她的声音的确不寻常。

"百灵，我不能够解决你的难题，多说无益。"我说。

"请让我见你一面。"她几乎是在恳求，"丹薇，我知道你有生气的理由——"

"我没有生气，如果我生气，有什么理由一直听你讲电话？但是我也不想见你，百灵，祝你快乐。"我放下了电话。

　　我也苦恼，找谁说去？只好睡一大觉，把烦恼全部睡掉。亏百灵还有脸打电话来找我。她又是如何找到我的号码的？

　　百灵打电话到酒店厨房，一定要见我。她有点歇斯底里，纠缠不清。老实说，我真有点怕见她。见了面又有什么好说的？她已经不是我的朋友。我们两人在不同的时间曾经与同一个男人来往过。我没有后悔，在这么多男人当中，最值得记忆的绝对是他，他帮助过我。

　　"好吧。"我终于答应了百灵，"明天下午，在公园中。"

　　那是一个温暖的下午，在喷水池边，我见到了百灵。她身穿白色羊毛外套与裙子。

　　我们没有招呼，大家默默坐在池边，水哗哗地喷出来，水花四溅。阳光永远给人一种日落西山的感觉，非常悲伤。

　　百灵开口，非常苦恼，她说："我很痛苦。"

　　我觉得话题很乏味，我说："每个人都有痛苦，做鸡还得躺下来才行，做人都是很累的。"

　　她低下头，说："他离开我了。"

　　我略觉惊奇。"这么快？"

　　百灵低下头，说："他爱的是你，因为我而失去了你，使他暴怒，我枉做小人。"

　　我失笑道："百灵，你太天真了，如果他爱我，他早就娶了我，他这个人，爱的只是他自己。"

　　"但是你使他念念不忘。"

　　我说："念念不忘有什么用！很多人死了只狗也念念不

忘，然而对我有什么好处？我难道因此不用上班了？"我情绪激动地说，"这并不使我的生活有所改变。"

"但至少你在他心目中的地位是不一样的，他重视你，他买了那屋子给你住，装饰得似皇宫。"百灵说。

"百灵，凭你的相貌才智，用不正当的手段去换取这些东西，那还办得到。"我转头看着她，"你真的那么重视物质？"

"但是我爱上了他。"她说。

在太阳下，我直接的感觉是"女人真可怜"。

我说："你爱他是因为你得不到他。"

"不不——"

"他不尊重女人。"我说，"他不尊重任何人。"

"他是突出的，他的气质是独一无二的，我会心甘情愿与他姘居。我不能嫁一个没有地位的男人。"百灵说。

"什么叫没有地位？"我问，"塔门同胞？唐人街餐馆的侍役？码头苦力？中环小职员？你倒说来听听。"

"一切不如他的人。"百灵低低地说。

我苦笑，百灵说得对，一切不如他的男人都不可能成为我们的男伴，但是要找一个好过他的，又不是我们日常生活可以接触得到。

百灵说："我告诉你一件事。"

"他离开我之后，杰，你还记得那人吗？杰约我出去吃饭，我去了。我们叙了一阵子旧，不外是说说工作如何忙，生活如何令人失望，他多喝了一点酒，提议去跳舞，我与他到夜总会坐了一会儿，很是乏味，他不停地请我跳舞，数月不见，他胖很多，白蒙蒙的一张面孔，村里村气，那样子非常地钝非常地蠢，于是我建议走。

"他坚持送我回家，我说我可以自己回去。

"他送了。到门口我请他回家，他半真半假地想挤进来，一边晃着那张大白脸笨笑，他说：'哎哟！一定有个男人在屋里！'

"你知道，我的火辣辣大起来，发力一把推得他一退，把门重重关上，去他妈的，我自己的屋子，自己付的租，他管我收着什么在屋子里，反正我赵百灵没有求这种人的一天！

"他以为我陪别的男人睡觉，非得跟他也亲热亲热，他也不拿盆水照照！"

百灵皱着眉，低声咒骂。在这个时候，我仍是她的心腹。

我接上口："叫他撒泡尿照照。"

"从前是怎么认识这种男人的。"百灵黯淡地笑，"想起那人走路时脑袋与屁股齐晃的景象……现在明白了，丹薇，何以那个时候，你情愿在家中发呆，也不跟这些人出去。"

我呆呆地听着，太阳晒得人发烫，我有点发汗，但手心是凉的，整个人有点做噩梦的感觉。

是的，大家都不愁男人，如果没有选择，男人在我们处吃完睡完再洗个舒舒服服的热水澡走，又不必负任何责任，何乐而不为。

但自由与放任是不同的。

我们不是贞节牌坊的主人，但是也得看看对象是谁，比他差的人吗？实在不必了。

我说："百灵，我觉得口渴，我想喝茶。"

"好的。"百灵与我站起来，我们走出公园，太阳仍然在我们的背后。

百灵说："他把你那间屋子整间锁了起来，不让人进去。"

我说："干吗？上演《块肉余生述》吗？别受他骗，我最清楚他为人了，他只是不想其他的女人进去顺手牵羊。"

"我认为他很爱你。"百灵说，"他爱你。"

"他爱他自己的屁股。"我说，"对不起，百灵，我的话越说越粗，你知道厨房里的人，简直是口沫横飞。"

"我觉得很难过。"百灵说，"我真是寝食不安，日日夜夜想念他。"她用手撑着头。

"你必须忘了他，他并不是上帝，时间可以治疗一切伤痕，你能够养活自己，别做感情的奴隶。"

"我不能控制自己。"她说。

"你并没有好好地试一试，你工作太辛苦，新闻署经常加班至晚上九点，你要求放一次大假，到新几内亚去，看看那里的人，你还是有救的。"

"丹薇——"

"人为感情烦恼永远是不值得原谅的，感情是奢侈品，有些人一辈子也没有恋爱过。恋爱与瓶花一样，不能保持永久生命，在这几个月内我发觉没有感情也可以活得很好，真的。"我说。

百灵疲乏地看我一眼。

我伸伸手臂，说："看，我多么强壮。"

"你在生活吗？"她问。

"当然。"我说，"例假的时候约朋友去看戏吃饭，不想见人时在家中吃罐头汤看电视，买大套大套的武侠小说，我还有一份忙得筋疲力尽的工作。"

"老的时候怎么办？"百灵说。

"这有什么好担心的？"我说，"也许我永远活不到老，也许等我四十了，还是可以穿得很摩登，与小朋友们说话，同时看张爱玲小说与儿童乐园。快乐并不一定来自男人，我并不憎恨男人，有机会还是可以结婚的，没有机会还是做做事赚点生活费，我知道做人这么没有抱负简直没有型没有款，但是我很心安理得。"

百灵抬起头想了一想，说："你现在是一个人住？"

"是的，我连用人都没有。"我坦白说，"不能负担。"

"丹薇，我对你不起，如果没有我一时自私，你或者已经成少奶奶了。"百灵始终还是天真的。

我笑着说："算了，我或者是个好妻子，但绝不是好情妇，我还是有点自尊心的。"我摊摊手。

"你真的不气？"她再三地追究。

"一切都是注定的。"我拍拍她。"回家好好休息，别想太多，我不能帮你，你必须帮助你自己，与他的事，当看一场电影好了。"我说，"你开心过，是不是？"

"谢谢你。"百灵说，"你是宽宏大量的，丹薇。"

"百灵。"我说，"答应我一件事。"

"什么事？"她问。

"别再来找我了。"我说,"我不大想见朋友。"

"对不起,丹薇,我不再会有颜面见你。"她低头。

"颜面?颜面是什么?"我笑,"何必计较这种事。"

"丹薇,我这次见你,是特地告诉你,我并没有得到我想要的。"她说,"他离开了我。"

"谁得到与我无关,我反正已经失去他了。"我感慨地说,"曾经有一度我是这么地爱恋他。"

"请你原谅我。"她又旧话重提。

"当然原谅你,好好地工作。"我说,"百灵,别想得太多,这并不是我们的错。"我笑笑。"把责任推给社会。"

百灵看我一眼,说:"你总是乐观的,丹薇,有时候我很佩服你,你总是乐观的。"

我淡淡地说:"是的,我还是对生命抱有热爱,我什么也没有得到,但是我呼吸着空气,喝着水,享受着自由——事情可以更糟糕,我要感激上帝。"

"但是我从来没有碰到幸运的事。"百灵说,"我一向生活得很上进,读书、工作,莫不是依正规矩,连搭公交车的时候都看《十万个为什么》,我得到些什么?所以我学着往坏路上走,谁知又太迟了。"

"百灵,别说得这么丧气,比上不足,比下有余。"

"我认为我目前的待遇甚差。"她说。

"他什么也没有留下给你?"我问。

"少许现款。"她说,"很伤自尊心,我情愿他什么也没留下。"

"百灵，别抱怨了，有人比你更不幸。"我拍拍她肩膀。

"再见，丹薇。"她说。

"慢着，百灵，你会好好地生活，是不是？"

"是的，我会。"她说，"我想或者会到外国去走一趟。"

"再见。"我说，"祝你找到你要的。"

我回家，带着一颗蛮不愉快的心。

按照平日生活习惯，我洗头兼洗澡，然后捧着一大沓报纸看。

张汉彪生气了，他也不来找我，我们算是宣告完蛋。

我开了电视，不知道看些什么，但是光听听声音也是好的，幸亏天天忙得贼死，一双腿老站着，早已卖给珍珠甜品部了。

问题是我的体重，近厨得食，我已经胖得令人不自信了，衣服穿不下，别的地方不打紧，最可怕的是个肚子，仿佛衣服都不合穿似的。

我瞥了瞥肚皮，并没有下决心节食，算了，谁来注意。

我上床睡觉。

迷蒙中听见电话铃响，我翻一个身。知道，一定是催我明天早上上班。谁听这种电话谁是傻子。

电话不停地轰着。

老娘说不听就不听。

它终于停了。

我也终于睡着。

事情更坏了，没隔半小时，有人按铃，敲门。

我抓起睡袍，才跳起床，外面的声音却已停止了。

我心里想，这些人如果以为我一个人住就可以欺侮我，这些人错了。

我懂得报警，我决不会迟疑。

既然已经起床，我点起一支烟，坐在沙发上享受，如果有无线电，还可以听一首歌。

电话铃与门铃忽然都休止，静得不像话。

在这种时候想起酒店厨房一个伙计，二十多岁，储蓄够了，最近去一次欧洲，回来巴黎长巴黎短，传阅他的旅游照片，不知怎的，在那照片中，他还是他，两只脚微微"人"字地站着，双手永远坠在外套口袋中，把一件外衣扯得面目全非，脸上一副茫然无知的神色。

他与我说："周小姐，在巴黎有一幅画，叫……"

我看着他。

"叫……蒙娜，对了，就蒙娜。"他愉快且肯定地说。

我怎么能告诉他，那幅画叫《蒙娜丽莎》，问任何一个六岁的儿童，都可以正确地告诉他，那幅画叫《蒙娜丽莎》。但既然他本人不认为是一种无知，一种损失，我是谁呢？我又有什么资格说。我闭上我的尊嘴。

在深夜中想起这个人，在深夜中可以想起很多人，日常生活中被逼接触到的人。如果有钱，何必上班，何必与这种人打交道。

曾经一度我有机会脱离这一切……我有机会，但是为一点点的骄傲，为了证明我不是区区的小钱能够买得动，我放弃了很多。

再燃起一支烟。

我打算再睡，熄灯。

门铃又响了起来。

门外有人大嚷："丹薇！丹薇！"

我去开门。他站在铁闸后。他！

"开门！"他叫，"我看见你的灯光，我知道你在家！"

"我不会开门的，你快走吧，邻居被你吵醒，是要报警的，快走！"我说，"你找上门来干什么？"

他静下来，说："开门。"

"有什么道理？"

"我有话要说。"

"明天早上再说。"

"我要给你看一样东西。"

"我不要看。"我说，"你一向并不是这种人，你永远是潇洒健康的，你怎么会苦苦恳求女人呢？"

"因为我碰到了煞星。"他叹一口气。

"我还以为你是城中唯一的女人杀手。"我说。

"开门。"他还是一句话。

我终于开了门，他并没有马上进来，他递给我一个牛皮信封，叫我看。

我拆开看了，是他的离婚证明书。

我抬起头，把信封还给他。

他靠在门框上，一声不响，他的头发很长，胡须要刮。

衬衫是皱的，天气似冷非冷，他披着一件毛衣。

"进来。"我说。

他镇静地进屋子来，跟刚才暴徒似的敲门大不相同。

"请坐。"

他四周打量了一下，坐下来。

我知道他心中在想：这么简陋的家，这女人是怎么活的？

他开口："我已经离了婚，有资格追求你了吧？"

"你公司的业务呢？家财的分配？岂不太麻烦复杂？"

"当运气不好，碰到一个非她不娶的女人，只好离婚去追求她。"

"有这么严重吗？"

"这件事经过多年，也只有这样才可以解释，不然为什么我总得鬼魅似的在你身边出现。"

我怔怔地站在那里，梦想多年的幻象一旦成真，比一个梦更像一个梦。

在梦中，我曾多时看见他进到我的屋子与我说，他愿娶我为妻。

这是一个深夜，谁知道，也许这根本是另一个梦。第二天闹钟一响，生活又再重新开始，他就消失在吸尘机与公交车中。

"丹薇。"

我看着他。

"我向你求婚。"他说。

他的声音平实得很。感情世界是划一的，小职员与大商家的求婚语气统一至极。

他用手抱着头。"天呵，丹薇，请你答应我，我的头已开始裂开，你的生命力太强，永不服输，我实在没有精力与你斗法，我投降。"

"向我求婚？"我用手撑着腰，"戒指在什么地方？"

"丹薇，别这样好不好？我都快精神崩溃了。"他几乎哭出来。

我蹲下来。"喂，"我说，"看看我。"

他抬起头来。

我的眼泪汩汩流下来。"喂，我等你，都等老了。"我的声音从来没有这么平和过。

人在最激动的时候往往有种最温柔的表现，我也不明白我的运气，竟可以有机会与他诉说我的委屈。

我想我只是幸运。

当然婚后情形并不是这样的。

婚后我们的正常对白如下：

我说："昨日下午四点钟你在什么地方？当心我打断你的狗腿！"

他说："又没钱了？不久的将来你恐怕要回酒店去继续你的蛋糕事业！一个下午买书可以花掉两万！疯了！"

我们并没有住在那套蓝白两色的住宅里，我们不是公主王子，堡垒不是我们的。与前妻分家之后他要重整事业，脾气与心情都不好，但他还是可爱的男人。我爱他。我早说过，很久之前，在这个城市里，我第一眼看见他，就爱上了他。

他说:"丹薇,至少你可以节食,把你那伟大的肚腩消灭掉!"

我说:"不回来吃饭,也得预先告诉我!"

等他黑色的保时捷比等公交车还困难,真的,他的面色比车掌[1]难看得多,但是我爱他。

我想这不算是倾城之恋,但最后我得到了他,成为他正式合法的妻子,我很满足,很快乐。

---

[1] 车掌:电车司机旧称。

图书在版编目（CIP）数据

独身女人 /（加）亦舒著 . -- 长沙：湖南文艺出版社，2022.3
ISBN 978-7-5404-9828-3

Ⅰ.①独⋯ Ⅱ.①亦⋯ Ⅲ.①长篇小说—加拿大—现代 Ⅳ.① I711.45

中国版本图书馆 CIP 数据核字（2022）第 025293 号

上架建议：畅销·小说

DUSHEN NÜREN
独身女人

作　　者：[加] 亦舒
出 版 人：曾赛丰
责任编辑：匡杨乐
监　　制：毛闽峰
策划编辑：李　颖　陈　鹏　肖雅馨
特约编辑：孙　鹤
营销编辑：刘　珣　焦亚楠
版权支持：王嫒嫒　姚珊珊
封面设计：尚燕平
版式设计：李　洁
出　　版：湖南文艺出版社
　　　　　（长沙市雨花区东二环一段 508 号　邮编：410014）
网　　址：www.hnwy.net
印　　刷：三河市兴博印务有限公司
经　　销：新华书店
开　　本：875mm × 1230mm　1/32
字　　数：244 千字
印　　张：11.75
版　　次：2022 年 3 月第 1 版
印　　次：2022 年 3 月第 1 次印刷
书　　号：ISBN 978-7-5404-9828-3
定　　价：54.80 元

若有质量问题，请致电质量监督电话：010-59096394
团购电话：010-59320018